Der Heckenschütze

Felix Huby

Der Heckenschütze

Peter Heilands erster Fall

Roman

Scherz

www.fischerverlage.de

Erschienen bei Scherz, einem Verlag der
S. Fischer Verlag GmbH, Frankfurt am Main
© S. Fischer Verlag GmbH, Frankfurt am Main 2005
Satz: MedienTeam Berger, Ellwangen
Druck und Bindung: Ebner & Spiegel GmbH, Ulm
Printed in Germany

ISBN 3-502-10286-4

D̲e̲r̲ U-Bahnhof zog sich von der einen nachtschwarzen Öffnung zur anderen lang hin. Mindestens zweihundert Meter, schätzte Peter Heiland. Ein diffuses gelbes Licht erhellte diesen Teil des unterirdischen Röhrensystems. Er war gleich neben der Treppe stehen geblieben, die von der südlichen Seite des Heidelberger Platzes herunterführte, und wartete auf die letzte Bahn dieser Nacht. Bei ihm zu Hause nannte man so einen Zug den Lumpensammler. Der fuhr allerdings schon um 22 Uhr ab Tübingen und war zwanzig Minuten später in Mössingen, wo Peter Heilands Fahrrad auf ihn wartete. Als er daran dachte, spürte er einen kleinen Stich in der Herzgegend.

Ganz am anderen Ende stand eine schmale Gestalt, die mit drei Bällen jonglierte und dazu eine Melodie pfiff, die Peter Heiland noch nie gehört hatte, die ihn aber seltsam anzog. Langsam ging er auf die Gestalt zu. Jetzt, da sie sich, immer weiter die Bälle hochwerfend und wieder auffangend, ein wenig zur Seite unter eine Lampe bewegte, erkannte er, dass es ein Schwarzer war. Auf dem Kopf trug er eine bunte gestrickte Mütze. Die Bälle waren ebenfalls bunt. Die Melodie,

die der Schwarze pfiff, schien für sein Jonglieren komponiert worden zu sein.

Plötzlich wurde sie rüde überschrien. Die hart und rhythmisch gebrüllten Wörter kamen aus einem Ghettoblaster, den ein junger Mann auf der Schulter trug. Mit ihm kamen zwei weitere junge Männer die Treppe herunter. Unwillkürlich schaute Peter Heiland auf die Uhr über dem Aufgang zur Straße. Es war zwanzig Minuten nach Mitternacht.

Der Schwarze fing den letzten Ball auf und steckte ihn zu den beiden anderen in einen formlosen Rucksack, der an einem Riemen über seiner rechten Schulter hing.

Die jungen Männer umringten den Farbigen. Der Ghettoblaster stand jetzt auf einer Bank aus Gitterstahl und plärrte weiter durch den U-Bahnhof. Peter Heiland verstand unter der stampfenden dröhnenden Musik nur Wortfetzen. »Nur Dreck« und »Raus, raus aus unserem Land«. Die jungen Männer trugen Jeans und Lederjacken, dazu hohe Schnürstiefel, und sie hatten ihre Köpfe kahl geschoren.

Einer von ihnen trat hinter den Schwarzen. »Du willst doch lieber laufen, Nigger«, sagte er und stieß ihn so heftig in den Rücken, dass der Junge bis zur Bahnsteigkante torkelte und nur mühsam das Gleichgewicht wieder fand. »Bitte!«, sagte der Schwarze leise. Ein anderer riss ihm den Rucksack von der Schulter und kickte ihn – wie ein Fußballtorwart den Ball beim

Abschlag – über die Gleise hinweg auf den gegenüberliegenden Bahnsteig.

Peter Heiland ging auf die Gruppe zu. Den Kopf hatte er, wie man es oft bei langen Menschen beobachten kann, ein wenig zwischen die Schultern gezogen. Heiland war fast zwei Meter groß.

Die drei Kerle schienen jetzt mit dem Schwarzen Ball zu spielen. Sie stießen ihn einander zu, fingen ihn kurz auf, um ihn sofort wieder mit einem heftigen, ruckartigen Stoß einem ihrer Kumpane zuzuwerfen. Sie sprachen nicht dabei. Sie lachten nur.
    Peter Heiland hörte sich sagen: »Würden Sie das, bitte, unterlassen?« Sie schienen ihn nicht wahrzunehmen. Heiland drückte den Stopp-Knopf an dem Ghettoblaster. Die Jungen hielten inne. Es war, als ob man einen Film angehalten hätte. Dann wandten sie sich in einer synchronen Drehung Peter Heiland zu. Der Schwarze duckte sich in einer katzenhaften Bewegung weg. Peter Heiland sah aus den Augenwinkeln, wie er die Treppe hinaufhastete.
    »Was bist denn du für einer?« Der Anführer des Trios starrte Peter Heiland an. Er musste zu ihm aufschauen, und unwillkürlich reckte sich Heiland und wirkte dadurch noch ein wenig größer.
    »Der hat euch doch nichts getan!«, sagte Heiland.
    »Hör ma', schon dass es den gibt, ist 'ne Beleidigung.«

»Jetzt ist er ja weg!« Peter Heiland wendete sich ab und ging davon. Plötzlich ein schneidender Schmerz zwischen Halsansatz und Schulter. Etwas Hartes hatte ihn getroffen, wickelte sich um seine rechte Schulter und seinen rechten Oberarm und biss ihn tief ins Fleisch. Heiland fuhr herum und schaute in drei grinsende Gesichter. Die jungen Männer hatten metallisch blinkende Ketten in ihren Händen.

»Wenn wir mit dir fertig sind, erkennt dich deine Mama nicht wieder«, sagte ihr Anführer, und es war ihm anzusehen, wie er jede Silbe dieses Satzes genoss.

Auf dem anderen Bahnsteig hinter dem Gleis erschien der Schwarze. Er hob seinen Rucksack auf, schrie »Wichser«, streckte den rechten Mittelfinger in die Höhe und schlug hart mit der flachen linken Hand in die Armbeuge seines rechten Arms.

»Auf geht's, Männer!«, hörte Peter Heiland den Anführer sagen. Vom anderen Bahnsteig schrie der Schwarze: »Faschos! Nazis!«

Die Ketten gaben ein singendes Geräusch von sich, das immer heller und höher klang, je schneller sie rotierten. Peter Heiland wich einen Schritt zurück. Der Anführer holte aus. Heiland zog seine Dienstwaffe unter der Jacke hervor und richtete sie auf den Mann, der im nächsten Augenblick zuschlagen wollte. Der hielt in der Bewegung plötzlich inne. Die Kette schlug gegen seinen Rücken und pendelte dann aus.

Vom Tunnel her hörte man die Tröte des S-Bahnzugs.

»Ich bin Polizist«, sagte Peter Heiland. »Verschwindet!«

Der Zug hielt an. Eine Tür öffnete sich zischend. Die drei verschwanden in dem Wagen. Eine Frau und ein Mann, die Hand in Hand ausstiegen, starrten Peter Heiland an und machten, dass sie davonkamen.

Das Warnsignal der Wagentüren ertönte. Eine Terz, stellte Heiland fest. C und E vielleicht oder G und H. Er behielt die Waffe in der Hand, bis der Zug wieder angefahren war. Die drei hoben hinter einer wild zerkratzten Scheibe unisono die Mittelfinger in die Höhe, wie es der Schwarze zuvor schon getan hatte.

Der Gegenzug kündigte sich an. Heiland schob seine Dienstwaffe unter seine Jacke und machte sich zum Einsteigen bereit. Der Ghettoblaster stand noch immer auf der Bank. Er würde einen neuen Besitzer finden.

Im gleichen Augenblick meldete sich Heilands Handy. Kriminalrat Ron Wischnewski war dran. »Egal, wo Sie jetzt sind, Schwabe«, sagte er, »Sie kommen in die Gradestraße nach Treptow. Höhe Gebäude Nummer 116.«

Peter Heiland stieg in die S-Bahn und fragte den ersten Fahrgast, den er sah: »Wissen Sie, wo die Gradestraße ist und wie ich da hinkomme?«

***

»Mann, hat das gedauert«, herrschte Kriminalrat Wischnewski Peter Heiland an.

»Ich musste zweimal umsteigen und dann noch laufen!«

»Heißt das, Sie sind mit den öffentlichen Verkehrsmitteln gekommen?«

»Ja.«

»Sie hätten einen Einsatzwagen der Schutzpolizei anfordern können!«

»Na, ob der schneller gewesen wäre…«

Der Kriminalrat sah den Kommissar kopfschüttelnd an. »Ist das eure schwäbische Sparsamkeit?«

Heiland grinste. »Noi, kühle Überlegung, Chef.«

Wischnewski deutete auf die Silhouette eines Menschen, der auf dem Gehsteig lag: »Wenn ich so etwas sehe, möchte ich am liebsten wieder ins Bett.«

Der Schuss musste den Mann genau in dem Moment getroffen haben, als er beim Aussteigen seinen Fuß aufs Trottoir gesetzt hatte. Das Geschoss war in die rechte Schläfe eingedrungen. Um die Stirn hatte sich auf dem körnigen Asphalt eine kleine Blutlache gebildet, die in der Hitze dieser Nacht schon fast getrocknet war.

Der Fahrer, Carsten Pohl, 37, saß auf einem Gartenmäuerchen und starrte über den Gehweg hinweg auf die offene Tür seines Omnibusses. Der Tote war sein letzter Fahrgast gewesen. Seit einer halben Stunde hatte Carsten Pohl eigentlich Feierabend. Aber daran dachte er jetzt nicht.

Wischnewski diktierte in ein Gerät von der Größe einer Streichholzschachtel: »Auffindungsort Gradestraße, Höhe Gebäude 116. Tatzeit 23 Uhr 48. Die Personalien des Toten...«, er starrte auf den Personalausweis, der auf seiner schweißnassen Hand lag. »Kevin Mossmann, geboren 23. September 1978.« Er sah auf den Toten hinunter. Vierundzwanzig Jahre. Der da war so alt wie sein eigener Sohn, von dem er seit zwei Jahren nicht wusste, wo er sich herumtrieb. Nicht mal zu Wischnewskis fünfzigstem Geburtstag im letzten Dezember war er aufgetaucht. Von Weihnachten gar nicht zu reden.

»Wieder so eine sinnlose Tat«, sagte Wischnewski und steckte das Diktiergerät in das Brusttäschchen seines kurzärmeligen Hemdes. »Diese verdammte Stadt«, Wischnewski stöhnte, »nicht mal nachts kühlt es ab.« Er sah zur Spitze einer Platane hinauf. »Und kein Windhauch!«

»Und immer, wenn wir Bereitschaftsdienst hent«, sagte Heiland im gleichen beleidigten Ton.

»Hent?«

»Haben«, verbesserte sich Peter Heiland. Er wischte sich mit einem Papiertaschentuch den Schweiß von der Stirn, knüllte es zusammen und warf es in Richtung eines Papierkorbs neben dem Wartehäuschen. Er verfehlte den Korb um gut einen Meter.

»Ihr könnt ihn wegbringen«, sagte Wischnewski zu zwei Männern, die wartend neben einem Blechsarg standen. »Bei der Hitze fängt er noch an zu stinken.«

Der Busfahrer erhob sich ächzend von dem Gartenmäuerchen. »Und was ist mit mir?«

»Hat sich der Arzt schon um Sie gekümmert?«

»Ich hab keinen Schock«, sagte Carsten Pohl.

»Einer unserer Beamten bringt Sie nach Hause! Den Bus brauchen wir noch für die Spurensicherung.« Peter Heiland reichte dem Busfahrer seine Visitenkarte. »Für alle Fälle.«

Carsten Pohl warf einen Blick auf das Kärtchen. »Heißen Sie wirklich so?«

Heiland nickte: »Scho mei ganzes Leba lang!«

»Und Sie?«

Wischnewski verstand den Wink und reichte dem Busfahrer auch seine Karte.

Carsten Pohl stieg in einen Streifenwagen, dessen Beifahrertür ein junger uniformierter Polizist für ihn aufhielt.

»Von wo er wohl geschossen hat?«, fragte Heiland.

Ron Wischnewski suchte die Straße mit den Augen ab. Die zwei Asphaltbänder zogen sich schnurgerade zwischen Fabrikgebäuden hin. In der Mitte verlief ein schmaler Grünstreifen. Selbst in der Dunkelheit war zu sehen, dass das Gras verdorrt war. Dieser Sommer brachte die Dürre sogar nach Berlin, das doch über einem Urstromtal lag. Am Mittag hatte es 37 Grad gehabt. Ein neuer Hitzerekord. Aber was bedeutete das schon, wenn viele Tage davor 36 Grad gemessen worden waren.

Ron Wischnewski stand unbeweglich auf dem Gehsteig. Seine Hände hatte er hinter dem Rücken verschränkt. Die Füße hatte er breit auseinander gestellt. Wischnewski war knapp 1,80 Meter groß und wog über zwei Zentner. Sein breites, fleischiges Gesicht erinnerte Heiland an eine Bulldogge. Die Mundwinkel hingen tief, und die Lider bedeckten seine Augen fast zur Hälfte, was Wischnewskis Gesicht einen schläfrigen und zugleich traurigen Ausdruck verlieh. Der Kriminalrat wandte Heiland jetzt den Rücken zu, als ob er fühlte, dass der ihn beobachtete. Zwischen seinen Schulterblättern breitete sich ein Schweißfleck auf dem blau karierten Hemd aus.

»Einschusswinkel?«, fragte er.

»Der Schuss muss ungefähr aus gleicher Höhe abgegeben worden sein«, antwortete sein junger Kollege.

Wischnewski hob den ausgestreckten rechten Arm in die Waagrechte, kniff das linke Auge zu und schaute mit dem rechten über seinen Zeigefinger, der auf eine Einfahrt etwa achtzig Meter die Straße hinunter deutete.

Wortlos marschierte Wischnewski los. Heiland holte aus dessen Dienstwagen einen der Suchscheinwerfer und folgte dem Chef. Einmal mehr wunderte er sich, wie so ein schwerer Mann so einen geschmeidigen, ja eleganten Gang haben konnte. Wischnewskis Arme hingen jetzt lose herunter. Die Schultern schwangen leise im Rhythmus seiner Schritte mit.

Peter Heiland war sich bewusst, dass er selbst ungelenk und staksig wirkte neben seinem fast doppelt so alten Kollegen. Normalerweise bemühte er sich, nicht daran zu denken. Aber wenn es ihm in den Sinn kam, wie er auf andere wirken musste, erfasste ihn sofort eine melancholische Stimmung. Seine Augen wurden dann noch dunkler, und seine Schultern sanken noch ein Stück mehr nach vorn. Heiland war 1,93 Meter groß. Seine Arme, so empfand er es, waren zu lang geraten. Seine Beine ebenfalls. Und er konnte essen, so viel er wollte, er nahm nicht zu.

Peter Heiland war noch keine drei Schritte gegangen, da trat er in eine weiche Masse. »Scheiße!«, entfuhr es ihm. Und er hatte Recht damit. Er versuchte seinen Schuh im dürren Gras zu reinigen, was ihm aber nur notdürftig gelang. Als er die Stimme seines Chefs hörte: »Was ist denn?«, rannte er auf ihn zu.

Wischnewski war am linken Stahlpfeiler eines Drahtgittertors stehen geblieben. Als Heiland ihn erreichte, schaltete er den Suchscheinwerfer ein und erntete dafür ein anerkennendes Nicken seines Chefs. Auf dem Gelände standen Silos verschiedener Größe. Dazwischen türmten sich Sand- und Kieshaufen. Im Halbdunkel dieser Sommernacht wirkte die Anlage, offensichtlich ein Bauhof, wie eine Landschaft von einem fremden Kontinent oder gar einem anderen Stern.

Der Asphalt in der Toreinfahrt war mit einer dicken Zementschicht bedeckt. Jetzt war der Kriminalrat froh, dass kein Windhauch ging. Die Reifenspuren konnte man in der dichten grauen Schicht deutlich erkennen. Sie zeigten, dass der Wagen rückwärts in die Einfahrt gefahren worden war bis knapp an das Tor heran. An der Kante des Gehsteigs erkannte man die Stellung der Vorderräder. Demnach war er nach rechts auf die Straße hinausgefahren, als er die Position wieder verlassen hatte. Der Fahrer musste also an dem Bus vorbeigekommen sein, nachdem er geschossen hatte – vorausgesetzt, die Reifenspuren gehörten zu dem Wagen, den der Todesschütze gefahren hatte.

Wischnewski bückte sich. Er fasste mit den Spitzen von Zeige- und Mittelfinger unter das Tor und zog eine Geschosshülse hervor. »Leuchten Sie mal!« Heiland richtete den Scheinwerfer auf Wischnewskis Hand. »Das gleiche Kaliber wie immer!«, sagte der Chef der achten Mordkommission. Er schnüffelte. Bei seiner Suchaktion war er mit der Nase nahe an Heilands Schuh gekommen. »Was riecht denn hier so?«

»Weiß nicht«, sagte Heiland.

Als Wischnewski auf der Fahrerseite des Wagens einstieg, sagte er: »Was für ein Glück, dass die Dienstwagen mit Klimaanlagen ausgerüstet sind.« Er stieß die Beifahrertür von innen auf, um auch Heiland einsteigen zu lassen.

Eine Weile sprach niemand. Schließlich nahm Wischnewski wieder das Wort: »Vier Morde in vier Monaten!« Heiland hatte keine Lust zu reden. Das

Wenige, was man zu diesem Fall sagen konnte, war schon hundertmal gesagt worden. Trotzdem wiederholte Wischnewski: »Ein Verrückter, ein Einzelgänger, ein Mann, der tötet, um zu töten. Immer mit derselben Waffe.«

»Das höre ich zum ersten Mal.«

»Sie sind ja bis jetzt auch nicht damit befasst gewesen. Es ist immer ein Mauser-Jagdgewehr. Nach dem Kaliber zu schließen, eine höchst seltene Waffe, vielleicht eine Art Oldtimer. Jedenfalls handelt es sich um eine Munition, die unseren Experten bisher noch nie untergekommen ist. Offenbar ist der Täter ein Scharfschütze. Ein Sniper, wie man so jemanden in Amerika nennt.« Unvermittelt brach Wischnewski ab.

Eine ganze Zeit sprach keiner der beiden. Schließlich sagte Heiland: »Was haben Sie eigentlich gegen uns Schwaben?«

»Ich habe keine guten Erfahrungen mit ihnen gemacht«, knurrte Wischnewski.

»Haben Sie denn mal da unten gelebt?«

»Nein, aber ich bin dreizehn Jahre lang mit einer Schwäbin verheiratet gewesen.«

Heiland sah überrascht zu Wischnewski hinüber. Der Mann redete sonst nie über sich selbst. Heiland wusste nicht einmal, dass er überhaupt schon einmal verheiratet gewesen war. »Und? War das so schlimm?«

»Es war die Hölle!« Mehr sagte Wischnewski nicht. Er schwieg wieder eine Weile, bis er sagte: »Was stinkt hier eigentlich so?«

»Ich glaube, ich bin vorhin in Hundescheiße getreten.«

»Und dann steigen Sie in meinen Wagen ein?« Wischnewski stoppte. »Dort vorne kriegen Sie eine S-Bahn. Sie fahren ja sowieso lieber öffentlich!«

***

Der Schock kam, als der Busfahrer Carsten Pohl in seiner Küche die Tür des Kühlschranks öffnete, um eine Flasche Bier herauszuholen. Plötzlich trat ihm kalter Schweiß auf die Stirn. Pohl begann zu zittern, er bekam kaum mehr Luft und konnte die Flasche nicht festhalten. Sie zerschellte auf den Steinplatten des Küchenfußbodens. Pohl hielt sich an der Kante des Küchentischs fest und versuchte, seinen Atem zu kontrollieren.

Schlagartig stand die Szene wieder vor seinen Augen. Er sah, wie sein letzter Fahrgast sich erhob, nach vorn kam und sich an der Stange neben der Tür festhielt. »Können Sie denn jetzt auch bald Schluss machen?«, fragte er freundlich.

»Wird auch Zeit!«, antwortete Carsten Pohl und setzte den Blinker, um in die Haltebucht zu fahren.

»Na dann, schönen Feierabend«, sagte der Fahrgast. Die Tür öffnete sich. Er setzte den Fuß auf die Straße. Ein leiser Knall. Der junge Mann stöhnte auf, es klang überrascht, erstaunt vielleicht, aber er schrie nicht etwa vor Schmerz. Dann sackte er zusammen.

Carsten Pohl begriff nicht gleich, was passiert war. »Sind Sie gestolpert?« Aber da sah er das Blut. Er stemmte sich aus seinem Fahrersitz hoch und hörte im selben Moment die quietschenden Reifen eines viel zu schnell anfahrenden Autos, wendete sich um und sah den Ford Capri, der auf seinen Bus zuschoss. Unwillkürlich duckte sich Pohl. Das Auto wischte vorbei. Für einen kurzen Moment konnte Carsten Pohl schräg von hinten den Fahrer sehen. Er trug eine Trainingsjacke mit Kapuze.

Warum hatte er das den Polizisten nicht erzählt? Carsten Pohl schleppte sich ins Wohnzimmer. »Weil es mir grade erst wieder eingefallen ist!«, antwortete er sich selber laut. Dann zog er mit zitternden Fingern die Visitenkarte des Polizisten aus der Hemdentasche und wählte die Privatnummer.

Als Peter Heiland seine Wohnung betrat, klingelte das Telefon. Der Anrufbeantworter sprang an. Heiland stieß seine Slipper von den Füßen, tappte in die Küche, ließ unterm Wasserhahn ein Glas voll laufen und kehrte ins Wohnzimmer zurück. Die Stimme klang angestrengt. Die Worte kamen stoßweise: »Pohl hier. Der Busfahrer. Mir ist was eingefallen… Ich… ich hab den gesehen…« Plötzlich fiel alle Müdigkeit von Heiland ab, er riss das Telefon aus der Halterung, drückte auf Übernahme und sagte: »Ich komme grade zur Tür herein. Herr Pohl…?«

»Ja«, sagte der Mann am anderen Ende der Leitung, »ich hab keine Ahnung, warum mir das jetzt erst einfällt.«

»Macht doch nichts. Besser spät als nie. Wie geht es Ihnen?«

»Nicht so doll. Dabei hab ich doch gedacht, das macht mir nichts aus.«

Heiland trank das Wasserglas in einem Zug aus.

»Sind Sie noch da?«, fragte Pohl.

»Ja, macht es Ihnen etwas aus, wenn ich jetzt noch bei Ihnen vorbeikomme?«

»Nein, nein, ich kann sowieso nicht schlafen. Hartmannstraße 16 in Wedding. Hinterhaus. Carsten Pohl, aber das wissen Sie ja!«

***

Der Mann hatte den Capri in der Baracke unter den Birnbäumen untergestellt, das Tor verschlossen und war ins Haus gegangen. Er hatte eiskaltes Wasser in die Badewanne eingelassen und in der elektrischen Saftpresse eine halbe Kiste Zitronen ausgepresst. Den Saft goss er ins Wasser und warf die ausgepressten Schalen dazu. Dann zog er sich aus und stieg in die Wanne. Langsam schob er seinen Körper in das kalte Wasser. Dann auch den Kopf. Er hielt den Atem an und spannte nach und nach alle seine Muskeln an, so stark er vermochte. Langsam zählte er bis dreißig, löste die Spannung und tauchte wieder auf. Diese

Übung wiederholte er fünfmal. Danach stieg er aus der Wanne, hüllte sich in ein weißes, waffelgemustertes Badetuch und ging in den Wohnraum hinüber. Er schaltete das Licht nicht an. Die Havel vor seinem Fenster, die hier wie ein großer stiller See wirkte, spiegelte den Mond, der fast voll war. In solchen Nächten schlief der Mann nicht.

***

Jedes Klingelschild neben der rissigen zweiflügligen Holztür sah anders aus. Die meisten waren von Hand geschrieben, auch das von Carsten Pohl. »Ich komme runter!«, tönte es aus der Gegensprechanlage. »Ich muss Ihnen aufschließen.« Pohls Stimme klang jetzt ausgeglichener als zuvor am Telefon.

Er führte Heiland über einen Hof, der nur spärlich beleuchtet war. Eine Katze kam zu ihnen gelaufen und miaute sie an. Heiland bückte sich und streichelte das borstige Fell.

»Ihre?«, fragte er.

»Die gehört niemand und allen«, sagte Pohl.

Seine Wohnung bestand aus einem Zimmer, einer geräumigen Küche und einem winzigen Bad, in dem sich Peter Heiland die Hände wusch, um den Katzengeruch loszuwerden. In der Küche roch es nach Bier. Pohl hatte die Scherben der Flasche weggeräumt und das Bier aufgewischt, aber der Geruch verflog nicht so schnell, obwohl das Fenster weit offen stand. Behutsam fragte der Kommissar den Busfahrer aus. Am Ende notierte er: Ford Capri, vermutlich blau, eventuell Ralleystreifen. Tiefer gelegt. Extrabreite Reifen.

»Das ist doch heute schon ein Oldtimer«, sagte Pohl, »so ein Capri.«

Heiland nickte. »Ich bin selber noch in so ei'm g'fahren. Hat einem Freund gehört. Und die Nummer? Haben Sie nicht gesehen?«

»Es ging doch alles so schnell.« Es klang, als wollte sich Pohl entschuldigen.

»Klar, aber manchmal erinnert man sich an einen Buchstaben. Haben Sie denn vielleicht das B für Berlin erkannt?«

Pohl schüttelte den Kopf. »Nicht mal das!«

Heiland gab die Details an den Kommissar vom Dienst in der Zentrale durch und bat darum, sofort die Fahndung nach dem Ford Capri einzuleiten. Pohl überredete ihn, noch ein Bier mit ihm zu trinken. Heiland willigte widerstrebend ein. Er hatte den Verdacht, dass der Mann sich davor fürchtete, allein zu sein.

»Sie haben einen spannenden Beruf«, sagte der Busfahrer, um das Gespräch am Laufen zu halten.

»Manchmal«, gab Heiland einsilbig zurück. Er redete nicht gerne über seine Arbeit. Er redete überhaupt nicht gerne. »Wahrscheinlich erleben Sie viel mehr als ich.«

Als er Pohl verließ, hatte er gut ein Dutzend Busfahrergeschichten gehört, von denen er die Hälfte schon gekannt hatte. Es war vier Uhr, als er in ein Taxi stieg.

***

Peter Heilands Zweizimmerwohnung lag in der Stargarder Straße so nahe an der Schönhauser Allee, dass er die U-Bahngeräusche von dort hören konnte. Die Bahn hieß U-Bahn, obwohl sie hier keine Untergrundbahn war, sondern hoch über der Straße auf einem Eisengerüst lief und eigentlich hätte Hochbahn heißen müssen. Wohn- und Schlafzimmer gingen auf die Straße hinaus. Die Küche lag zum Hof hin und hatte einen winzigen Balkon. Zwischen den Zimmern und der Küche lag ein kleines Bad: Dusche, Waschbecken, Klo und Waschmaschine. Trat man aus dem Badezimmer, ging der Blick durch einen kurzen, schmalen Korridor zur Wohnungstür, deren Innenseite Heiland komplett mit einem Spiegel verblendet hatte.

Als er jetzt nackt aus dem Bad trat, sah Peter Heiland die blutrote Quetschung auf seiner Schulter. Er drehte seinen Oberkörper so, dass sein Rücken im Spiegel erschien. Das rote Mal zog sich bis über das Schulterblatt hinab.

Peter Heiland klopfte mit den Knöcheln gegen seine spitz hervorstehenden Hüftknochen. Die Beine waren dünn und weiß und bildeten ein kaum wahrnehmbares X. Seine Schultern waren ebenso schmal und knochig wie seine Hüften und hingen leicht nach vorn. Er seufzte. Da konnte er lange hingucken. Es wurde nicht besser. ›Aber‹, dachte er, ›ich habe ein hübsches Gesicht!‹

Nackt, wie er war, setzte er sich in einen Sessel und hob die Post vom Boden auf: zwei nichts sagende Briefe und das »Schwäbische Tagblatt« von vorgestern. In der Zeitung las er gewöhnlich nur den Lokalteil. Im Goldersbachtal zwischen Bebenhausen und Dettenhausen hatte sich ein Mann auf einer Bank mit Benzin übergossen und verbrannt. Aus Liebeskummer. Welche Geschichte verbarg sich wohl hinter der kargen Meldung? Wer war die Frau, deretwegen er sich verbrannt hatte? Wenn Peter Heiland solche Geschichten aus seiner Heimat las, meinte er stets, er müsste alle Leute, um die es ging, kennen. Seitdem er in Berlin wohnte, schaute er auch in jedes Auto mit einer Württemberger Nummer und war jedes Mal enttäuscht, wenn er die Insassen nicht kannte.

Peter Heiland war jetzt ein Vierteljahr in Berlin. Er arbeitete in der Abteilung 8 der Hauptabteilung »Delikte am Menschen«. Deren Chef, Kriminalrat Ron Wischnewski, hatte ihn bislang kaum beachtet. Er behandelte ihn wie einen Azubi. In die Sonderkommission »Sniper« hatte er ihn nicht berufen. Heiland durfte allenfalls zuarbeiten. Er warf die Zeitung weg, schaute auf die Uhr und sprang aus dem Sessel hoch.

Als er auf die Stargarder Straße trat, schlug ihm die dumpfe Hitze entgegen. Seit Tagen stieg das Thermometer schon in den Morgenstunden auf annähernd 30 Grad. An solchen Tagen passierte es ihm, dass er auf dem Straßenschild »Stuttgarter Straße« statt »Stargarder Straße« las. An der Schönhauser Allee stieg er die Stufen zur U-Bahn hinauf.

***

Es kam nicht oft vor, dass Hanna Iglau im Büro die Erste war. Sie warf den Ventilator, den Computer und die Kaffeemaschine an und nahm die Berichte aus dem Eingangskorb. Obenauf lag der Fahndungsaufruf. »Der Mörder des Bus-Fahrgastes fährt vermutlich einen Ford Capri… Vorsicht, der Mann ist bewaffnet und ein sehr guter Schütze…«

»Woher wissen wir denn das?«, fragte sie laut in den leeren Raum. Sie sah im Computer nach und stieß auf Heilands Bericht aus der vergangenen Nacht. »Macht sich langsam, der Neue«, sagte sie, aber da niemand da war, konnte auch keiner antworten.

Hanna war seit zwei Jahren in der Abteilung. Gleich nach der Abschlussprüfung an der Fachhochschule hatte sie hier angefangen. Damals wurden noch alle Absolventen in den Berliner Polizeidienst übernommen. Dieses Jahr herrschte Haushaltssperre, und keiner der jungen Kollegen wurde eingestellt. Wer nicht in Hamburg, Hannover, Bremen oder sonstwo im westlichen Deutschland unterkam, musste sehen, wo er blieb. Ein paar Stellen gab es bei der Schutzpolizei, aber dafür waren sie überqualifiziert. Umso erstaunlicher, dass Peter Heiland hier eine Stelle bekommen hatte.

Die Tür ging auf. Der Neue kam herein.

»Na?«, sagte Hanna.

»Gibt's schon Kaffee?«, fragte Peter Heiland.

»Ausnahmsweise«, gab Hanna Iglau zurück. Sie hatte sandfarbenes kurzes Haar und frische rote Wangen. Peter fand, dazu hätten eine niedliche Stupsnase und volle Lippen gepasst. Aber die Kollegin hatte eine schmale, gerade Nase und einen dünnen, geraden Mund, der ihrem Gesichtsausdruck etwas leicht Verkniffenes gab.

»Wir hatten heute Nacht einen Einsatz.« Peter hielt die Luft an. Seine Kollegin trug ein enges T-Shirt und einen sehr kurzen Rock.

»Ja, ich hab's gelesen.« Hanna schenkte für beide ein.

Peter Heiland wollte rasch zur Kaffeemaschine, stieß aber mit dem Oberschenkel gegen die Ecke eines Schreibtisches. »Au, das auch noch!«, schimpfte er.

Christine Reichert kam hereingestürmt – außer Atem und schweißgebadet. »Tut mir leid…«

»Hör doch endlich auf, dich immer für alles und jedes zu entschuldigen, Christine«, sagte Hanna Iglau, »du bist just in time! Es gibt auch schon Kaffee.«

Christine Reichert war die Abteilungssekretärin, und obwohl sie darunter litt, dass sie sich für unvollkommen hielt, war sie für die Abteilung 8 absolut unentbehrlich.

***

Erst gegen neun Uhr am Morgen stand der Mann von seinem Stuhl auf. Er verließ das Häuschen und ging die zwanzig Schritte zum Ufer hinunter. Auf dem schmalen Steg ließ er das weiße Tuch von seinem Körper gleiten und sprang mit einem eleganten Hechtsprung ins Wasser. Seine Nachbarin, Cordelia Meinert, stand zwischen zwei Holunderbüschen. Sie hatte schon seit einer Stunde auf diesen Augenblick gewartet, und sie würde rechtzeitig zurück sein, wenn der Mann nach exakt fünfundvierzig Minuten wieder aus dem Wasser stieg.

Doch jetzt lief sie rasch über den leicht ansteigenden Rasen zu ihrer Gartentür, betrat den schmalen Zufahrtsweg und holte noch im Gehen aus ihrer Schürzentasche einen Ring mit drei Schlüsseln. Mit einem schloss sie das Gartentörchen zum Nachbargrundstück auf, mit einem zweiten den Schuppen, in dem sein Auto stand. Die Tür quietschte in den Angeln, als Cordelia Meinert sie hinter sich zuzog. Ihre Augen mussten sich an das Halbdunkel erst gewöhnen. Durch das einzige kleine Fenster, vor dem zudem noch ein dicht belaubter Birnbaum seinen Schatten warf, fiel nur wenig Licht. Sie öffnete den Kofferraum, der nicht verschlossen war. Das in eine Wolldecke gewickelte Gewehr war der einzige Gegenstand darin. Cordelia schlug die Decke zurück, holte aus ihrer Schürzentasche eine kleine Kamera und begann, das Gewehr von allen Seiten zu fotografieren.

Als sie auf ihr eigenes Grundstück zurückkehrte, brachte sie die Kamera in ihr Häuschen und holte aus der Vitrine rechts neben der Eingangstür ein Fernglas. Wieder im Garten, stieg sie eine Leiter hinauf, die an einem Apfelbaum lehnte, und suchte mit dem Feldstecher die Wasserfläche der Havel ab. Der Mann schwamm auf dem Rücken in langen gleichmäßigen Zügen auf das Ufer zu. Cordelias Herz schlug bis zum Hals, als er aus dem Wasser stieg, das weiße Tuch nur locker über die Schulter warf und auf sein kleines Haus zuging.

***

»Sie teilen sich ab heute das Zimmer mit Hanna Iglau«, sagte Kriminalrat Ron Wischnewski zu Hauptkommissar Heiland, noch bevor er guten Morgen gesagt hatte.

»Wird das nicht ein bisschen eng?«, fragte Hanna. Aber sie bekam keine Antwort.

Die Verwaltung hatte bereits einen zweiten Schreibtisch in den knapp zwölf Quadratmeter großen Raum schieben lassen. Die beiden Tische waren an der Breitseite gegeneinander gestellt worden und bildeten einen Block.

Hanna Iglau sah Peter Heiland an und fragte: »Wie sind Sie denn auf den Ford Capri gekommen?«

»Der Fahrer hat sich plötzlich erinnert. Kaum war ich daheim, da hat er mich angerufen…«

»Sie hätten mir Bescheid geben müssen«, sagte Wischnewski barsch.

»Werde ich deshalb aus meinem Zimmer ausquartiert, weil ich Sie nicht auch noch aus dem Schlaf gerissen habe?«, fragte Peter.

»Nein. Wir bekommen Verstärkung. Einen Psychologen.«

»Als Profiler?«

»Ja, ich glaube, man nennt die so.« Wischnewski ging hinaus und schlug die Tür hinter sich zu.

»Was hab ich ihm denn getan?«, fragte Heiland.

Hanna grinste: »Sie haben Erfolg gehabt. Ganz alleine!«

Heiland grinste zurück. Er setzte sich auf seinen neuen Platz und verschränkte die Hände im Nacken. »Der reinste Kaninchenstall.«

»Die Büros im Kanzleramt sind noch kleiner«, sagte Hanna.

»In Stuttgart hab ich vierundzwanzig Quadratmeter für mich alleine g'habt!«

»Und warum sind Sie nicht dort geblieben?«

»Gute Frage«, gab Heiland zurück, beantwortete sie aber nicht.

Ja, warum eigentlich nicht? Vielleicht war sein Chef, der Leitende Hauptkommissar Ernst Bienzle, daran schuld gewesen. Der hatte immer mal wieder räsoniert, es sei der größte Fehler seines Lebens gewesen, nie die Stadt gewechselt zu haben. »Es gibt zwei Sorten von Schwaben, die weltläufigen und die verhockten«, pflegte er zu sagen. Er selber habe stets zu den verhockten gehört und nehme sich das erst jetzt so richtig übel. Und dann hatte er zu Heiland gesagt: »Passet Se auf, dass es bei Ihne net au eines Tages zu spät ischt, wenn Sie's merket!«

Aber das allein hätte Peter Heiland wohl kaum dazu gebracht, das Schwabenland zu verlassen.

Eigentlich gab er Ruth die Schuld. Der schönen Ruth. Einsachtzig groß, lange Beine, breite Hüften, breite Schultern, Wespentaille, schulterlange blonde Haare. Aber um die äußere Erscheinung war es ihm bei ihr nie gegangen. Seltsam, dass es doch das Erste war, was ihm einfiel, als er jetzt an sie dachte. Er hatte sich in dem Moment in sie verliebt, als sie durch die Tür des Seminarraums trat. Polizeischule Göppingen. Lehrgang für angehende Kriminalbeamte. Ruth war unter der Tür stehen geblieben, hatte sich umgeschaut und dann, wie selbstverständlich, neben Peter Heiland Platz genommen. »Ich bin die Ruth!«
    Später hatte sie ihm erklärt, er sei der einzige gewesen, der halbwegs erwachsen ausgesehen habe. Kunst-

stück. Er war der Älteste im Kurs. Seiteneinsteiger mit einer abgeschlossenen Berufsausbildung als Vermessungstechniker. »Und außerdem«, hatte Ruth gesagt, »bist du der einzige, neben dem ich Schuhe mit richtig hohen Absätzen tragen kann.«

Zur Polizei war Peter Heiland gegangen, weil er zu den Raureitern wollte, der Motorradstaffel – benannt nach ihrem Gründer, dem ehemaligen Stuttgarter Polizeipräsidenten Rau. Peter war ein leidenschaftlicher Biker. Es gab Zeiten, da fuhr er nonstop von Stuttgart nach Madrid, nicht weil er Madrid sehen wollte, sondern weil er beweisen wollte, dass man diese Strecke auf einer Arschbacke fahren konnte. In Madrid hatte es ihm dann aber einmal so gut gefallen, dass er drei Wochen geblieben war, obwohl er nur zehn Tage Urlaub hatte. Otto Mädler, der Besitzer des Vermessungsbüros, bei dem er angestellt war, hatte freilich kein Verständnis für derartige Eskapaden. Die Kündigung erfolgte fristlos.

Vor dem Arbeitsgericht kam es zu einem schäbigen Vergleich. Und damit war dann auch die Geometerkarriere Peter Heilands abgeschlossen.

Die Karriere als Polizist sollte nicht bei den Raureitern enden. Ein Vorgesetzter entdeckte Heilands kriminalistische Talente. »Sie können so ums Eck denken, dass Ihnen Sachen auffallen, die anderen ewig verborgen bleiben«, sagte er. »So einer ist der geborene Kriminalist.«

Ruth dagegen hatte andere Talente. Ihre Berichte

und Protokolle glichen kleinen Kunstwerken – außerordentlich lesbar, aber für die Ermittlungsarbeit nicht zu gebrauchen. Ernst Bienzle, der damals als Dozent an der Polizeischule lehrte, sagte: »Wenn ich Kurzgeschichten lesen will, kauf ich mir ein Buch von Hemingway oder O. Henry.« Der Hauptkommissar war es dann auch, der Ruth für die Pressestelle vorschlug. Jetzt arbeitete sie bei der »Stuttgarter Zeitung« und wohnte mit dem Lokalchef zusammen.

Peter hatte sie angeboten, ihre Beziehung müsse deshalb nicht zu Ende sein. Sie fühle sich durchaus in der Lage, zwei Männer glücklich zu machen. Das sei schließlich nur eine Frage der Organisation. Nur: Peter Heiland wäre unglücklich gewesen dabei. Und sein Organisationstalent war ziemlich unterentwickelt.

Papa Bienzle, wie sie ihren Chef in der Abteilung heimlich nannten, hatte schnell spitz gekriegt, mit welchen Problemen sich Peter Heiland herumschlug. »Sie brauchet Luftveränderung«, sagte er, »auch wenn ich Sie nicht gern verlier.« Und dann kam der kleine Vortrag über die weltläufigen und die verhockten Schwaben.

Peter Heiland hatte schon bald gespürt, dass der Leitende Hauptkommissar eine gewisse Zuneigung zu ihm gefasst hatte, auch wenn er sie nicht zeigen konnte. Aber das war Peter Heiland gewohnt. In seiner Familie waren alle so, bis auf seinen Opa Henry. Und das war dann auch die allerschwierigste Sache:

Opa Henry beizubringen, dass er nach Berlin übersiedeln wollte.

»Was denn, da 'nüber in da Oschte und dann au no ganz da nauf in da Norde? Ja bischt du au no ganz bache?« Der Alte saß auf der selbst gezimmerten Bank vor dem selbst gezimmerten Tisch in seinem Obstgarten hinterm Haus – vor sich einen Krug Most und einen Trinkbecher mit einem Zinndeckel. »Die deutsche Kulturlandschaft beginnt seit Heinrich dem Fünften in Palermo und endet in Tauberbischofsheim!« Den Spruch hatte Peter schon einmal von Bienzle gehört und sagte es seinem Opa.

»Ja, dann hat er ihn ja vielleicht von mir!«

»Ihr kennet euch doch gar net!«, sagte der Enkel.

»Wer woiß, om wie viele Ecke des gange ischt!« Es wäre ja auch das erste Mal gewesen, dass Opa Henry, der eigentlich Heinrich hieß und nur von seinen elf Enkeln Henry genannt wurde, zugegeben hätte, etwas sei nicht auf seinem Mist gewachsen.

Opa Henry war der Anker der Familie. Früher war das seine Frau Marieluise gewesen, doch die war schon vor zweiundzwanzig Jahren gestorben. Peter war damals zehn Jahre alt gewesen. Aber er erinnerte sich an jede Sekunde dieses Sterbens.

Heinrich Heiland hatte darauf bestanden, dass sich alle Kinder und Enkel um das Bett versammelten. Und so war auch Peter Zeuge geworden, wie seine Großmutter nach der Hand des Großvaters fasste und sagte: »Ich sterb nicht gern. Aber ich sterb beruhigt, weil mir niemand einfällt, bei dem ich mich entschuldigen müsst. Und ich danke dem lieben Gott, dass er mir so einen guten Mann gegeben hat.«

Und er hörte, wie sein Opa sagte: »Ich werd so allein sein, ohne dich!«

Und sie: »Guck dich doch um. Wir haben so eine wunderbare Familie.«

Niemand widersprach ihr, obwohl jeder wusste, dass das so auch wieder nicht stimmte. Und dann war sie ganz plötzlich tot. Ihre Schwester, Tante Anna, drückte ihr die Augen zu.

Die Tante Anna. Die altledige Tante Anna. Die war Dienstmädle gewesen von ihrem sechzehnten bis zu ihrem zweiundachtzigsten Lebensjahr, immer in derselben Familie. »Mei Herrschaft«, hatte sie immer gesagt. Wenn Peter in den Sommerferien bei seiner Oma Marieluise und seinem Opa Henry war, hatte ihm die Tante Anna jeden Abend an seinem Bett Geschichten erzählt und Gedichte vorgetragen. Auswendig! »Die Glocke« von Schiller oder »Die Bürgschaft«: »Zu Dionys, dem Tyrannen, schlich Damon, den Dolch im Gewande. Ihn schlugen die Häscher in Bande. Was wolltest du mit dem Dolche, sprich, entgegnet finster der Wüterich ...« Und als Peter an dieser Stelle einmal laut dazwischenfuhr: »Kartoffeln schälen, stört es dich...?«, hatte die alte Tante so gelacht, dass sie eine Viertelstunde brauchte, um sich zu erholen. Am schönsten und traurigsten hatte Peter immer »Romeo und Julia auf dem Dorfe« von Gottfried Keller gefunden. Auch diese Erzählung hatte die Tante Anna auswendig gekonnt. Jetzt war sie neunundachtzig, und alle Gedichte und Geschichten hatten sie verlassen. Wenn Peter sie im Altenpflegeheim besuchte, erkannte sie ihn nicht mehr. Manchmal, wenn sie einen hellen Moment hatte, sagte sie: »Alt werden ist eine einzige Beleidigung!«

Sein Großvater Henry dagegen war noch immer voll bei Kräften. Er jammerte nie. »Warum au? Was soll mir das bringen?« Aber als ihn sein Lieblingsenkel Peter besuchte, um ihm mitzuteilen, dass er nun nach Berlin ziehen werde, hatte er dann doch gesagt: »Das kannscht du mir antun? In mei'm Alter? Wer weiß, ob ich dich dann überhaupt noch amal wiedersehe!«

»Ich werd dich noch oft besuchen, Opa Henry, und vielleicht kommst ja du auch mal zu mir nach Berlin.«

»So weit kommt's noch, was soll ich zu dene da 'nüber? Das ist doch knapp vor Sibirien!«

Peter Heiland hatte die Hände noch immer hinter dem Kopf verschränkt. Jetzt spürte er, dass sie sich verkrampften. Er gab einen leisen Seufzer von sich und löste die Finger voneinander.

Hanna Iglau schaute auf. »Sagen Sie mal, Kollege, nehmen Sie die Akten eigentlich telepathisch auf?«

Peter Heiland grinste. »Ich bin halt net so dienstgeil. Außerdem hab ich quasi die ganz' Nacht durchg'schafft!«

An der Pforte des Landeskriminalamtes in der Keithstraße gab eine Frau ein Kuvert ab. Es war an die Mordkommission adressiert.

Der Pförtner wollte sie aufhalten. »Moment mal, Mordkommissionen haben wir acht Stück im Haus, um was für einen Fall geht es denn?« Aber die Frau huschte davon wie ein Schatten.

»Na sollen die sehen, für wen das ist«, sagte der Pförtner und nahm das Telefon ab.

Drei Stunden später ließ Ron Wischnewski sieben Fotos aus dem hellbraunen Kuvert rutschen, nachdem er zuvor ein Paar weiße Plastikhandschuhe übergestreift hatte. Die Bilder verteilten sich auf dem Schreibtisch. Und auf allen sah man dasselbe Objekt: ein altes Mauser-Jagdgewehr.

Wischnewski rief seine Leute zusammen. Jeder sollte sagen, was ihm zu den Bildern einfiel. Die Waffe wurde von mehreren Mitarbeitern als Mauser-Jagdgewehr identifiziert. Viel mehr kam aber nicht dabei heraus. Doch dann sagte Peter Heiland plötzlich: »Das ist der Kofferraum eines Ford Capri, und die Wolldecke stammt aus der Weberei Huttenlocher in Tübingen-Derendingen!« Der Rest der Truppe starrte ihn sprachlos an. Peter Heiland hob beide Hände, als ob er sich entschuldigen müsste. »Das mit dem Capri weiß ich, weil ich früher selber mal mit so einem gefahren bin. Und in der Weberei Huttenlocher hat mein Opa Henry früher g'schafft. Es ist die einzige

Firma, die solche Mäandermuster weben darf. Da liegt Gebrauchsmusterschutz drauf.«

Einen Augenblick war es still. Dann sagte Kriminalrat Wischnewski: »Drei der Fotos gehen in die Kriminaltechnik!« Dann sah er Peter Heiland an. »Und Sie gehören ab heute zur Sonderkommission Heckenschütze. Beschäftigen Sie sich mit den Akten!« Er deutete auf ein Regal, auf dem sauber angeordnet mindestens fünfzehn Aktenordner standen.

Als sich der Feierabend ankündigte, sagte Peter Heiland zu Hanna Iglau: »Darf ich Sie vielleicht zum Abendessen einladen?«

Hanna musste sehr an sich halten, um nicht sofort spontan zuzusagen. Sie hasste ihre einsamen Abende in ihrer kleinen Wohnung vor dem Fernseher, der in diesen Sommerwochen nichts als Wiederholungen brachte. Trotzdem sagte sie: »Also ich glaube nicht…«

»Ja no«, unterbrach der Schwabe, » da kann mr nix mache!«

»Geben Sie immer so schnell auf?«, fragte Hanna spitz.

Peter Heiland nickte. »Im Allgemeinen schon.«

Hanna versuchte die Situation zu retten. »Na gut, wenn's nicht länger geht als eine Stunde.«

»Das bestimmen ganz alleine Sie!«

Auf dem Parkplatz stiegen sie in Hannas kleines Auto. Es verfügte über ein Schiebedach, das sich so weit öffnen ließ, dass man sich einbilden konnte, in einem Cabrio zu sitzen. Als Peter Heiland auf Geheiß seiner Kollegin das Dach aufschob, klemmte er den Daumen seiner rechten Hand ein.

»Also wohin?«, fragte seine Kollegin.
»Machen Sie einen Vorschlag. Sie sind die Berlinerin.«
»Essen oder nur trinken?«
»Ich hab richtig Hunger!«
»Und Sie laden tatsächlich ein?«
»Ja natürlich, warum denn nicht?«
»Sie sind doch Schwabe!«
»Mein Gott! Immer diese Vorurteile!«

Während sie den Kudamm hinunterrollten bis zum Adenauerplatz, dort rechts abbogen und wenig später rund um den Stuttgarter Platz nach einem Parkplatz suchten, erzählte Peter Heiland: »Man unterstellt uns ja immer, wir würden so einladen: ›Kommet nachem Kaffeetrinken, damit ihr zum Nachtessen wieder daheim sein könnt.‹ Aber das stimmt halt auch nur manchmal. Neulich war ich bei einem echten Berliner eingeladen. Einem Nachbarn von mir. Der hat eine halbe Flasche Weißwein aus seinem Kühlschrank geholt, hat mir eine bessere Bodendecke in ein Achtelesgläsle eing'schenkt, die Flasche hat er dann wieder zugekorkt und zurückgestellt. Zum Essen gab's ein paar Kekse, deren Verfallsdatum irgendwann kurz nach der Fußballweltmeisterschaft in der Schweiz gelegen haben muss. Die Flasche hat er kein zweites Mal aus dem Kühlschrank geholt.«

Hanna lachte: »Jetzt übertreiben Sie aber!«

»Kein Stück! Eine Woche später war ich in Tübingen eingeladen (Tübingen liegt bekanntlich mitten in Schwaben). Als ich nach der dritten Flasche Trollinger mit Lemberger, gerösteten Maultaschen mit Salat und einem leer gegessenen Holzbrett voll Rauchfleisch gehen wollte, sagte mein Gastgeber, Schwabe in der sechzehnten Generation: ›Komm, mir machet no a Fläschle auf, und mei Frau bringt jetzt da Käs. Du wirscht doch ned hongrig ond durschtig vom Tisch aufschtehe wella?!‹ Ich hätte sicher in Berlin auch diese Erfahrung machen können, und umgekehrt hätte ich natürlich auch in Schwaben auf einen echten Entaklemmer, wie man bei uns die Geizigen nennt, treffen können. Das beweist aber nur: Es gibt überall solche und solche, auch wenn's bei uns in Schwaben vielleicht doch a paar mehr solche als solche gibt.«

Während Peter Heiland erzählte, sah Hanna Iglau immer häufiger zu ihm hinüber. Er hatte seinen Kopf gegen die Kopfstütze gelehnt und die Augen halb geschlossen. Im Profil sah sein Gesicht aus wie das eines römischen Feldherrn, fand Hanna. Oder wie das eines Gladiators. Beide kannte sie aus dem Kino.

Jetzt war er schon ein Vierteljahr in ihrer Abteilung, aber sie hatte immer das Gefühl, dass er sie überhaupt nicht zur Kenntnis genommen hatte. Vielleicht lag es an ihrem engen T-Shirt und dem kurzen Rock, dass es heute anders war.

Es war ihr auch noch nie passiert, dass sie sich mit einem Kollegen solange siezte. Normalerweise bot man sich das Du gleich am ersten Tag an.

Hanna hatte gerade einen Mercedes passiert, als der aus seiner Parkposition ausbog. Sie bremste und setzte zurück. Der Fahrer des Mercedes hupte. Er fühlte sich offensichtlich behindert. Tatsächlich hätte er noch einmal zurückstoßen müssen, um sicher an dem Heck von Hannas Wagen vorbeizukommen. Aber Hanna wollte sich nicht weiter von der Parklücke entfernen, damit ihr kein anderer zuvorkommen konnte. Der Mercedesfahrer begann laut zu schimpfen und hämmerte mit dem Zeigefinger gegen seine Stirn. Peter Heiland stieg aus und ging nach hinten.

»Hat Ihre Ische den Führerschein in der Baumschule gemacht?«, schrie ihm der Mercedesfahrer entgegen.

Peter beugte sich zu dem offenen Fenster in der Fahrertür hinab und zeigte diskret seinen Dienstausweis. »Das tut mir ja jetzt sehr leid«, sagte er freundlich, »wir sind in einem wichtigen Diensteinsatz, aber wir dürfen keinerlei Aufsehen erregen – Sie verstehen das doch sicher.« Dabei schaute er sich konspirativ nach allen Seiten um, als ob er befürchtete, sie würden beobachtet.

»Ja, Mann, wenn das so ist. Aber woher soll ich det wissen?«

»Fahren Sie einfach möglichst unauffällig weg«,

sagte Peter und lächelte dem Mann noch einmal kumpelhaft zu.

»Mach ick doch!«, sagte der eifrig. »Keen Thema!« Er rangierte seine Limousine umsichtig aus der Parklücke und an Hannas Wagen vorbei, machte sogar noch eine entschuldigende Geste und rollte langsam die Straße hinunter.

Hanna parkte schwungvoll ein, was kein Problem war, weil sie nur den halben Platz ihres Vorgängers brauchte. Dann stieg sie aus und sagte: »Wie haben Sie das denn gemacht?«

»Manchmal ist es eben auch ein Vorteil, Polizist zu sein!«

»Sie haben doch nicht etwa... nein, das glaube ich nicht!« Hanna war sichtlich empört.

Peter grinste: »Ich habe, als ich nach Berlin kam, bei Polizeidienststellen hospitiert, und ich habe keine Dienststelle kennen gelernt, bei der die Kollegen nicht mit Blaulicht und Martinshorn gefahren wären, wenn sie Currywurst für die ganze Mannschaft besorgen mussten. Kann man ja auch verstehen, wenn man weiß, wie schnell so eine Currywurst kalt werden kann.«

***

Der Mann hatte sich gegen zwölf Uhr ein Steak gebraten und einen Rucola-Salat mit Tomaten zubereitet. Während er aß, hörte er Musik. Mozarts Klavierkonzert in A-Dur. Er kannte jede einzelne Note. Danach war er ins Bad gegangen, hatte sich sorgfältig rasiert, die überstehenden Härchen aus den Augenbrauen geschnitten, die Nägel nachgefeilt und ein sommerlich frisches Eau de Cologne aufgetragen.

Als die Sonne hinter der Havel untergegangen war, verließ er das niedrige, schmale Häuschen und ging zu dem Schuppen, den er als Garage benutzte. Er öffnete den Kofferraum und erstarrte. Ihm wären noch viel kleinere Veränderungen aufgefallen. Aber so, wie eine Ecke der Wolldecke eingeschlagen war – das schrie geradezu ›Hier!‹. Es entsprach überhaupt nicht seiner Art, die Mauser einzuhüllen.

Ein paar Augenblicke war er wie paralysiert. Er spürte, wie sich jeder Muskel in seinem Körper spannte. Freilich nicht so wie am Morgen im Bad, als die Muskelpartien ihm alle gehorchten. Jetzt hatten sie sich plötzlich selbständig gemacht. Es fiel ihm schwer, sie unter Kontrolle zu bringen. Das Zittern, das durch seinen Körper lief, beschämte ihn.

Wann konnte das geschehen sein? Nachdem er an der Gradestraße geschossen hatte, war er noch zum »Tresor« gefahren. Er hatte seinen Wagen in einer Seitenstraße abgestellt. In der Disco war er eine knappe Stunde geblieben. Das genügte ihm, um zu registrieren, mit welch geilen Blicken ihn viele der Frauen ansahen. Blicke voller Versprechen. Fordernd zum Teil, was er freilich als verdammt anmaßend empfand. Er hasste es, wie sie ihn zu animieren versuchten, aber er hätte niemals darauf verzichten wollen.

Er war dann gegangen, als es eine von ihnen wagte, ganz dicht vor ihn hinzutreten und nach seiner Hand zu greifen. Was sie sagte, gefiel ihm. »Ey, du, lonesome wolf!« Aber ihre körperliche Nähe konnte er nicht ertragen. Er sagte nichts. Er ging nur. Und er stellte sich vor, was für eine unglaublich starke Wirkung das auf die Frau haben musste.

Es konnte nur in dieser Stunde gewesen sein. Irgendwann hatte jemand den Kofferraum geknackt. Bei diesem Wagen war das ein Kinderspiel. Ein Glück, dass der Mensch offensichtlich etwas anderes suchte und dass ihn ein Gewehr nicht reizte. Der Mann schlug den Kofferraumdeckel zu und beschloss, in nächster Zeit sehr vorsichtig zu sein.

Als er rückwärts aus der Garage fuhr, kam seine Nachbarin auf ihrem Fahrrad den Zufahrtsweg entlang gefahren. Er sah sie im Rückspiegel. Er mochte diese Frau. Sie war von einer ganz und gar unaufdringlichen Freundlichkeit. Immer hilfsbereit, niemals neugierig. Und für ihre vierzig oder fünfundvierzig Jahre war sie erstaunlich attraktiv.

Überhaupt wirkten auf ihn die meisten Frauen viel jünger, als sie waren. Er hätte sich durchaus vorstellen können, eine Fünfzigjährige oder auch noch Ältere zu vögeln. Die Vorstellung erregte ihn sogar. Er winkte

Cordelia freundlich zu, während er den Ford Capri rückwärts auf den Zufahrtsweg lenkte.

***

Hanna und Peter waren bei »Bollinger« gelandet, und sie hatten auch einen Tisch ganz vorn an der Windscheidtstraße ergattert. Es war luftig hier. Seit kurzer Zeit wehte ein frischer Wind. Irgendwer am Nebentisch erklärte, dies habe mit den Temperaturunterschieden zwischen der aufgeheizten Stadt und dem kühleren Umland zu tun. Es komme zum Luftaustausch, und der verursache den Wind.

Peter kommentierte: »No glaube mr des halt au no!«

»Wie bitte?«, fragte Hanna.

»Oh, Entschuldigung – aber ich lern's noch, mein Schwäbisch zu unterdrücken.«

»Also ich find's putzig«, sagte Hanna.

»Das wäre ja dann auch ein sehr guter Grund, es sich abzugewöhnen.«

Hanna lachte.

»Sie sind von Anfang an in der Sonderkommission, gell?«, fragte Peter.

»Ja.«

Ein Kellner kam. Sie bestellten. Hanna nahm nur eine Bruschetta, Peter bestellte Leber Berliner Art und ein Glas Barolo. Beim Wein schloss sich seine Kollegin an.

»Vier Morde in sieben Monaten. Immer mit dem gleichen Waffenmodell und immer aus dem Hinterhalt.«

Hanna zählte an den Fingern ab. »Erst die Kindergärtnerin Amelie Römer, dann der Lehrlingsmeister bei Siemens.«

»Wie hieß der?«

»Sebastian Köberle. Dann Ulrich Schmidt, der Gewerbelehrer. Und jetzt der junge Mann an der Bushaltestelle.«

»Beruf Computerfachmann. Freier Userberater. Das passt nicht ganz ins Bild.«

»In was für ein Bild?«, wollte Hanna wissen.

Heiland zählte an den Fingern ab. »Kindergärtnerin, Lehrmeister, Gewerbelehrer… alles Leute, die unterrichten.«

»Das macht so ein Berater doch auch!«

Heiland kicherte unvermittelt. »Hab ich mal gehört: Berater sind Leute, die dir deine Uhr wegnehmen, um dir zu sagen, wie spät es ist.«

Hanna lachte. Dabei veränderte sich ihr Gesicht. Alles Verkniffene wich daraus.

»Sie gefallen mir, wenn Sie lachen«, sagte Peter. Wurde dann aber sofort wieder ernst. »Die Kindergärtnerin, wie alt war die?«

»Wollen Sie sich eigentlich das Aktenstudium ersparen, indem Sie sich alles von mir erzählen lassen?«

»So ist es doch viel angenehmer.« Er hob sein Glas und prostete der Kollegin zu.

Als sie ihre Gläser wieder absetzten, sagte Hanna Iglau: »Die war schon sechsundfünfzig.«

»Nehmen wir an, der Sniper ist so um die dreißig!«

»Wir haben keine Ahnung, wie alt er ist. Bisher hat ihn noch niemand gesehen.«

»Trotzdem. Dann könnte er zu dieser Kindergärtnerin vor – sagen wir – fünfundzwanzig Jahren in den Kindergarten gegangen sein.«

»Quatsch«, entfuhr es Hanna, »wer rächt sich nach so langer Zeit an einer Kindergärtnerin, nur weil sie ihn mit vier Jahren auf den Topf gezwungen hat?«

»So, wie der vorgeht, rächt er sich doch an der ganzen Welt!« Peter Heiland fuhr sich mit den gespreizten Fingern beider Hände durch sein dichtes Haar.

»Eben nicht«, sagte Hanna. »Ein Mensch, der sich an der ganzen Welt rächen will und dazu ein Gewehr benutzt, erschießt seine Opfer wahllos.«

»Ja, da haben Sie auch wieder Recht. Trotzdem ist die Tatsache, dass alle vier Opfer…« Peter unterbrach sich. Über den Stuttgarter Platz kam ein schwarzer junger Mann auf die Kneipe zu, der eine bunte Wollmütze trug und mit drei bunten Bällen jonglierte, während er mit einem tänzerisch leichten Gang die gepflasterte Straße überquerte. Er blieb vor den Tischen stehen, pfiff dieselbe Melodie wie in der Nacht zuvor im U-Bahnhof Heidelberger Platz, jonglierte dazu in atemberaubender Geschwindigkeit, fing dann plötzlich alle Bälle auf, zog die Mütze vom Kopf und ging damit von Tisch zu Tisch.

»Einen Euro für die Kunst«, sagte er, als er bei Hanna und Peter ankam.

»Ey, Mann, ich hab dir letzte Nacht vielleicht das Leben gerettet!«

Hanna starrte Peter an, als ob er plötzlich verrückt geworden sei. Der schwarze junge Mann musterte Peter Heiland und kreischte plötzlich: »Ey, Mann, das stimmt. Du warst das. Du hast diese drei Faschos in die Flucht geschlagen!« Dann wandte er sich an Hanna: »Auf deinen Lover kannst du echt stolz sein!«

»Er ist nicht mein Lover«, sagte Hanna steif. Peter lachte.

Der Schwarze sagte: »Was nicht ist, kann ja noch werden!« Er zog einen Stuhl heran und setzte sich zu den beiden. »Und wenn schon – andere Mütter haben auch hübsche Jungs. Schau mich an!«

Damit war Hanna Iglau sichtlich überfordert. Nicht, dass ihr die Situation nicht gefallen hätte, aber sie wusste nicht, wie sie damit umgehen sollte.

Peter schob seinen Barolo über den Tisch und sagte zu dem Jongleur: »Da, probier mal, wenn er dir schmeckt, bestellen wir eine Flasche davon.«

»Ich muss aber nach Hause«, sagte Hanna schwach.

»Ach ja, Sie hatten ja nur eine Stunde Zeit!«

»It's summer in the city«, krähte der schwarze Jongleur und beugte sich zu Hanna hinüber. »Du kannst nicht gehen, wo wir doch grade dabei sind, Freunde zu werden!«

»Er hat Recht«, sagte Peter Heiland und bestellte

bei der Bedienung, die grade vorbeihuschte, eine Flasche Barolo. Dann sagte er zu Hanna: »Du kannst uns nicht einfach hier sitzen lassen!«

»Haben Sie mich jetzt grade geduzt?«

Dieser kleine Dialog löste bei dem Schwarzen ein meckerndes Lachen aus.

»Ich bin die Hanna«, sagte Peters Kollegin entschlossen.

»Und ich bin der Manuel«, sagte der Schwarze.

»Peter«, ergänzte Heiland.

»Und wer küsst nun wen?«, fragte Hanna, wunderte sich über ihre eigene Courage und war zugleich begeistert davon.

»Zuerst ich dich!«, sagte Peter, beugte sich zu ihr hinüber, und ihre Lippen trafen sich flüchtig.

»Das war ja wohl nichts«, rief Manuel, nahm Hannas Gesicht in seine Hände, zog es sanft zu sich heran und küsste sie lang und anhaltend, was nicht ohne Erwiderung blieb.

Zwei Stunden später behauptete Peter Heiland, das habe ihn eifersüchtig gemacht. Er saß an der S-Bahnhaltestelle Tiergarten neben Hanna Iglau in deren Auto.

Sie hatten am Ende doch noch über ihre Ermittlungen geredet. Hanna Iglau sagte: »Und ich bleibe dabei: Das einzig Übereinstimmende ist die Willkürlichkeit. Der Mann tötet ohne Konzept. Nur um zu töten!«

»Vielleicht, vielleicht auch nicht«, sagte Peter Heiland.

Hanna wollte nicht mehr reden. Sie wünschte sich, der neue Kollege würde sie genau so küssen, wie es Manuel getan hatte. »Es ist immer noch so heiß«, sagte sie, »nicht einmal nachts kühlt es ab.«

»Ich muss los, sonst verpass ich die Bahn.«

»Ja dann.«

»Ja dann, bis morgen!«

Er stieß die Tür auf und stieg aus. Von draußen sagte er durchs offene Dach: »Und nochmal vielen Dank für alles!«

»Wofür denn? Ich muss mich doch bedanken«, sagte sie.

»Bis morgen!«, rief Peter.

»Ja, bis morgen!«, antwortete Hanna und sah ihm nach, wie er im Eingang zur S-Bahn verschwand, wo ein asiatisch aussehender Blumenverkäufer Sonnenblumen anbot. Kurz vor Mitternacht!

Hanna ließ den Motor an. Eine tiefe Traurigkeit hatte sie erfasst.

Plötzlich beugte sich Peter Heiland über das offene Schiebedach ihres Wagens und reichte ihr eine Sonnenblume. »Für dich!«, sagte er. Sie griff nach der Blume, er wendete sich ab und lief in mächtigen Sprüngen die Treppe zu den Bahnsteigen hinunter. Hannas Traurigkeit ließ ein wenig nach.

Cordelia betrat das Häuschen des Nachbarn ohne Furcht und ohne schlechtes Gewissen. Sie hatte vom Schloss der Haustür wie von dem des Schuppens schon vor Wochen einen Nachschlüssel machen lassen. Ganz professionell hatte sie einen Wachsabdruck vom Schlossinneren genommen, nachdem sie sich bei einem Schlosser in aller Unschuld erkundigt hatte, wie man so etwas machte. Sie gab vor, alle Schlüssel zu ihrem Häuschen verloren zu haben. Der Schlosser, der sie kannte, hielt das durchaus für möglich. Und wer konnte Cordelia Meinert auch einen irgendwie gearteten kriminellen Vorsatz unterstellen?

Seitdem sie die Schlüssel hatte, ging sie in dem fremden Haus aus und ein, als ob es ihr eigenes wäre. Sie kannte die Gewohnheiten ihres Nachbarn, und einer wie er änderte diese auch nicht. Also wusste sie genau, wann sie sich ungestört in seinen Räumen aufhalten konnte.

Cordelia ging in das enge Badezimmer und vergrub ihr Gesicht in dem langen weißen Tuch, in das sich der junge Mann gehüllt hatte, bevor er ins Wasser gesprungen war. Sie fand es schade, dass die kleine Wohnung so kühl und zweckmäßig eingerichtet war. Nur ein Bild hing an der Wand – ein Druck, der einsame Menschen in einer Bar zeigte. Sie hatte es schon öfter gesehen. Sein Schöpfer hieß Hopper oder so ähnlich.
    Der Boden war mit Terrakottafliesen ausgelegt. Auf

Glas- und Stahlregalen stand eine hochmoderne Stereoanlage. In der Ecke ein riesiger Fernseher. Zwei Sessel aus schwarzem Leder waren so ausgerichtet, dass man von ihnen aus durch die Panoramascheibe den freien Blick auf die Havel hatte. Auf der anderen Seite war eine Pappelallee zu sehen. Die gelbgrünen Baumkronen schimmerten durch das Hitzeflirren der Luft wie auf einem Bild von Monet.

In der Wohnung war es kühl. Sie wirkte aseptisch. Dass ein Mann sein Zuhause so penibel sauber hielt, erstaunte Cordelia immer wieder.

Cordelia setzte sich in einen der Sessel und ließ langsam ihre Hände über ihren Körper gleiten. Was er wohl dachte, wenn er stundenlang hier so saß? Ob er manchmal auch an sie dachte? Ihre rechte Hand glitt in den Ausschnitt ihres Kleides und umfasste ihre linke Brust. Ob er dann vielleicht onanierte?

Ruckartig stand sie auf. Sie wollte sich von solchen Gedanken nicht weiter einfangen lassen. Sie musste eine Entscheidung treffen.

***

Der Mann ließ sich durch die Oranienburger Straße treiben. Er trug eine enge schwarze Lederhose und ein schwarzes Shirt mit riesigen Armlöchern, durch die seine straffe braune Haut zu sehen war. Auf seinem Rücken hing ein Rucksack, der leer zu sein schien. Er vermied es, anderen Menschen zu nahe zu kommen, lieber blieb er stehen oder wechselte die Straßenseite. Er war im »Tacheles« gewesen, aber dort hatte es nach Menschenschweiß und Bier gerochen, und der Zigarettenrauch biss in die Augen.

Bevor er losgefahren war, hatte er das Gewehr unter den groben Dielenbrettern des Schuppenbodens versteckt. Danach war er mit dem Ford Capri auf eine unbewachte Baustelle in der Chausseestraße gefahren. Ohne Hast hatte er die Nummernschilder abgeschraubt und in seinem Rucksack versenkt, aus dem er dann eine Zündschnur und ein Feuerzeug hervorholte. Er schraubte den Tankdeckel auf und steckte ein Ende der Zündschnur so weit hinein, bis er fühlen konnte, dass sie sich langsam mit Benzin voll saugte. Schließlich versicherte er sich noch einmal, dass ihn niemand beobachtete. Er warf auch einen Blick nach den Fenstern, Terrassen und Dächern der umliegenden Häuser, hinter denen der Fernsehturm aufragte. Die metallisch glitzernde Kugel kurz unter der Spitze spiegelte die Lichter der Stadt. Behutsam legte er die Zündschnur auf eine Reihe von Steinen, die er auf dem Baugrund zusammengesucht und hintereinander gelegt hatte. Dann zündete er das Ende an. Er wartete noch einen Moment, um zu kontrollieren, ob sich die Flamme zügig auf den Autotank zubewegte. Ohne Hast verließ er die Baustelle, überquerte die Straße und schlenderte an ein paar hell erleuchteten Schaufenstern entlang. Er hatte etwa fünfzig Meter zurückgelegt, als er die Detonation hörte. Die Stichflamme spiegelte sich in einem Schaufenster. Er hörte Leute rennen und schreien. Er drehte sich nicht einmal um.

***

Die Meldung lag im Präsidium schon vor, als Peter Heiland am Morgen eintraf. Er war der Erste und setzte artig die Kaffeemaschine in Gang. Dann klemmte er sich hinter seinen Schreibtisch und las den Bericht. Ein Ford Capri, Baujahr 1984. Total ausgebrannt, ohne Nummernschilder. Die Spurensicherung konnte keinerlei Hinweis auf den Besitzer finden. Selbst die Motorblocknummer war herausgemeißelt worden. Peter Heiland nahm sich die Fotos des Kofferraums noch einmal vor. Er hatte gehofft, dass vielleicht ein Teil des Nummernschildes mit aufs Bild gekommen war. Aber die Hoffnung erwies sich als trügerisch.

Peter holte die Akten aus dem Regal. Man fand oft nur einen Ansatz, wenn man sich mit den kleinsten Details befasste.

Als Wischnewski kam und brummelnd grüßte, sagte Peter: »Mir fällt da was auf!« Er hob die Akte hoch, die er gerade studierte.

»Dann lassen Sie hören!« Wischnewski nahm sich einen Kaffee von der Maschine und setzte sich auf Hannas Stuhl. Der Platz zwischen Stuhllehne und Tischkante war fast zu knapp für ihn. »Ich muss zugeben, das ist ziemlich eng hier.«

Peter ging nicht darauf ein. »Zwei der Opfer stammen aus Schwaben. Die Kindergärtnerin aus Tübingen. Bevor der Lehrlingsmeister bei Siemens nach Berlin gezogen war, hatte der gelernte Elektromechaniker in der kleinen Fabrik seines Vaters in Hechingen gearbeitet.«

»Ach ja, Sie kommen ja aus dem Land, wo die meisten Orte auf ...ingen enden.«

»Mhm«, machte Peter. »Zum Beispiel Dusslingen, liegt gleich hinter Tübingen, aber noch vor Ofterdingen.«

»Sie glauben, es führt eine Spur nach Schwaben?«

»Könnte sein.«

»Haben Sie Heimweh?«

»Das ist wahrscheinlich ziemlich unwahrscheinlich, weil's eigentlich unmöglich möglich ischt!«

Wischnewski starrte seinen neuen Kollegen an. »Was war das?«

»So schwätzt mr halt bei ons. Wir sagen ja auch: ›Due no au gschwind langsam!‹«

»Das ist totaler Blödsinn!«

»Überzwerch halt«, sagte Heiland und legte seinen schmalen Kopf schief. »Das Mäandermuster in der Wolldecke, die Herkunft zweier Opfer... Schade nur, dass der Capri so verbrannt ist. Vielleicht war der in Baden-Württemberg zugelassen.«

»Sie wollen um jeden Preis eine Dienstreise nach Schwaben machen.«

»Ach was. Mir g'fällt's in Berlin. Man kann doch

die Stuttgarter oder Tübinger Kollegen um Amtshilfe bitten.«

Wischnewski stemmte sich aus Hannas Stuhl heraus. »Machen Sie das!« Er griff sich den Bericht über den ausgebrannten Capri und ging in sein Büro.

***

Cordelia Meinert hatte den Wagen ihres Nachbarn in der Nacht nicht kommen hören. Das beunruhigte sie. Um sechs Uhr war sie aufgestanden, hatte zum Nachbarhaus hinübergeschaut, aber von dem Mann keine Spur. Danach hatte sie sich lange im Bad aufgehalten, ihre Figur und ihre Haut nach all den kleinen Mängeln abgesucht, die sich nun doch langsam einstellten. Schließlich warf sie einen seidenen Morgenmantel über, ohne den Gürtel festzuziehen, und ging barfuß hinaus. Das Gras war noch feucht vom Tau. Cordelia ging hinunter zum Ufer. Die sieben kleinen Enten, die vor ein paar Wochen geschlüpft waren und denen sie jeden Tag eine Weile zuschaute, wie sie von ihrer Mutter auf das Leben vorbereitet wurden, waren nun fast schon so groß wie die Alte. Dennoch schwammen sie noch immer im Geleitzug hinter ihr her – wie an der Schnur gezogen.

Cordelia ließ den seidenen Mantel von der Schulter gleiten und stieg ins Wasser.

Ihr Nachbar saß in einem seiner Ledersessel, starrte durch die große Scheibe und beobachtete sie. Er war in der Nacht mit der S-Bahn bis Potsdam gefahren, hatte dort ein Taxi genommen, war aber etwa einen Kilometer vor dem Havelufer ausgestiegen und den Rest gelaufen. Als er leise sein Grundstück betrat, meinte er hinter dem Fenster des Nachbarhauses einen Schatten zu sehen, aber er achtete nicht weiter darauf.

Cordelia drehte nur ein paar Runden und stieg schon nach einer Viertelstunde wieder ans Ufer. Plötzlich erstarrte sie. An einem der Obstbäume lehnte der Nachbar. Sein weißes Tuch hing über einem Ast. Nackt standen sie sich gegenüber. Cordelia spürte ein Ziehen in den Kniekehlen, wie sie es sonst nur fühlte, wenn sie auf einem hohen Turm stand und plötzlich einen fast unwiderstehlichen Sog empfand – einen unwiderstehlichen Drang, in die Tiefe zu springen.

»Sie haben ja eine wunderschöne Figur«, sagte der Mann.

»Werfen Sie mir bitte meinen Mantel her, ich geniere mich!«

Er zog das weiße Tuch von dem Ast herunter und kam auf sie zu. Er trocknete ihr die Haare und das Gesicht ab, dann die Schultern, die Brüste, die Hüften. Schließlich ging er in die Hocke, rieb ihr die Schenkel und ihre Waden trocken. Cordelia stand unbeweglich da. Sie hätte sich nicht rühren können, selbst wenn sie gewollt hätte.

***

Peter Heiland hatte sich die Gewehrfotos noch einmal vorgenommen. Plötzlich sprang er auf und rannte in Wischnewskis Büro. Der saß mit weit ausgestellten Ellbogen an seinem Schreibtisch und las in der »BZ«. »Anklopfen, wenn Sie zu mir wollen!«, herrschte er den jungen Kollegen an.

»Die Fotos sind in einem privaten Labor gemacht. Auf Fotopapier, das es gar nicht gibt.« Peter drückte die Tür hinter sich zu.

»Hä?«, machte Wischnewski und hob den Kopf.

»Da, gucket Se sich des a! Äh, schauen Sie sich das bitte an.«

»ORWO, das war eine Firma in der DDR«, erklärte Wischnewski.

»Also ist das Papier älter als sechzehn Jahre«, sagte Peter Heiland. »Das muss ein verdammt sparsamer Fotograf gewesen sein.«

»Schwabe vielleicht?« Wischnewski grinste, entlockte Heiland aber nur ein nachsichtiges Lächeln.

Wischnewski schlug plötzlich so heftig mit der Faust auf die Tischplatte, dass seine Kaffeetasse hochsprang. »Wozu haben wir eigentlich die Kriminaltechnik? Das müssten die doch schon längst herausgefunden haben. Da muss so ein Klugscheißer kommen, der grade mal ein paar Wochen hier ist...« Er unterbrach sich und schob ein vernuscheltes »Entschuldigung« nach.

Heiland antwortete mit einer großzügigen Geste. »Ich hab übrigens die Kollegen in Stuttgart gebeten, uns eine Liste aller Fahrzeughalter zu schicken, die in den letzten zehn Jahren einen Ford Capri zugelassen haben.«

»Und was ist mit den Jahren davor?«

»Wenn wir in dieser ersten Liste nicht fündig werden, fordern wir die früheren auch noch an.«

»Gut!«, sagte Wischnewski, »ich bin ja froh, wenn in dem Laden überhaupt einer Initiative entwickelt.«

Als Peter Heiland an seinen Schreibtisch zurückkam, saß Hanna Iglau an ihrem Platz. Sie hatte mit einem Kollegen einen Teil der Sportwaffengeschäfte in Berlin und Umgebung abgeklappert. Am Nachmittag wollten sie weitermachen. Sieben Käufer von Mausergewehren hatten sie bisher ausfindig gemacht. Die wurden jetzt von anderen Kollegen überprüft. So langsam wurde Peter Heiland klar, warum die Sonderkommission mit zweiunddreißig Kolleginnen und Kollegen besetzt war.

***

Cordelia Meinert goss eine große Kaffeetasse halb voll mit Milch und schob das Gefäß in die Mikrowelle. Als die Milch aufwallte, nahm sie die Tasse heraus und füllte sie mit dickflüssigem schwarzen Kaffee auf bis zum Rand. Sie führte die Kaffeetasse vorsichtig an ihre Lippen und sog ein paar Tropfen der hellbraunen Flüssigkeit in ihren Mund. Cordelia trug noch immer ihren seidenen Morgenmantel. Ihr Nachbar hatte ihr hineingeholfen, als er sie vollständig abgetrocknet hatte. Dann hatte er sie kurz, nur ganz kurz, angelächelt und gesagt: »Ich wünsche Ihnen einen sehr schönen Tag!«, war ins Wasser gesprungen und in langen gleichmäßigen Zügen hinausgeschwommen. Als sie wieder daran dachte, begann ihr Körper leise zu vibrieren. Dieses Lächeln – für einen Augenblick hatte sie gedacht: Dieser Mann weiß alles über mich.

Sie war in ihr Häuschen gerannt, hatte sich auf das zerwühlte Bett geworfen und ihr Gesicht im Kissen vergraben. Diesmal ging sie nicht ans Fenster, um zu sehen, wie der junge Mann aus dem Wasser stieg.

Seit neun Uhr hatte sie gehorcht, ob sein Wagen wegfuhr. Und dann war ihr wieder eingefallen, dass sie ihn auch nicht hatte kommen hören.

Jetzt setzte sie sich mit ihrem Milchkaffee in einen ihrer mit Schaffell gepolsterten Korbsessel, zog die Beine unter den Po und starrte auf das Wasser hinaus, dessen glatte Oberfläche den makellos blauen Sommerhimmel spiegelte. Obwohl sie sich nicht rührte, spürte Cordelia erste Schweißtropfen auf ihrer Stirn und zwischen ihren Brüsten. Die Temperaturen sollten heute die 30-Grad-Grenze wieder deutlich übersteigen. Das ging nun schon seit Wochen so. Ein stabiles Hoch mit dem Namen Susanne stand über

Mitteleuropa. An Regen war nicht zu denken. Dabei lechzte die Natur danach.

Cordelia wohnte erst seit dem letzten Herbst hier draußen in Caputh. Sie hatte das Häuschen, das aus nicht viel mehr als vier grob verputzten grauen Wänden und einem Dach bestand, eigentlich nur als Wochenendrefugium mieten wollen. Dass sie nun fast immer hier draußen war und ihre Zweizimmerwohnung in Tempelhof kaum noch benutzte, konnte sie sich selber nicht erklären. Cordelia weigerte sich, zuzugeben, dass ihr Nachbar daran schuld oder doch zumindest mit schuld sein könnte. Mein Gott, sie war doch eine vernünftige Frau, die mitten im Leben stand. Sie hatte Deutsch und Geschichte studiert und die Befähigung zum Lehramt erworben. Beide Staatsexamina hatte sie bestanden – nicht mit Bravour, aber gut genug, um in den Schuldienst übernommen zu werden.

Nach zwei Schuljahren wusste sie: Sie würde verlieren, und immer würden die Schüler gewinnen. Es genügte nicht, fachlich qualifiziert und ein wohlmeinender Mensch zu sein. Man musste den Kampf mit diesen Monstern aufnehmen, die jede kleine Schwäche auszunutzen verstanden. Es gab Kollegen, die betraten das Klassenzimmer, und die Schüler verstummten und schauten erwartungsvoll nach vorn zu dem schmalen Tisch auf dem Podium, begierig auf das, was der Lehrer sagte, und voller Furcht, ihm nicht zu gefallen. Cordelia blieb nach jedem ihrer Klassenzimmerkämpfe geschwächter zurück. An einem Sommertag wie heute, kurz vor den großen Ferien, ging sie zum Rektor der Schule und unterrichtete ihn davon, dass sie kündigen und aus dem Staatsdienst austreten würde. Der Chef hatte genickt und gesagt: »Kann ich gut verstehen.«

Cordelia wusste nicht, was sie erwartet hatte, aber der Kommentar des Schulleiters verletzte sie und machte ihre Niederlage komplett. Umso überraschter war sie, als danach einige Schüler zu ihr kamen und beteuerten, wie sehr sie bedauerten, dass Cordelia sie im Stich ließe. Sie sagten tatsächlich: »Wir finden das irre schade, dass Sie uns im Stich lassen!« Der Einfachheit halber weigerte sich Cordelia, ihren Schülern zu glauben.

Sie hatte den Schuldienst quittiert, ohne einen neuen Job zu haben. »So ungefähr das Hirnrissigste, was ich mir vorstellen kann«, war der Kommentar ihres Vaters gewesen.

Hans Joachim, genannt Hajo Meinert, war das, was man einen Altachtundsechziger nannte. Der Begriff war noch immer im Schwange, obwohl sich die meisten Menschen gar nichts Konkretes mehr darunter vorstellen konnten. Cordelias Vater war Studienrat, Lehrer eben wie die meisten männlichen Mitglieder der Familie Meinert seit Generationen. Später war er dann Professor an einer Pädagogischen Hochschule geworden. Als junger Mann hatte er an Sit-ins teilgenommen, um die Macht der Professoren zu brechen. Er hatte sich mit Tausenden anderer auf Straßenbahnschienen gesetzt, um gegen Fahrpreiserhöhungen zu protestieren. Mit dem Ruf »Haut dem Springer auf die Finger« hatten er und seine Freunde die Auslieferung der »Bildzeitung« verhindert.

Sie hatten tatsächlich die Gesellschaft verändert. Doch jetzt, da der Elan schon lange, lange versickert war, sahen sie mit halbblinden Augen zu, wie die Restauration Stück um Stück zurückkam, wobei ihre alten Kampfgefährten schon wieder zu Schlüsselfiguren wurden.

Mit Anfang vierzig, also in Cordelias jetzigem Alter, begab sich Hajo Meinert in eine Therapie. Das gehörte irgendwie zum guten Ton. Aber es gab auch Gründe genug dafür: Mit seiner Frau war er unglücklich, im Beruf war er unzufrieden, in seine Tochter Cordelia war er total verschossen. Seine beiden Söhne vernachlässigte er, und das machte ihn dann auch wieder unglücklich. Nach zwei Jahren Therapie sagte er zu seiner Familie: »Ich habe jetzt die Kraft, frei zu entscheiden und mit meiner Schuld zu leben.« Es hörte sich an, als wolle er sich im Vorhinein für etwas entschuldigen, was er demnächst tun würde. Und prompt verliebte er sich in eine seiner Studentinnen. Er verhalf ihr zu lauter Einsern in ihrer Prüfung. In der gleichen Prüfung übrigens, aus der Cordelia nur mit einer 2,5 hervorging. Dann zog er zu Hause aus und bei Cordelias Kommilitonin ein. Als Cordelia ihn einmal fragte, warum er das alles mache, antwortete er: »Schwer zu erklären, mein Kind. Ich glaube, es sind die sexuellen Sensationen.« Seine Freundin sagte dann an einem denkwürdigen Mittwoch zu Hajo Meinert: »Freitag musst du hier ausgezogen sein, ich heirate am Samstag!«

In der Zeit danach hatte ihr Vater Cordelia richtig leid getan. Er hatte allen Ernstes geglaubt, seine Frau würde ihn zurücknehmen. Aber die hatte in den zwei Jahren auch etwas gelernt. Zuerst hatte Cordelias Mutter zwar gedacht, die Welt gehe unter. Doch dann besann sie sich endlich einmal auf sich selbst. Plötzlich war sie fast jeden Abend unterwegs, ging regelmäßig ins Kino und ins Theater, begann einen Computerkurs und lernte bei der Gelegenheit einen Mann kennen. Sie genoss ihn eine kurze Zeit, fuhr dann aber mit einem anderen in einen vierwöchigen Karibikurlaub.

Cordelia war damals achtzehn. Verstanden hatte sie ihre Eltern eigentlich nie. Und das beruhte ja wohl auf Gegenseitigkeit. Ihr Vater, der im nächsten Jahr siebzig wurde, war außerstande zu verstehen, warum Cordelia ihren sicheren Job hinschmiss. Wochenlang bearbeitete er sie, bis sie eines Tages einfach wieder auflegte, als er anrief.

Sie hatte so viel gespart, dass sie ein Jahr davon leben konnte. Sie wollte ganz viel lesen, und sie wollte etwas sehen von der Welt. Das erste, was sie las, war ein Text von Monika Maron, in dem es hieß, in Berlin, wo sich seit fünfzehn Jahren die Straßen und Plätze täglich veränderten, könne man in der eigenen Stadt verreisen wie an einen fremden Ort. Und so kam es, dass sie auf ihren Reisen die Stadt kaum verließ, und wenn, dann führte sie ihr Weg nur ins Umland. Auf diese Weise fand sie auch das Häuschen in Caputh, gar nicht weit von dem kleinen, spartanischen Holzhaus, das sich Einstein einst als Wochenendrefugium hier hatte bauen lassen.

Das Grundstück rechts von ihr war unbebaut. Links hauste dieser junge Mann, der offenbar nachtaktiv war wie eine Katze. Wahrscheinlich schlief er am Tage.

Cordelia sprang plötzlich auf. Sie zog sich an und holte ihr Fahrrad aus dem Schuppen. Eine halbe Stunde später stieg sie am Hirschsprung in die S-Bahn Richtung Berlin.

***

Christine Reichert, Sekretärin in der 8. Mordkommission, schreckte Peter Heiland aus seinen Gedanken auf. Er saß mit halb geschlossenen Augen, die Hände hinter dem Kopf verschränkt, die Beine weit von sich gestreckt, an seinem Schreibtisch. Die Kollegin Iglau war schon lange wieder unterwegs, um die Berliner Waffengeschäfte abzuklappern.

»Schlafen Sie oder denken Sie?«, fragte Christine Reichert.

»Beides!«

»Da war ein Anruf für Sie, als Sie in der Kantine waren. Eine Ruth Schönenborn aus Stuttgart.«

Peter Heiland riss die Augen auf. »Ist nicht wahr?!«

»Meinen Sie, ich erfinde so etwas?« Das klang, als müsse Christine ihren guten Ruf verteidigen.

»Eine frühere Kollegin.« Es sollte beiläufig klingen.

»Jetzt macht sie aber wohl was anderes«, sagte Christine, »sie schreibt was über ein Konzert morgen Abend in der Waldbühne und hätte noch eine Karte übrig, hat sie gesagt.«

»Waldbühne, was ist das?«

Christine starrte den neuen Kollegen an. »Das ist aber jetzt nicht Ihr Ernst?!«

»Was ist nicht mein Ernst?«

»Dass Sie nicht wissen, was die Waldbühne ist!«

»Na ja, man kann sich unter dem Namen natürlich was vorstellen.«

»Da wird's aber Zeit, dass Sie mal hinkommen. Ich denke, Sie sind schon ein Vierteljahr in Berlin!«

Die Sekretärin kam noch einmal zurück und legte einen Zettel mit Ruths Handynummer auf den Schreibtisch. Peter steckte den Zettel ein, stand auf und rammte dabei sein Knie aus Versehen gegen die

Kante seines Schreibtisches. Er fluchte wütend, schnallte sein Holster mit der Dienstwaffe um und zog die Jacke darüber. Die Ausrüstung zwang einen, selbst bei dieser brütenden Hitze eine Jacke zu tragen.

»Ich schau mir mal das ausgebrannte Wrack an«, sagte Peter Heiland und verließ den Raum.

In der Werkstatt der Spurensicherung stand ein kleiner Mann um die fünfzig vor dem ausgebrannten Fahrzeug. Er hatte sein Kinn in die rechte Hand gestützt. Der Ellbogen des rechten Arms ruhte in der linken Hand, die eine Kuhle bildete. Schöne Pose, dachte Peter Heiland und sagte: »Grüßgott!«

Der kleine Mann wendete sich ihm zu. Er hatte ein rundes rosiges Gesicht.

»Sie müssen der Profiler sein«, sagte Peter.

»Dr. Konrad Nüssling.«

Die beiden gaben sich die Hand.

»Ihr Täter überlässt nichts dem Zufall«, sagte der Psychologe.

»Was sagen Sie dazu, dass drei seiner Opfer in Erzieherberufen gearbeitet haben?«

»Ja, das fällt natürlich gleich auf. Ich sagte schon zu Herrn Wischnewski: Der Schlüssel zur Aufklärung liegt wahrscheinlich bei den Getöteten.«

Später redeten sie über die beiden Sniper in Amerika. Der Golfkriegsveteran John Allen Muhammad erschoss im Großraum Washington mit Hilfe seines siebzehnjährigen Ziehsohns Lee Boyd Malvo innerhalb weniger Wochen mindestens zwölf Menschen aus dem Hinterhalt. Der Profiler war bei dem Prozess gewesen. Am meisten hatte ihn ein Zeuge beeindruckt, der im Krieg als professioneller Heckenschütze eingesetzt war. Peter Heiland hatte sich noch gewundert, dass es so etwas überhaupt gab, aber Dr. Nüssling hatte nur abgewinkt. Spätestens seit dem ersten Golfkrieg, in dem John Allen Muhammad zum Helden wurde, und den darauf folgenden Kriegen auf dem Balkan, in Afrika und wieder am Golf müsse man sich ja wohl nicht mehr darüber wundern. Jedenfalls hatte der Sniper sehr anschaulich berichtet: »Gut ausgebildete Heckenschützen arbeiten immer zu zweit. Ein Mann wählt die Gegend aus und entscheidet über die Ziele. Er ist der Chef im Team. Der andere mag der bessere Schütze sein, aber das ist zweitrangig. Wenn sich die beiden richtig vorbereitet haben, ist der Schuss selbst ein Kinderspiel.«

»Ein Kinderspiel?« Peter blieb förmlich die Luft weg.

Aber der Profiler ließ sich nicht aus dem Konzept bringen. »Der Staatsanwalt legte dem Spezialisten ein ganzes Arsenal von Gegenständen vor, die man bei Muhammad und Malvo gefunden hatte. Ein Navigationsgerät, Walkie-Talkies, Karten, ein Diktiergerät und schließlich das Gewehr. ›Alles Sachen, die zur Grundausstattung eines Heckenschützen gehören‹, gab der Zeuge Auskunft. Und dann fragte ihn der Richter: ›Was war denn Ihr Ziel als Sniper?‹, und der

Mann antwortete: ›Mit kleinstem Aufwand so viel Schaden wie möglich in den feindlichen Reihen anzurichten. Wir greifen nicht an der Front an, sondern im Hinterland. Wir suchen weiche Ziele. Wir haben den Unterleib im Visier. Du tötest den Fahrer eines Tanklastzugs. Oder einen Funker. Erschieß einen Funker und noch einen Funker und noch einen – und du wirst sehen: Keiner will mehr ans Funkgerät.‹«

Dr. Konrad Nüssling schien von seinem eigenen Bericht ziemlich beeindruckt zu sein. Und offenbar hatte er auch Hunger bekommen. »Wenn es Sie wirklich interessiert«, sagte er zu Peter Heiland, »dann lassen Sie uns beim Essen weiterreden.«

Sie fuhren zu einem schwäbischen Restaurant, das Peter empfohlen hatte. Alles dort erinnerte ihn an zu Hause – nur nicht der Name; denn die Gaststätte in Schöneberg hieß »Antiqua«. Sie wurde von zwei Geschwistern mit dem schönen schwäbischen Namen Hägele geführt. Die Schwester hatte auf »Antiqua« bestanden, weil die Einrichtung so schön alt war.

Peter Heiland aß hier am liebsten Linsen mit Spätzle und Saitenwürstchen. Und er war stolz darauf, dass er die Wirtsleute hatte davon überzeugen können, den Kartoffelsalat zum Leberkäse oder zu den Maultaschen nicht aus der Kühltruhe, sondern leicht angewärmt zu servieren. Sie stiegen die vier Stufen zu der kleinen Empore hinauf, wo vier Tische standen, an denen man nicht nur seine Ruhe, sondern auch einen guten Überblick über das Lokal hatte.

»Im Krieg«, sagte Nüssling, als die Flädlesuppe kam, »hat der Sniper die Aufgabe, das Vertrauen zwischen den unteren Rängen und dem Kommando des Feindes zu zerstören. Je mehr und je willkürlicher Leute erschossen werden, umso stärker wird die Atmosphäre der Unsicherheit. Aber es gibt noch andere Gründe für den Einsatz von Scharfschützen. Statistiker haben im Vietnamkrieg ausgerechnet, dass die amerikanischen Verbände im Schnitt 50 000 Schuss Munition verfeuern mussten, um einen gegnerischen Soldaten auszuschalten.«

»Man spart Material. Meinen Sie das?«

Dr. Nüssling nickte. »Mit minimalem physischen Aufwand erzielt man eine maximale Wirkung!«

Heiland löffelte seine Suppe. »Aber unser Mann arbeitet alleine, und er ist kein Soldat.«

»Dass er alleine arbeitet, heißt nur, dass er die Aufgaben des Teams ganz auf sich gestellt lösen muss. Und ob er sich nicht als Soldat empfindet, müssen wir erst noch rauskriegen. Die Suppe ist übrigens köstlich. Der Koch hat eine Brühe hergestellt, die man nur loben kann.« Nüssling tupfte seine Lippen mit der Stoffserviette ab.

Peter Heiland wollte sich jetzt nicht ablenken lassen. »Sie meinen, der Heckenschütze führt auf eigene Faust Krieg gegen unsere Gesellschaft.«

»Wenn wir mehr über ihn wissen, kann ich Ihnen diese Frage vielleicht beantworten. Aber eins bleibt immer gleich: Der Sniper liebt die Macht, die er über andere Menschen hat. Er sucht sich eine erstklassige Schussposition, nimmt einen Passanten ins Visier. Der rote Punkt des Laserpointers wandert über den Körper des wehrlosen Opfers. Jede Bewegung, die der anvisierte Mensch jetzt macht, kann seine letzte sein. Mit dem Finger am Abzug ist der Sniper plötzlich Herr über das Schicksal eines anderen Menschen. ›Ich bin Gott‹ stand auf einer Tarotkarte, die John Allen Muhammad an einem der Tatorte hinterließ.«

Peter Heiland hatte natürlich auch die Berichte über Muhammad und Malvo gelesen. Und er fühlte sich gedrängt, nun auch seinerseits zu beweisen, dass er seine Schularbeiten gemacht hatte.

»Die beiden Amerikaner erschossen vier Menschen an einem Vormittag«, sagte er, »in ein und derselben Gegend in Maryland, zwei Männer und zwei Frauen, sie waren zwischen fünfundzwanzig und vierundfünfzig Jahre alt. Dann warteten die beiden zwölf Stunden, töteten einen zweiundsiebzigjährigen Rentner in Washington D. C. Am nächsten Tag schossen sie auf eine Frau in Virginia, drei Tage später auf einen dreizehnjährigen Schuljungen in Maryland.«

Nüssling nickte. »Es gab kein Muster, kein Motiv, keine Spuren. Sie schossen willkürlich in den weichen Unterleib Amerikas!«

»Kein Motiv?« Peter Heiland schüttelte den Kopf. Er

beugte sich weit über den Tisch und stieß dabei aus Versehen sein Bierglas um. Ohne seine Rede zu unterbrechen, begann er die gelbe Lache auf dem Tischtuch mit seiner Serviette abzutupfen. »War nicht die ganze Welt um sie herum Feindesland? Muhammad war Kriegsveteran und fühlte sich von seinem Land beschissen.«

»Vielleicht.« Nüssling winkte der Wirtin, bat um ein neues Tischtuch und bestellte ein neues Bier für Peter Heiland.

»So was passiert mir ständig«, sagte Heiland. »Sorry!«

Nüssling winkte jovial ab. »Vor Gericht hat John Allen Muhammad eine Geschichte erzählt: Seine kleine Tochter naschte gerne. Er hatte grade eine Dose mit Schokoladenkeksen gekauft. Und als er aus dem Haus ging, untersagte er dem Mädchen streng, von den Keksen zu essen. Eine Stunde später kam er nach Hause. Die kleine Tochter war im Garten, hatte einen schokoladeverschmierten Mund und in jeder Hand einen Keks. Er schimpfte sie und schickte sie in ihr Zimmer. Das Kind brach förmlich zusammen. Kurz darauf kam ihr Bruder und berichtete dem Vater, er habe Schokoladenkekse gekauft und seiner Schwester geschenkt. Es stellte sich heraus, dass das Mädchen nur wenige von den Keksen gegessen und die restlichen in die Dose des Vaters gelegt hatte.«

Peter Heiland sah Dr. Nüssling aufmerksam an, verstand aber nicht, was er ihm mit der Geschichte sagen wollte.

»John Allen Muhammad wollte dem Gericht damit nichts anderes sagen, als dass es mit der Wahrheit nicht so einfach sei. Die Erklärung, dass er sich rächen wollte, weil man ihm den Respekt als Vietnamkämpfer verweigert hatte, ist vielleicht zu einfach.«

»Trotzdem: Das mit dem ›verweigerten Respekt‹ hat etwas«, sagte Peter Heiland und beugte sich weit zurück, um Frau Hägele die Möglichkeit zu geben, ein neues Tischtuch auszubreiten. »Die Flädlesuppe war prima«, sagte er zu ihr und fügte mit einem Lächeln hinzu: »Respekt!«

»Sie sind ein komischer Vogel«, sagte Nüssling.

»Ja, das höre ich öfter.«

Als sie auf die Eisenacher Straße hinaustraten, fuhr ein warmer Windstoß über den Asphalt und trieb Staub, trockene Blätter und Papier vor sich her.

»Eine Hitze ist das!«, stöhnte Dr. Nüssling.

Peter Heiland sagte: »Dass diese Schützen kein Erbarmen haben…!«

»Weiß man's?« Nüssling zog ein blütenweißes, penibel gefaltetes Taschentuch aus der Innentasche seiner Jacke und tupfte sich ein paar Schweißperlen von der Stirn und aus den Nasenwinkeln. »Gerhard Mauz hat mal über einen Mörder geschrieben: ›Der Mensch, der schießt, ist ebenso unschuldig wie der Kessel, der explodiert, die Eisenbahnschiene, die sich verbiegt, der Blitz, der einschlägt, die Lawine, die tötet.‹ Ihnen muss ich ja wohl nicht sagen, dass Täter manchmal auch Opfer sind und dass Opfer zu Tätern werden können.«

»Ich habe von Barmherzigkeit geredet...«

Nüssling verschränkte seine Arme vor der Brust – eine seltsame Geste bei dieser Hitze. »›Ja, Mitleid hatt' ich. Das hatt' ich immer, Mitleid und Erbarmen. Und vielleicht auch, dass meiner ein Erbarmen harrt, um meines Erbarmens willen. Ich kann es brauchen. Jeder kann es.‹ Wissen Sie, wo das steht?«

Heiland grinste. »Nein, obwohl ich Heiland heiße.«

»Bei Fontane. In seinem Roman ›Vor dem Sturm‹ sagt das der sterbende Tubal. Übrigens Gerhard Mauz, von dem ich vorhin sprach, der größte deutsche Gerichtsreporter der Nachkriegszeit, hat diesen Satz mit Vorliebe zitiert.«

Peter Heiland verabschiedete sich von Dr. Nüssling, der sich ein Taxi bestellt und ihm angeboten hatte, ihn ein Stück mitzunehmen. Er nehme lieber den Bus und die U-Bahn, hatte Peter gesagt. Er sei es so gewohnt, und er wolle auch keine Umstände machen. Der Bus fahre gleich vorne an der Ecke.

Peter Heiland war jetzt froh, allein zu sein. Das Gespräch mit dem Profiler hatte ihn aufgewühlt. Die ganze Zeit hatte er an eine Szene aus dem Film »Full Metal Jacket« denken müssen. Ein vietnamesischer Heckenschütze, der einen amerikanischen Soldaten nach dem anderen gnadenlos aus dem Hinterhalt mit seinen Kugeln durchsiebt hatte, erwies sich am Ende als Mädchen. Peter Heiland hatte einmal eines dieser überraschend leichten Präzisionsgewehre in der Hand gehabt. Das Ziel war eine Pappfigur wie ein Schattenriss am Ende einer fünfzig Meter langen Schießbahn. Als er sie ins Visier nahm, spürte er förmlich, wie schwer es war, der Faszination dieser Waffe zu widerstehen. Man musste bloß den Finger krumm machen, um ein Leben auszulöschen.

***

Peter Heiland hatte sich alle Angaben über die Opfer aus den Akten herausgeschrieben und in einem kleinen Notizbuch festgehalten. Den Aufzeichnungen seiner Kollegen hatte er entnommen, dass die Kindergärtnerin Amelie Römer mit einer Freundin zusammenlebte. Sie hieß Sonja Michel und wohnte in einer geräumigen Vierzimmerwohnung in Steglitz in der Schützenstraße.

Auf dem Klingelschild standen noch beide Namen: Amelie Römer und Sonja Michel. Frau Michel öffnete die Tür. Sie stützte sich auf einen Stock. Gleich neben der Wohnungstür sah Peter Heiland einen Rollstuhl stehen. Als er die Tür hinter sich zudrückte, kamen aus drei verschiedenen Zimmern insgesamt sieben Katzen.
»Ich würde Ihnen gerne etwas anbieten«, sagte Frau Michel, »aber ich schaff das nicht.«

Peter hörte sofort heraus, dass die Frau aus Schwaben stammte. »Sie haben zusammengelebt, Sie und Frau Römer?«, fragte er.

»Ja, seit sieben Jahren. Gleich nachdem mein Mann an Krebs gestorben war.« Sie warf den Stock in eine Ecke. Die Katzen flüchteten in andere Zimmer. »Das verflixte siebte Jahr.«

Frau Michel sank in einen Sessel. Sie war groß und breit, dennoch konnte man ahnen, dass sie früher einmal eine attraktive Frau gewesen sein musste. Sie trug einen langen braunen Rock, der voller Katzenhaare war, und einen geringelten Pulli. Peter schätzte die Frau auf sechzig bis fünfundsechzig Jahre.

»Sie kommen aus Schwaben?«

»Ja, ich bin in Bodelsingen aufgewachsen. Natürlich wissen Sie nicht...«

»Oh doch. Liegt zwischen Tübingen und Hechingen, unterhalb des Albtraufs. Grob gesagt.«

»Dann kommen Sie auch von da unten?«

Peter nickte. »Und Frau Römer?«

»Die war ursprünglich aus Tübingen, hat aber später auch in Bodelsingen gewohnt. Aber das habe ich den anderen Polizisten schon alles erzählt.«

Peter Heiland ließ sich dadurch nicht abbringen, weiterzufragen. »Seit wann kannten Sie Frau Römer?«

»Wir waren in der Ausbildung zusammen. Dann haben wir uns aus den Augen verloren. Irgendwann, ich glaube, es war 1995, also vor zehn Jahren ungefähr, war ich bei einer Autorenlesung. Drüben in der kleinen Buchhandlung in der Albrechtstraße, und da saß sie unter den Zuhörern. Ich hab sie sofort wieder erkannt. Sie mich nicht. Ich hab mich natürlich auch verändert.«

Frau Michel stemmte sich aus ihrem Sessel heraus und ging zu einer Kommode, zog die oberste Schublade auf und entnahm ihr ein Fotoalbum. Auf dem Rückweg hob sie ihren Stock auf. Als sie wieder im Sessel saß, blätterte sie das Buch auf und reichte es Heiland. »Da, die links bin ich, die in der Mitte ist Amelie Römer.«

Heiland sah mehrere Frauen in den gleichen grauen Kleidern, die wie eine Uniform wirkten. Und alle hatten weiße gefaltete Häubchen auf dem Kopf. Trotz der Schwesterntracht wirkte Frau Michel auf dem Bild ausgesprochen attraktiv. In ihrem Blick lag etwas Herausforderndes.

»Wir waren damals bei den Diakonissen«, sagte Frau Michel, »aber wir sind dann abgesprungen. Amelie ist Kindergärtnerin geworden, und ich habe einen Abschluss als Apothekenhelferin gemacht.«

»Warum – ich meine, warum sind Sie abgesprungen?«

»Wegen der Männer«, sie lachte.

»Aber die Diakonissen sind doch evangelisch!«

»Trotzdem dürfen sie nicht heiraten. Amelie hat ja dann trotzdem nicht geheiratet, ich hab 's zwar versucht, zweimal sogar, aber...« Sie unterbrach sich und machte eine wegwerfende Handbewegung. »Eigentlich hätten wir auch bei den Diakonissen bleiben können. Aber das hat man ja damals net g'wusst!«

»Stattdessen haben dann Sie zwei sich wieder gefunden.«

»Ja, aber das wär besser net passiert!« Das bleiche, schwammige Gesicht der Frau zeigte plötzlich einen harten Zug. »Wir haben wenig gute Tage mit'nander g'habt.«

»Warum?«

»Sie war so herrisch. Nix hab ich ihr recht machen können. Immer hat sie mich nur kommandiert. Ich glaub, sie hat mir übel genommen, dass ich so hinfällig wurde.«

»Was fehlt Ihnen denn?«

»Es ist ein Nervenleiden. Jetzt geht's mir grade ganz gut, doch es kann von einer Minute auf die andere kommen. Dann zittere ich am ganzen Leib und sterbe fast vor Angst. Aber sie hat mich nicht ernst genommen in meiner Not. Hat sogar manchmal meine Tabletten versteckt. ›Da musst du aus eigener Kraft wieder rauskommen‹, hat sie immer gesagt. Aus eigener Kraft! Ja wie denn, wenn man keine Kraft mehr hat?«

»Das tut mir leid«, sagte Peter Heiland lahm.

»Ich bin froh, dass sie nimmer lebt!« Sie stieß ihren Stock hart auf den Boden.

Peter Heiland ließ die Blätter des Albums locker über seinen Daumen gleiten, doch plötzlich griff er fester zu. Ein Foto zeigte eine Frau um die vierzig auf einem Hochstand mit einer angelegten Waffe. »Sind Sie das?«

»Ja.«

»Sie sind Jägerin?«

»Gewesen. Ich bin früher viel auf die Jagd gegangen. Im Schönbuch.«

»Die Jagdwaffe – wissen Sie, was das für ein Modell war?«

»Nein, keine Ahnung. Sie gehörte damals einem Freund. Später hat er mir das Gewehr dann geschenkt.«

»Ihre Freundin ist mit einem Jagdgewehr erschossen worden.«

»Ja!«

»Was, ja?«

»Man hat mir das schon gesagt.«

Peter Heiland sah die Frau eine ganze Zeit lang unverwandt an. Sie wurde unruhig unter seinem Blick.

»Was gucket Sie denn so?«

»Wären Sie heute noch dazu in der Lage, ein Tier zu erlegen?«

Frau Michel lachte unfroh auf. »Jetzt geht Ihre Phantasie aber mit Ihnen durch, junger Mann.«

»In unserem Beruf muss man lernen, das Undenkbare zu denken, Frau Michel. Haben Sie das Gewehr noch?«

»Nein. Und jetzt gehen Sie, bitte!«

Als er in den Flur trat, kamen die Katzen zurück und strichen um seine Beine. Frau Michel begleitete ihn zur Wohnungstür. Peter wandte sich noch einmal zu ihr um. »Ihre Freundin hat für Sie gesorgt, nicht wahr?«

»Ja, ich kann ja fast nichts mehr.«

»Aber dafür ist hier doch alles sehr ordentlich.«

»Ja, ein- oder zweimal die Woche habe ich eine Hilfe.«

Die gepflasterte Straße lag still da, als Peter Heiland ins Freie trat. Er überquerte die Fahrbahn und blieb vor einem Bioladen stehen, der auf den schönen Namen »Siebenkorn« getauft worden war.

Eigentlich konnte er gleich einkaufen, wenn er schon mal hier war. Peter Heiland betrat den Laden. Ein dreistimmiges Glockenspiel kündigte den Kunden an. Zwei junge Leute in grünen Schürzen räumten Regale ein. Sie grüßten freundlich.

Das Obst musste man selber abwiegen. In einem kleinen Kühlregal fand er Milch und Joghurt, und da er schon einmal hier war, kaufte er gleich eine ganze Kollektion Nüsse und Körner. Als er zahlte, sagte er beiläufig: »Hat Frau Römer auch bei Ihnen eingekauft?«

»Ja, alles«, sagte die junge Frau. »Sie und ihre Freundin haben sehr gesund gelebt.«

»Und jetzt? Kommt Frau Michel zu Ihnen?«

»Nein, nie!«

»Auch sonst niemand, der für sie einkauft?«

»Nicht, dass ich wüsste.«

Peter Heiland zahlte und verließ das Geschäft. Die Hitze stand zwischen den Häusern. Heiland wollte die U-Bahn von der Haltestelle Rathaus Steglitz zum Bahnhof Zoo nehmen. Er bog grade in die Mittelstraße ein, als er Sonja Michel sah. Sie steuerte ihren elektrisch getriebenen Rollstuhl die Schützenstraße hinauf Richtung Albrechtstraße. Peter Heiland folgte ihr ein paar Schritte, blieb dann aber vor der Haustür stehen, aus der Frau Michel gekommen war. Er drückte mit der Schulter dagegen, die Tür schwang nach innen auf. Die Frau im Rollstuhl hatte sich nicht die Mühe gemacht, abzuschließen. Heiland stellte seine Einkaufstüte in eine dunkle Ecke des Hausflurs und stieg die Treppe hinauf. Den Aufzug konnten nur Bewohner nutzen, die einen Schlüssel dafür hatten.

Die Wohnungstür von Frau Michel war mit zwei Schlössern gesichert. Hinter der Tür hörte Heiland die Katzen schreien. Peter Heiland schalt sich einen Esel. Was hatte er sich eigentlich eingebildet? Das musste an der Hitze liegen, dass er auf die hirnrissige Idee gekommen war, die Wohnung der Frau zu durchsuchen. Wütend über sich selbst stieg er die Treppe hinunter. Als er sich grade wieder nach seiner Einkaufstüte bückte, sagte eine Stimme: »Man sollte eigentlich den ganzen Tag im Keller bleiben, das ist der einzige Ort, wo man's bei dieser Hitze noch halbwegs aushalten kann.«

Peter Heiland richtete sich auf. Er stand einem freundlich blinzelnden älteren Mann gegenüber, der über seinem nackten sehnigen Körper nur eine viel zu weite Latzhose trug.

»Da haben Sie Recht«, sagte Heiland. Der Mann stieg die Treppe hinauf.

Vielleicht suchte Peter Heiland nur einen kühlen Ort, oder warum stieg er plötzlich die Kellerstufen hinab? Er kam in einen langen gewölbten Gang, der aus Sandstein gemauert war. Die Keller waren durch Lattenwände getrennt. Jeder war einer Wohnung zugeordnet. Frau Michel wohnte im dritten Stock rechts. »3 R« stand an der vorletzten Kellertür. Das einfache Schloss leistete dem Kommissar nur kurzen Widerstand.

Heiland machte Licht. Hier herrschte Ordnung. An der linken Wand stand ein altes Küchenbüfett, gegenüber der Tür ein Stahlregal, das bis unter die Decke reichte, rechts eine Kommode mit einem Spiegel darüber.

Das Büfett und das Regal waren schnell durchsucht. Danach zog Peter Heiland die oberste Schublade der Kommode auf. Sie war bis obenhin vollgestopft mit Kinderzeichnungen. Die zweite enthielt Weihnachtsschmuck. In der untersten waren Diakästen gestapelt.

Aber da fand sich auch ein kleines graues Päckchen. Peter Heiland nahm es heraus und öffnete es. Zum Vorschein kamen messingglänzende Patronen. Geschosse des Kalibers 7,25, sauber angeordnet. Ein Geschoss fehlte.

Peter Heiland stieg aus dem kühlen Keller in das gleißende Licht und die dumpfe Hitze der Straße hinauf. Er wählte sofort Wischnewskis Nummer. Dann setzte er sich auf der gegenüberliegenden Straßenseite auf die Steinfensterbank vor einem Spezialgeschäft für Kücheneinrichtungen in den Schatten.

Amelie Römer war im Botanischen Garten erschossen worden. Am 28. Januar. Der Schuss war aus etwa vierzig Metern Entfernung abgegeben worden. Frau Römer hatte gerade das Tropenhaus verlassen, als das Projektil sie in den Hals traf. Sie verblutete in kürzester Zeit, denn die Kugel hatte die Schlagader zerfetzt. Der Schütze musste auf der gegenüberliegenden Böschung gestanden haben, wo immergrüne Büsche und Bäume genügend Sichtschutz boten. Niemand hatte ihn gesehen. Vielleicht musste man jetzt nach einer Rollstuhlfahrerin fragen. Mit dem elektrischen Gefährt konnte sie leicht von der Schützenstraße bis zum Eingang des Botanischen Gartens gelangen.

»Mann, sind Sie auch noch ganz unter der Mütze?«, herrschte ihn Wischnewski an, als er seinen schweren Körper aus dem Dienstwagen gewuchtet hatte. »Das ist Einbruchdiebstahl.«

»Wieso, ich habe nichts genommen. Ich habe die Patronen an ihren Platz zurückgestellt.«

»Was?? Sind Sie wahnsinnig? Das sind unter Umständen wichtige Beweismittel!«

»Ja, das sehe ich auch so«, sagte Heiland. »Aber was hätte ich machen sollen?«

Wischnewski kratzte sich am Kinn. »Keine Ahnung. Gar nicht erst da reingehen. Wie kommen Sie überhaupt auf so eine Idee? In meiner Abteilung macht niemand etwas auf eigene Faust. Warum unterrichten Sie mich nicht, bevor Sie etwas unternehmen?«

Heiland sah seinen Chef unglücklich an. »Es muss an der Hitze gelegen haben.«

»Nein, Heiland, das liegt an Ihnen! Sie sind ein Unglückswurm!«

»Manchmal hat man aber auch Glück im Unglück«, entgegnete Peter Heiland. Über die breiten Schultern seines Chefs hinweg sah er Sonja Michel den Gehsteig herunterkommen. Sie fuhr schnell und sicher auf ihrem vierrädrigen Gefährt.

»Sind Sie immer noch da?« Frau Michel hielt dicht neben den beiden Polizeibeamten.

»Das ist mein Chef«, sagte Heiland, »Herr Wischnewski.«

Der Kriminalrat verbeugte sich leicht, und Frau Michel sagte: »Ja, und?«

Wischnewski entschloss sich zum direkten Angriff. »Frau Michel, wo waren Sie am 28. Januar, als Ihre Freundin erschossen wurde?«

»Zu Hause, wo sonst?«

»Im Botanischen Garten.«

»Ich?« Frau Michel lachte, was freilich nicht sehr natürlich klang.

»Man hat Sie gesehen!«

Peter Heiland starrte seinen Chef an. Der log, ohne mit der Wimper zu zucken.

»Wer?«

»Zwei Zeugen.«

»Und die haben mich gesehen?«

»Um ehrlich zu sein, eine Rollstuhlfahrerin mit genau so einem Gefährt.«

»Mit genau so einem Gefährt?«

Peter Heiland sagte schnell: »Man wird sie noch genauer befragen müssen.«

»Das würde ich Ihnen aber auch sehr empfehlen. Im Januar hatte ich nämlich noch gar kein solches Gefährt.«

Peter Heiland kam sich vor, als wäre er schon wieder in Hundescheiße getreten. Er hob nacheinander seine Füße und sah sich die Sohlen seiner Schuhe an, konnte aber nichts entdecken.

Wischnewski blieb gelassen. »Wir würden uns jetzt gerne Ihren Keller anschauen, Frau Michel.«

»Warum das denn?«

»Sie werden doch nichts zu verbergen haben, oder?«

Hinter der Stirn der Frau im Rollstuhl arbeitete es. Sie schaute Heiland aus zusammengekniffenen Augen an. »Waren Sie schon in meinem Keller?«

Heiland wusste nicht, was er darauf sagen sollte.

»Ja, er war dort«, sagte Wischnewski, »aufgrund eines Hinweises, dem wir unbedingt nachgehen mussten.« Heiland schaute seinen Chef mit dem Blick eines dankbaren Hundes an.

»Was für ein Hinweis?«

»Schaffen Sie die Kellertreppe?«, fragte Wischnewski unbeirrt weiter. »Wir können Sie auch tragen.«

»Das wird ein Nachspiel haben«, sagte Frau Michel, aber es klang kläglich. Heiland sah förmlich, wie ihr Widerstand in sich zusammensank. Plötzlich tat die Frau ihm leid.

Frau Michel stemmte sich aus ihrem Rollstuhl heraus. »Kurze Strecken kann ich immer noch gehen.« Die Kellertreppe schaffte sie fast problemlos.

Im Keller machten sie sich nicht mehr die Mühe, erst lange zu suchen. Heiland zog die unterste Schublade der Kommode auf.

Plötzlich waren da Schritte auf der Kellertreppe. Peter Heiland richtete sich auf und schaute den langen Kellergang entlang. Ein Mann nahm die letzten drei Stufen in einem Satz und geriet nun ins Blickfeld des Kommissars. Aber er stand vor der Lampe. Heiland konnte nur einen Schattenriss erkennen. Der Mann machte sofort kehrt und hastete mit langen Sprüngen die Treppe hinauf.

Heiland wollte ihm nach, rannte gegen die halb offen stehende Lattentür und spürte einen stechenden Schmerz an der Stirn. Er trat einen Schritt zurück, riss die Tür vollends auf und rannte den Kellergang entlang. Als er die unterste Stufe der Treppe erreichte, fiel oben die Tür ins Schloss. Keuchend erreichte der Kommissar die Haustür. Weit und breit war niemand zu sehen.

Wischnewski streifte derweil Plastikhandschuhe über und versenkte die Schachtel mit den Patronen in einer durchsichtigen Tüte. »Mein Kollege schreibt Ihnen eine Quittung aus«, sagte er, »sobald er von seinem Ausflug zurück ist.« Da kam Peter Heiland auch schon durch den gewölbten Kellergang zurück.

»Sie sind rücksichtslos, überheblich und haben keine Manieren!« Frau Michel stand mitten in ihrem Keller und klopfte zu jeder Silbe, die sie aus ihrem schmalen Mund hervorstieß, mit ihrem Stock auf den Boden.

»Ich fürchte, alle drei Dinge stimmen, aber unsere Arbeit lässt uns leider oft keine andere Wahl«, sagte Wischnewski. »Können Sie uns sagen, wo die fehlende Kugel ist?«

»Nein, ich weiß ja nicht einmal, wie das Päckchen hier hereinkommt. Wahrscheinlich haben Sie's in die Schublade praktiziert, damit Sie's finden konnten!« Frau Michel sprach jetzt lupenreines Hochdeutsch.

Die Fahrt ins Präsidium brachten sie schweigend hinter sich. Ab und zu warf Heiland einen Blick zu Wischnewski hinüber, der stur und verbissen geradeaus schaute. Erst als sie ausstiegen, nahm der Kriminalrat wieder das Wort: »Bilden Sie sich da ja nichts drauf ein!«

Heiland sagte nichts. Ihm war nicht wohl in seiner Haut. Aber er war auch stolz, was er freilich niemals zugegeben hätte.

Als er in sein Büro kam, sagte Christine Reichert: »Da war ein komischer Anruf. Vor zehn Minuten. Ein Mann, der wollte wissen, ob bei uns ein Kommissar Peter Heiland arbeitet.«

»Ja, und?«

»Ich habe gesagt: ›Ja, seit einem Vierteljahr.‹ Er hat sich bedankt und aufgelegt.«

Peter Heiland fragte noch einmal: »Ja, und?«

»Ist doch irgendwie komisch, oder? Fragt nur, ob Sie hier arbeiten, und legt dann wieder auf.«

»Ja, da haben Sie allerdings Recht!«

Wischnewski rief eine halbe Stunde später die Sonderkommission zusammen. Er sagte, man müsse ganz neu nachdenken. Für den Mord an der Kindergärtnerin Amelie Römer gebe es plötzlich eine Verdächtige. »Und die ist kein Phantom. Sie hatte ein Motiv, und wir werden auf dem schnellsten Wege klären, ob sie auch eine Gelegenheit hatte. Das sind noch immer die beiden wichtigsten Voraussetzungen für einen Mord.«

***

»Na, Sie sind gut.« Der Gärtner im Botanischen Garten verstellte den Sprenger. Heiland merkte zu spät, in welche Richtung das Gerät nun seine Wasserbögen schicken würde, und stand plötzlich pitschnass da. »Tut mir leid, ick hätte Sie vielleicht warnen sollen«, sagte der Gärtner.

»Lasset Se's guet sei, des ischt doch wunderbar bei der Hitz'!« Heiland ließ sich ein zweites Mal begießen und wechselte erst danach den Standort.

»'ne Frau in 'nem Rollstuhl, nee, da ha ick nu keen Schimmer!«

»Wäre ja auch zu schön gewesen«, sagte Peter Heiland.

»Warum dit denn?«, wollte der Gärtner wissen.

»Nur so«, sagte der Schwabe und schlenderte weiter. Die Klamotten klebten an seinem Leib. Er suchte die Stelle, wo vermutlich der Todesschütze gestanden hatte, zog seine Jacke aus und legte sich ins Gras. Zwei Minuten später war er eingeschlafen.

Er wachte wieder auf, als eine dünne Stimme rief: »Hände hoch oder ich schieße!« Heiland blinzelte in die tiefstehende Sonne. Vor ihm stand ein etwa achtjähriger Junge und hatte Heilands Dienstpistole in beiden Händen. Die Art, wie er die Waffe hielt, wirkte ausgesprochen professionell. Peter Heiland richtete sich auf, griff nach seinem Pistolenholster und hob dann beide Hände hoch über den Kopf. »Ich ergebe mich!«

»Warum hast du einen Revolver?«, fragte der Junge.

»Das ist eine Pistole, und ich muss die mit mir rumtragen, weil ich bei der Polizei bin.«

»Kannst du das beweisen?«, krähte der Dreikäsehoch.

»Ja, aber dazu muss ich die Hände runternehmen, dann kann ich dir meinen Polizeiausweis zeigen.«

»Die Polizeimarke«, verbesserte ihn der Kleine.

»Du bist im falschen Film«, sagte Peter, »nur in Amerika haben Polizeibeamte so eine Marke.« Er zog seinen Lichtbildausweis aus der Tasche. »Da, schau ihn dir genau an. Die Pistole kannst du mir solange geben.« Der Junge ließ sich auf das Spiel ein, und Peter Heiland schob die Waffe erleichtert in das Holster zurück.

»Und warum schläfst du hier?«, fragte der Junge, als er Peter seinen Ausweis zurückreichte.

»Ich war die ganze letzte Nacht auf den Beinen!«

»Verbrecher fangen?«

»Also bevor wir die fangen können, müssen wir eine Menge Vorarbeit leisten.« Peter war aufgestanden. Er schickte ein kleines Dankgebet zum Himmel. Nicht auszudenken, was geschehen würde, wenn Wischnewski erfuhr, was hier grade passiert war.

Die Kleider waren wieder trocken, wenn auch ein wenig aus der Fasson.

***

Zwei Stunden später saß Peter Heiland in der U-Bahn. Als sie beim Senefelder Platz aus der Tiefe schoss, um als Hochbahn weiterzufahren, wurde es draußen für Sekunden taghell. Ein Blitz fuhr über den Himmel. Den Donner konnte man in der Bahn nicht hören, weil drei russische Musiker mit Klarinette, Trompete und Akkordeon grade in größter Lautstärke »Kalinka« spielten. Über die Scheiben strömte das Regenwasser in kleinen Bächen, die ungefähr in der Mitte der Fensterscheibe vom Fahrtwind nach hinten geleitet wurden. Natürlich hatte Peter Heiland keinen Schirm dabei, obwohl in allen Wetterberichten Gewitter mit starken Regenfällen angekündigt worden waren. Er warf dem Klarinettisten ein Zweieurostück in den Plastikbecher und schickte sich an, auszusteigen. Eine Frau neben ihm sagte: »Dit is ne jute Tat. Dit sin nämlich lauter akademische Musiker aus Moskau oder St. Petersburg.« Sie selbst gab den Musikern nichts, obwohl sie nicht so aussah, als ob sie sparen müsste.

Es war trotz des Regens noch immer schwül – »molzig« sagte man in seiner Heimat, wenn die Luft so feuchtwarm auf den Menschen lastete. An der Haltestelle blieb er erst einmal unter der Brückenkonstruktion stehen. Erst kürzlich hatte er gehört, dass die älteren Berliner diese Hochbahn über der Schönefelder Allee auch Magistratsschirm nannten. In Ostberlin hatte zu DDR-Zeiten der Senat Magistrat geheißen.

»Ey, Kumpel«, hörte er plötzlich eine Stimme, die

ihm bekannt vorkam. Er drehte sich um. An einer der nietenbewehrten Metallstreben lehnte Manuel, der schwarze Jongleur, und verzehrte eine Currywurst. Er nickte über die Schulter. »Von Konopke!« Peter trat zu ihm, und Manuel streckte ihm den ovalen Pappteller hin. Heiland bediente sich mit spitzen Fingern und führte das Wurststückchen zum Mund. »Ey, Mann, pass doch auf!«, krähte der Schwarze. Aber da war es schon zu spät. Ein dicker Tropfen Ketchup war auf Peters Hemdbrust gelandet. »Sieht ja aus, als wärst du erschossen worden!« Manuel lachte. »Erschossen oder erstochen. Mitten ins Herz!« Er bohrte seinen schwarzen Finger in den Ketchup-Fleck. »Muss deine Mutter mit Gallseife vorbehandeln, bevor sie das Hemd in die Wäsche tut.«

»Na du kennst dich aus!« Peter grinste, nahm seinem neuen Freund die Coladose aus der Hand, trank einen Schluck und schüttelte sich. »Bäh, wie kann einer so was nur trinken.«

»Wie geht's deiner Freundin?«, fragte der Schwarze.

»Ist nicht meine Freundin.«

»Kann nicht mehr lange dauern.« Manuel lachte krächzend.

»Wo kommst du überhaupt her?«, fragte Peter Heiland. »Verfolgst du mich?«

»Hast du das noch nicht gemerkt? In Berlin begegnest du immer denselben Leuten, als ob da oben einer wäre, der uns an Fäden so führt, dass sich ständig unsere Wege kreuzen.«

»Da oben ist keiner. Also auch keiner, der die Fäden in der Hand hat.«

»Na, da solltest du aber nicht so sicher sein.«

Manuel ging zu einem Müllbehälter, warf den Pappteller und die Dose hinein, wischte seine Finger an seinen Jeans ab und kam zu Peter zurück. »Gehen wir noch was trinken?«

»Sobald es aufgehört hat zu regnen.«

»Es hat aufgehört!«

Tatsächlich fielen die dicken Tropfen nur noch vereinzelt von den Kanten der Hochbahn und von den Blättern der Alleebäume herab.

Peter und Manuel gingen in die Stargarder Straße hinein. Vor jedem Haus standen Bierbänke, Tische und Gartenstühle, egal ob da eine Kneipe war oder nicht. Obwohl… eigentlich war überall eine Kneipe. Und überall wischten Menschen das Holz und das Metall trocken.

Der Kommissar und der schwarze Jongleur passierten die Gethsemanekirche. Den Backsteinbau, gotisch nachempfunden, jedoch mit romanisch anmutenden Rundbögen, hatte Peter Heiland schon aus dem Fernsehen gekannt, lange bevor er nach Berlin kam. Dort hatten sich die Regimegegner zu DDR-Zeiten getroffen. Dort brannten Hunderte von Kerzen, und dort kam es am 7. Oktober 1989 zu heftigen Übergriffen der Polizei gegen Demonstranten.

Die beiden setzten sich in eine Bodega, bestellten einen Rotwein, und Manuel ließ sich verschiedene Tapas bringen.

»Du scheinst gut bei Kasse zu sein«, sagte Peter zu dem Schwarzen.

»Wieso, du lädst mich doch ein!«

»Ich? Wie komme ich dazu?«

»Kleine Wiedergutmachung für uns Schwarze, nach dem, was ihr uns alles angetan habt!«

Peter lachte. »Ach ja, hätte ich beinahe vergessen, wie ich dich damals in Deutsch-Südwest ausgebeutet habe. Du musstest immer nur schuften, und ich saß auf der Terrasse, ließ mir von einer schönen Sklavin Luft zufächeln und ab und zu einen kühlen Drink servieren.«

»Genau! Genau so war's in meinem früheren Leben! Obwohl, an dich kann ich mich nicht erinnern.«

»Aber sonst schon, ja?!«

Plötzlich wurde Manuel ganz ernst. »Ja, sehr gut sogar. Ich weiß genau, dass ich schon einmal gelebt habe. Und das war im heutigen Namibia, ganz in der Nähe von Windhuk, aber auf dem Land. Und ich hatte einen weißen Herrn. Einen Master. Ludwig Kammerlander. Er hatte schon beim Hereroaufstand gegen uns Schwarze gekämpft.«

»Du spinnst!«

»Nein. Das ist wahr!«

Peter sah überrascht auf. Manuel schien es tatsächlich ernst zu meinen.

»Und manchmal in meinen Träumen bringe ich sie alle um. Alle!«

»Wo bist du geboren?«, fragte Peter den Schwarzen.

»Neukölln, warum?«

Peter sagte nichts mehr darauf. Er konnte von hier zu seiner Wohnung hinübersehen. Die Tür zum Balkon stand offen.

Hoffentlich hatte es nicht hineingeregnet.

Manuels Stimme riss ihn aus seinen Gedanken. »Was machst du eigentlich so?«

»Ich bin Polizist!«

»Nein!!«

»Was dagegen?« Peters Stimme klang aggressiv.

Manuel hob abwehrend beide Hände. »Warum soll ich was dagegen haben.«

»Ich arbeite bei einer Mordkommission.«

Manuel streckte seinen langen schwarzen Finger aus, deutete auf Peters Hemdbrust und brach in meckerndes Lachen aus.

»Hör auf!« Plötzlich ärgerte sich Peter.

Wieder hob Manuel beide Hände, stand auf und sagte: »Ich muss noch ein bisschen Geld verdienen!« Er zog seine Jonglierbälle aus dem Rucksack. »Danke für den Wein und die Tapas. Ich wünsch dir Glück.«

»Ich dir auch«, sagte Heiland, schon wieder versöhnt.

»Ja, das werde ich brauchen.« Manuel schlenderte die Straße hinab, wobei er in rascher Folge vier Bälle in die Luft warf und wieder auffing.

Peter Heiland zahlte, überquerte die Straße und schloss die schwere Haustür auf.

Im Treppenhaus war es dunkel wie immer. Peter drückte auf den Lichtschalter. Aber das Zweiminutenlicht ging nicht an. Langsam stieg er die Stufen hinauf. Von oben kamen ihm Schritte entgegen. Er bewegte sich nach rechts, um die andere Person vorbei zu lassen. Aber die Schritte verhielten plötzlich. Dann hörte er sie wieder, doch nun gingen sie offenbar die Treppe aufwärts. Peter zuckte die Achseln.

Das Schloss in seiner Wohnungstür ließ sich irgendwie schwerer öffnen als sonst. Er betrat den Korridor. Ein unbekannter Geruch hing in der Luft, aber er konnte ihn nicht zuordnen. Peter Heiland warf die Tür hinter sich zu, zog das verschmutzte Hemd über den Kopf und legte es im Badezimmer in das Waschbecken. Er schmiss ein Stück Seife dazu und ließ das Wasser laufen. Dann trat er ins Wohnzimmer. Er schaltete das Licht ein und ging zur Balkontür, um sie zu schließen. Es hatte tatsächlich hereingeregnet. Das Parkett schimmerte nass. Aber da war noch etwas: An zwei Stellen sah der Fußboden anders aus. Ganz deutlich waren Schuhabdrücke zu erkennen. Peter fuhr herum. Er rannte ins Schlafzimmer, in die Küche, noch einmal ins Bad, zur Wohnungstür, riss sie auf, horchte ins Treppenhaus hinaus. Stille! Langsam drückte er die Tür ins Schloss und schob den alten Riegel vor, den er sonst nicht beachtete. Es gab ein unangenehm quietschendes Geräusch.

Wieder im Wohnzimmer, ließ er sich auf die Knie nieder. Die Fußabdrücke waren parallel nebeneinander. Peter erhob sich und stellte sich so hin, wie der Fremde gestanden haben musste. Der Blick durch die offene Balkontür ging direkt auf die Bodega hinunter, in der er mit Manuel gesessen hatte. Wenn man so tief im Zimmer stand, konnte man von draußen nicht gesehen werden.

Die nächste halbe Stunde brachte er damit zu, seine Wohnung zu untersuchen. Es gab keinerlei Hinweise auf den fremden Gast außer den Fußabdrücken, die auch jetzt noch deutlich erkennbar waren, und dem seltsamen Duft in der Luft – vermutlich ein Rasierwasser oder ein Eau de Cologne. Er kannte sich da nicht so aus. Nach dem Rasieren rieb er morgens nur Nivea-Hautcreme in die geschundenen Poren.

Gegen sechs Uhr morgens wachte Peter Heiland auf. Er ging in die Küche, rührte unter dem Warmwasserhahn einen Topf Pulverkaffee an und kehrte damit ins Bett zurück. Er liebte diese ersten Augenblicke des Tages. Wenn noch kein Wort gesprochen war, das Telefon noch nicht geklingelt hatte und die schläfrige Müdigkeit ganz langsam aus seinem Körper kroch, kam er sich vor, als ob niemand wüsste, dass es ihn gab.

Er schlürfte die lauwarme Brühe und versuchte, nicht an den Tod zu denken. Manchmal quälte ihn der Gedanke, dass ihn jeder Atemzug einen Schritt näher in Richtung Grab brachte.

Plötzlich fiel ihm wieder ein, dass gestern ein fremder Mensch in seiner Wohnung gewesen sein musste. Er sprang aus dem Bett und verschüttete den Rest Kaffee. Auf dem Boden bildete sich ein brauner Fleck. Peter ging ins Bad, um einen Lappen zu holen. Der Wasserhahn über dem Waschbecken lief. Sein Hemd wölbte sich aus einer milchigen Brühe. Die Seife hatte sich aufgelöst. Das kam davon, wenn man sich abends das Zähneputzen schenkte. Zum Glück hatte der Überlauf des Waschbeckens funktioniert. Er drehte den Wasserhahn ab und überlegte, wie lange er das Hemd wohl ausspülen musste, um die Seifenlauge herauszuwaschen. Schließlich beschloss er, diese Arbeit auf den Abend zu verschieben.

»Keine Erkenntnisse«, berichtete Peter Heiland bei der Lagebesprechung der Sonderkommission. »Niemand im Botanischen Garten kann sich an eine Rollstuhlfahrerin erinnern. Schon gar nicht an eine Rollstuhlfahrerin mit einem Präzisionsgewehr und erst recht nicht an eine Rollstuhlfahrerin mit Präzisionsgewehr am 2. April dieses Jahres – einem Tag übrigens, an dem das Wetter so gräuslich war, dass sich sowieso niemand ins Freie gewagt hat.«

Der Kriminalrat ordnete eine Observation von Frau Michel an und berichtete, dass während ihres Besuchs im Keller der Dame ein Mensch kurz erschienen und danach spurlos verschwunden sei.

»Vielleicht hatte er was mit Frau Michel zu tun«, sagte Hanna Iglau.

»Habt ihr sie denn nicht danach gefragt?«, erkundigte sich ein Kollege.

Wischnewski sah Peter Heiland an.

Peter sagte schnell: »Ich muss zugeben, das hab i verschwitzt.«

»Gut, holen Sie's nach«, sagte Wischnewski.

Die Kollegen registrierten erstaunt, wie ungewöhnlich nachsichtig er mit dem Schwaben umging.

»Und danach gehen Sie in die Firma, in der Kevin Mossmann beschäftigt war.«

Peter musste einen Augenblick nachdenken. Kevin Mossmann, ach so, ja, das war der Mann, der vor grade mal zweiundsechzig Stunden in der Gradestraße erschossen worden war.

Ein Kollege meldete sich. »Wir haben ermittelt, dass er als Userberater bei der Firma Crossovercom gearbeitet hat.«

»Was macht so einer?«, wollte ein anderer aus der Runde wissen.

»Wenn du ein Problem mit deinem Computer hast, rufst du Crossovercom an, und die schicken dir einen Mann wie Mossmann. Der bringt deine Kiste in Ordnung…«

»Und versucht dir gleich eine neue zu verkaufen«, rief ein anderer dazwischen.

»Könnte ja sein, dass er so etwas mit unserem Sniper versucht hat«, meldete sich Hanna.

»Und dafür hat er ihn erschossen? Das glaube ich nicht.« Heiland schüttelte den Kopf.

Peter Heiland traf Sonja Michel nicht an, als er sie gegen elf Uhr aufsuchen wollte. Eine Nachbarin wusste, dass sie beim Friseur sei. Frau Michel wolle heute Abend ins Konzert in der Waldbühne.

»Ja, dann werde ich sie ja da vielleicht treffen, ich geh nämlich auch zu dem Konzert.«

Die Nachbarin lachte. »In der Waldbühne?«

»Ja, warum denn nicht?«

»Unter zwölftausend Leuten?«

»Was denn, so viele gehen da rein?«

»Das Konzert ist seit einem halben Jahr ausverkauft. Das ist immer so, wenn Barenboim dort mit dem Orchester der Staatsoper spielt.«

»Vielleicht sagen Sie mir dann, zu welchem Friseur Frau Michel geht?«

Aber als Peter Heiland in dem Salon ankam, war sie weg. »Ich habe grade einen freien Platz«, sagte die Chefin des Friseurladens, »und Sie könnten gut mal wieder einen Haarschnitt brauchen.«

Peter fiel keine Entgegnung ein, und so setzte er sich in den mit Skai bezogenen drehbaren Stuhl. Erst als die Friseuse schon ein gut Teil seiner Haare abgeschnitten hatte, wurde ihm klar, dass jeder in der Abteilung sehen würde: Peter Heiland war während der Dienstzeit beim Friseur. Aber sollte er die Dame jetzt stoppen? Sie hatte ihm auf einem Foto gezeigt, welche

Frisur sie ihm verpassen wollte, und Peter wusste, auf welche Frisuren Ruth Schönenborn stand. Früher wenigstens. Das passte genau.

***

Cordelia Meinert war am Bahnhof Friedrichstraße ausgestiegen und zu Fuß bis Unter den Linden gegangen. An einem Kiosk kaufte sie sich die »Berliner Zeitung«. Sie ging weiter bis zum »Café Einstein«, setzte sich in eine Ecke und bestellte eine russische Schokolade.

Die Bedienung fragte, ob sie sich sicher sei. »Draußen sind 39 Grad, und hier drin ist es nicht viel kühler.«

»Ich liebe die trockenen heißen Sommer in Berlin«, entgegnete Cordelia. »Und ich liebe Kakao mit Wodka!«

Die Zeitung brachte auf der ersten Lokalseite ein Bild des ausgebrannten Wagens. Die Polizei teilte mit, es habe sich um einen Ford Capri gehandelt. Sachdienliche Hinweise an jede Polizeidienststelle. Cordelia riss das Foto und den dazu gehörigen Artikel aus und steckte das Zeitungspapier in ihre Handtasche. Nun wusste sie, warum sie nicht gehört hatte, wann ihr Nachbar nach Hause gekommen war.

***

Peter Heiland überprüfte sein Aussehen im Spiegel. Es war der Friseurmeisterin gelungen, ihm die Frisur zu verpassen, die sie ihm auf dem Foto gezeigt hatte. Aber jetzt fand er, dass er grässlich damit aussah.

Er machte sich auf den Weg zu dem Computerunternehmen Crossover. Es residierte in einem Bürohaus am Reichstagsufer, gleich im Erdgeschoss. Begrüßt wurde er von einem etwa sechsundzwanzigjährigen Mann, der sich als Seniorcreativdirector vorstellte und Helmut Kächele hieß. Noch ein Schwabe in Berlin.

Es stellte sich heraus, dass ihm Mossmanns Tod nicht nur leid tat, sondern dass er regelrecht darunter litt. »Er war mein bester Mitarbeiter, aber er war auch mein bester Freund, seitdem wir beide zusammen bei der IBM in Sindelfingen geschafft haben.«

»Mossmann war also auch Schwabe?«

»Nein, wir haben nur zusammen gelernt. Er kam aus Bochum. Aber als ich den Laden hier aufgemacht habe, hab ich ihn sofort angerufen. Ich hätt ihn sogar beteiligt, aber das hat er net wolla. ›Dann hätt ich ja Verantwortung für andere Leute‹, sagte er immer, ›und ich schlaf lieber ruhig.‹ Ich sag Ihne«, schloss Kächele, »der Kevin war eine Seele von einem Menschen. Ich kann mir mit dem beschten Willen nicht vorstelle, wer so einen umbringe könnt!«

Eine Träne stahl sich aus seinem Auge, und Peter Heiland verfolgte fasziniert, wie sie über die Wange hinunterlief und im Dreitagebart des Computerspezialisten hängen blieb.

»Unsere Leute haben ja alle Kunden notiert, die Kevin Mossmann im letzten Jahr betreut hat. Wir werden sie nacheinander befragen. Mir geht es darum, Sie noch einmal zu fragen, ob Ihnen am Tag des Mordes irgendetwas an Ihrem Freund aufgefallen ist.«

»Auch dazu hat man mich ja schon befragt.«

»Wie lang war er am Abend hier?«

»Wir schreiben seit ein paar Wochen ein neues Programm. Userberatung ist ja nur ein Teil unseres Angebots. An dem Programm haben wir gearbeitet bis kurz nach elf Uhr. Ich hab dem Kevin noch gesagt: Ich fahr dich nach Hause, aber er wollte lieber…« Kächele brach ab und trommelte mit seinen Fäusten auf den Schreibtisch. »Warum hab ich bloß nicht darauf bestanden, dass ich ihn heimfahre? Warum hat er sich bloß immer geweigert, ein Auto anzuschaffen.«

»Weil man in Berlin keins braucht«, sagte Peter Heiland. »Ich hab auch keins.«

Kächele sah ihn einen Moment an und öffnete endlich seine Fäuste wieder.

»Und während des ganzen Abends war nichts? Kein Anruf zum Beispiel?«

»Doch, jetzt, wo Sie es sagen!«

Peter richtete sich unwillkürlich auf. »Ja?«

»Gegen halb elf ist er angerufen worden. Auf seinem Handy.«

»Und? Was hat er gesagt?«

»Warten Sie. Er hat gesagt: ›Nein, ich geh heut nirgends mehr hin.‹«

»Und sonst nichts?«

»Doch! Er hat dann noch g'sagt: ›Ich mach hier fertig, dann nehm ich die U-Bahn und den Bus und fahr direkt heim in mein Bett.‹ Ich weiß das noch so genau, weil ich ihm daraufhin angeboten habe, ihn heimzufahren.«

»Wenn er mit seinem Mörder telefoniert hat«, sagte Peter Heiland bedächtig, »wusste der genau, wo er auf ihn warten konnte.«

»Mein Gott!«, entfuhr es Kächele.

Der restliche Tag verlief ganz friedlich für Peter Heiland. Als er ins Präsidium kam, war Wischnewski nicht da. Hanna Iglau hatte ihre Gewehrrecherche abgeschlossen. Offenbar gab es niemanden in Berlin, der in den letzten zwei Jahren ein Mausergewehr des gefragten Kalibers gekauft hatte. »Wir waren also ungefähr gleich erfolgreich«, sagte Peter.

»Ja, nur dass ich keine Zeit hatte, zwischendurch zum Friseur zu gehen.« Hanna war schlechter Laune, und die besserte sich auch nicht, als Peter sie fragte, wie er am besten zur Waldbühne komme.

»Sag bloß, du hast eine Karte für das Barenboim-Konzert?«

»Wolltest du da auch hin?«

»Ich?? – Spinnst du. Ich war bei Robby Williams vor drei Wochen. Aber meine Eltern… was glaubst du, was die zahlen würden, um da heute Abend reinzukommen. Woher hast du denn die Karte?«

»'ne Freundin hat mich eingeladen. Journalistin. Die hat Pressekarten.«

Als er in Christine Reicherts Gesicht sah, wusste Peter sofort, dass er das besser nicht gesagt hätte.

Hanna Iglau rauschte aus dem Zimmer.

»Was hat sie denn?«, fragte Peter.

»Na Sie können fragen!«

Aber dieser Satz machte Peter Heiland auch nicht klüger.

Als er am Abend kurz nach 20 Uhr dem Bus an der Haltestelle Heerstraße entstieg, wartete Ruth bereits auf ihn. Sie war noch genau so schön wie in seiner Erinnerung, genau so groß, genau so blond. Ihre Schultern glichen noch immer denen einer Speerwerferin, ihre Taille war, wenn möglich, noch schmaler geworden, ihre Hüften waren ausladend wie je und ihre Beine gleichmäßig und lang, wie von einem Meister modelliert. Die Stiefel, die bis knapp über ihre Knie hinaufreichten und über etwa zwanzig Zentimeter hohe Absätze verfügten, unterstrichen den Eindruck.

Küsschen rechts, Küsschen links.

»Gute Frisur, ey!«, sagte Ruth. Wenn Peter eins nicht leiden konnte, dann so ein »Ey« nach dem letzten Komma.

»Wo geht's lang?«, fragte Ruth.

»Keine Ahnung, ich war da noch nie.«

»Du lügst doch, ey!«

»Ich lüge nie. Nur wenn's gar nicht anders geht!

Aber ich würde sagen, wir gehen einfach den anderen nach. Zehntausend Ameisen können sich nicht irren.«
Was er dann sah, überstieg freilich alle Vorstellungen, die sich der Neuberliner Heiland von der Waldbühne gemacht hatte. Gut eine Dreiviertelstunde vor Beginn der Veranstaltung war die riesige Arena schon fast bis auf den letzten Platz gefüllt.

»Kommen da auch Löwen und Gladiatoren?«, fragte Peter Heiland. Ein Mann, der sich mit zwölf Bierflaschen in den Armen an ihm vorbeidrückte, sagte: »Ja, aber erst nach der Flugschau mit Heinz Rühmann!«

Dort, wo um das Halbrund die Gänge liefen und Stützmauern aus grob behauenen Natursteinen die Ränge trennten, saßen jene Besucher, die sich offenbar schon am Mittag ihre Plätze gesichert hatten. Auf der Mauer vor ihnen standen Körbe mit Köstlichkeiten, die jedem gehobenen Catering-Unternehmen Ehre gemacht hätten. Dazwischen Champagner- und Bierflaschen, Gläser und Kerzenleuchter.

Auch auf den Steinstufen, die vom obersten Rang bis in die Tiefe hinabführten, wo sich die überdachte Bühne befand, hatten Frauen Tischdecken und Küchentücher ausgebreitet und das Picknick für ihre Großfamilien bereitet. Manche hatten sogar Kocher und kleine Grills aufgestellt. Die Zugangswege zu der Arena waren von Imbiss- und Getränkeständen gesäumt.

Wenn er hier Sonja Michel getroffen hätte, wäre es ein reines Wunder gewesen.

»Ich dachte, wir gehen in ein Konzert«, sagte Peter.

»Tun wir auch, was denkst denn du?«

»Ich habe das Gefühl, das hier ist eine Mischung aus Jahrmarkt und Bazar mit einem Schuss Tiergarten am Sonntag.«

Umso mehr wunderte er sich, als das Konzert begann. Barenboim dirigierte die Ouvertüre zu Figaros Hochzeit, und schon nach dem vierten oder fünften Takt war es still im weiten Rund. Überrascht stellte Peter fest, dass ihm ein Schauer über den Rücken lief. Nun hörte er also zusammen mit zwölftausend Menschen Mozarts perlende Musik, und es war der schiere Genuss. So sehr war er fasziniert, dass er gar nicht merkte, wie Ruth ihren Platz mit einem Kollegen tauschte, um einem anderen näher zu sein. Zwar bat sie Peter in der Pause, doch einen Champagner und ein paar Snacks zu besorgen, was er auch gehorsam tat. Aber sie nahm ihm die Herrlichkeiten, für die er über achtzig Euro bezahlt hatte, nur aus den Händen und kehrte zu ihrem Kollegen zurück.

Den zweiten Teil eröffnete Barenboim mit Edward Elgars »Pomp and Circumstance«, und sofort waren die Menschen wieder im Bann der Musik. Und als das Konzert dem Ende zuging und sich die Nacht über die Arena legte und Barenboim sein Konzert mit dem Walzer »An der schönen blauen Donau« beendete, brannten plötzlich im weiten Rund Tausende von Wunderkerzen und Feuerzeugflämmchen, die im Rhythmus der Strauß'schen Musik geschwenkt wurden. Peter Heiland registrierte, wie Tränen der Rührung in seine Augen stiegen. ›Lächerlich‹, schimpfte er sich im Stillen. Aber er griff dankbar zu, als ihm eine Frau, die hinter ihm saß, eine Wunderkerze reichte und anzündete.

Als Zugabe spielte das Staatsopernorchester den Radetzkymarsch, wie es sonst nur die Wiener Philharmoniker am Neujahrsmorgen tun. Die Zuhörer erhoben sich von ihren Plätzen. Die stehenden Ovationen dauerten gut zwanzig Minuten, konnten den Maestro aber nicht dazu bewegen, eine weitere Zugabe zu spielen.

Als der Beifall abflaute, sah sich Peter Heiland nach Ruth Schönenborn um, aber sie war längst verschwunden. Die wunderbare Festtagsstimmung, in der sich Peter Heiland bis gerade noch befunden hatte, war mit einem Schlag verflogen. Er ließ sich mit den anderen zu den Ausgängen treiben, blieb aber noch kurz an einem der Stände stehen und genehmigte sich einen doppelten Korn und ein Bier.

Dann trat er auf den Platz vor dem Olympiastadion hinaus. Die Nacht war hell. Der Mond würde in den nächsten Tagen seine volle Rundung erreichen.

Vielleicht schlug ja dann das Wetter um. Jetzt hatte

es gut und gerne noch 28 Grad, obwohl es schon nach 23 Uhr war. Peter Heiland blieb stehen und sah zum Tor des Olympiastadions hinüber. 2006 würden sie dort die Fußballweltmeisterschaft eröffnen, wenn München nicht doch noch das Rennen machte. Ein Flugzeug war im Sinkflug unterwegs nach Tempelhof.

Langsam ging Peter weiter, den Blick noch immer auf das Olympiastadion gerichtet. Er erinnerte sich an den Film »Mephisto«: Klaus Maria Brandauer im Mittekreis, eingefangen von lauter gleißend hellen Suchscheinwerfern, und Rolf Hoppe, der als Göring aus der Führerloge schrie: »Höffgen! Höffgen!« – Da war's passiert. Peter glitt mit dem rechten Schuh auf einer weichen Masse aus, fluchte, hielt sich an der Stange eines Staketenzauns aus Eisen fest, hob den rechten Fuß an und bückte sich, um den Schaden zu besehen. Im selben Augenblick fiel ein Schuss. Die Kugel schlug mit einem lauten metallischen Pinggg gegen eine der Eisenstangen. Fast gleichzeitig hörte Peter Stimmen: »Was war das?« »Da hat doch einer geschossen!« »Um Gottes willen, nix wie weg hier!«

Peter hatte sich nach vorne fallen lassen. Er schmeckte Staub auf der Zunge. Eine Frau beugte sich über ihn. »Ist Ihnen etwas passiert?« Er richtete sich halb auf und lag nun auf den Knien. Dankbar nahm er die Hand der Frau, um vollends aufzustehen. Ein Schutzpolizist trat hinzu. »Was ist denn los?«

Peter zog seinen Dienstausweis heraus, hielt ihn dem uniformierten Kollegen unter die Nase. »Auf mich ist geschossen worden. Würden Sie bitte die Abteilung 8 im LKA benachrichtigen. Kriminalrat Wischnewski oder Kriminalhauptkommissarin Iglau.«

Der Polizist hielt sein Funksprechgerät an den Mund, und Peter hörte ihn sagen: »Da is 'n Varrückta vom LKA, der behauptet, auf ihn sei geschossen worden.«

Fünfzehn Minuten später war die Stelle durch rotweiße Bänder mit der Aufschrift »Polizei« gesichert. Peter Heiland saß in einem VW-Bus Hanna Iglau gegenüber. »Mehr kann ich mit dem besten Willen nicht sagen.«

»Und deine Freundin?«

»Welche Freundin? Ach so, Ruth. Die hab ich schon während des Konzerts verloren...«, er grinste schief, »an einen ihrer Kollegen. Was Frauen anbelangt, bin ich ein richtiger Erfolgstyp.« Sein Blick fiel durch das Fenster des Polizei-Bullis nach draußen. Die Beamten der Spurensicherung hatten die Stelle am Zaun gefunden, gegen die das Geschoss geprallt war. Wenig später klaubte einer das verformte Projektil aus dem verstaubten Gras und hob es hoch.

»Wenn ich mich nicht genau in dem Moment gebückt hätte, hätte er mich getroffen«, sagte Peter Heiland mit einem leisen Schaudern. »Die Stelle am Zaun ist genau auf Kopfhöhe.«

»Und warum hast du dich genau in dem Moment gebückt?«

»Heißt es nicht, dass es Glück bringt, wenn man in Scheiße tritt?«

»Ach, das riecht hier so streng?«

Peter zog den Schuh aus und warf ihn durch die offen stehende Tür. Bevor er ihn wieder anziehen würde, wollte er ihn gründlich reinigen.

Ein Mann der Spurensicherung reichte einen durchsichtigen Plastikbeutel mit dem gefundenen Projektil herein. Hanna nahm ihn entgegen und hielt ihn gegen das Licht. »Passt!«, sagte sie.

Peter Heiland sah sie verständnislos an. »Was passt?«

»Das gleiche Kaliber!«

»Aber warum schießt der auf mich?«

»Der Anruf heute Nachmittag: ›Arbeitet Peter Heiland bei Ihnen?‹«

»Du meinst…?« Peter wagte nicht zu Ende zu sprechen.

»Er kennt dich.«

»Ja und?«

»Er weiß, dass du gegen ihn ermittelst.«

»Unsinn!«

»Er hat Angst vor dir!«

»Das kann ich alles nicht glauben.«

»Hast du eine andere Erklärung?«

Peter dachte daran, dass ein fremder Mensch in seiner Wohnung gewesen war, während er mit Manuel spanischen Rotwein getrunken und über dessen Wiedergeburt diskutiert hatte.

Am liebsten wäre Peter gleich zu Sonja Michel gefahren. Aber er wollte nichts tun, ohne es zuvor mit Wischnewski besprochen zu haben.

»Es ist eh besser, du schläfst dich erst einmal aus«, sagte Hanna Iglau.

»Und du meinst wirklich, ich kann jetzt schlafen?«

Kaum war Peter Heiland zu Hause, da fiel er auch schon ins Bett. Eine Minute später war er tief und fest eingeschlafen.

***

Cordelia Meinert stand am Fenster ihres Wohnzimmers. Sie hatte das Licht gelöscht, als sie das Motorrad hörte. Jetzt sah sie, wie ihr Nachbar heranfuhr, den Schuppen aufschloss und das Fahrzeug hineinschob. Erst als er wieder herauskam, nahm er den Sturzhelm ab und schüttelte seine schwarzen Locken. Er schaute zu ihrem Häuschen herüber, und Cordelia machte unwillkürlich einen Schritt zurück ins Zimmer.

Einen Moment überlegte sie, ob sie nicht einfach hinübergehen sollte. Der Mann gehörte ihr. Er wusste es nur noch nicht. Sie lächelte. Aber noch war es nicht so weit. Er musste erste Schwächen zeigen, Unruhe, Angst. Erst wenn er Hilfe brauchte, war ihre Zeit gekommen.

Drüben wurde die Haustür zugezogen und von innen abgeschlossen. Cordelia ging in ihr Schlafzimmer und legte sich aufs Bett.

Zehn Minuten später ließ sich der junge Mann in die Badewanne gleiten. Er schaffte es diesmal nicht, lange unter dem eiskalten Wasser zu bleiben. Schon nach wenigen Sekunden wurde ihm die Luft knapp. Er tauchte wieder auf und stieg aus der Wanne. Verwirrt starrte er sein Gesicht im Spiegel an.

***

Ron Wischnewski wartete schon vor dem Haus in der Stargarder Straße, als Peter Heiland am nächsten Morgen durch die Haustür trat. Der Kriminalrat hupte zweimal. Erstaunt nahm Peter seinen Chef wahr. Der stieß die Beifahrertür von innen auf. »Wir fahren jetzt sofort zu dieser Sonja Michel.«

Die Haustür stand offen. »Wir klingeln oben«, sagte Wischnewski und stieg entschlossen die Treppe hinauf. Wieder einmal bewunderte Peter die wuchtige Eleganz, mit der sich sein Chef bewegte. Als sie im dritten Stock ankamen, hörten sie Frau Michels Katzen miauen.

»Hört sich an, als wäre sie gar nicht da«, sagte Peter.
»Warum?«
»Weil die Katzen schreien.« Er drückte den Klingel-

knopf. Das Miauen der Tiere verstummte, setzte aber kurz darauf wieder ein.

Sonst war hinter der Tür keine Reaktion zu vernehmen. Die beiden Beamten sahen sich an. Wischnewski nickte, und Peter Heiland klingelte erneut. Dann klopfte er gegen die Milchglasscheibe in der Wohnungstür.

Am anderen Ende des Korridors öffnete sich eine Tür. Die Nachbarin, die Peter tags zuvor zum Friseur geschickt hatte, streckte ihren Kopf heraus. »Sie müsste da sein«, sagte sie.

»Und woher wissen Sie das?«, fragte Wischnewski.

»Sie sagt mir immer Bescheid, wenn sie weggeht. Und umgekehrt.«

»Dann haben Sie doch sicher einen Schlüssel zu Frau Michels Wohnung«, warf Peter Heiland ein.

»Ja, natürlich.« Sie fasste hinter sich, wo dicht neben der Wohnungstür an ein paar Wandhaken mehrere Schlüssel und Schlüsselbunde hingen. Zögernd kam sie aus ihrer Wohnung und gesellte sich zu den beiden Männern. »Vielleicht lassen Sie zuerst mich…«

Wischnewski machte ihr Platz. Die Frau schloss auf, betrat die Wohnung und rief leise: »Frau Michel! Frau Michel!«

Außer den Katzen rührte sich nichts. Die Tiere strichen um die Beine der Frau und der beiden Männer. Eine stieg mit den Vorderpfoten an Peter Heilands Schienbein hinauf. Peter bückte sich und hob sie hoch. Sofort begann sie laut zu schnurren.

Die Nachbarin war nun im Wohnzimmer. »Komisch, sie muss tatsächlich weggegangen sein, ohne mir etwas zu sagen«, rief sie von dort. Es klang ein bisschen beleidigt. »Und die Katzen hat sie auch noch nicht gefüttert«, sagte sie, als sie die Küche betrat.

In diesem Augenblick stieß Ron Wischnewski die Tür zum Schlafzimmer auf. Sonja Michel lag angezogen auf ihrem Bett. Sie hatte die Augen weit geöffnet. Auf dem Nachttischchen stand ein Glas, daneben lag ein Tablettenröhrchen. Wischnewski zog Handschuhe an, hob das Tablettenröhrchen hoch und las das Etikett. Dann wandte er sich zu Peter Heiland um, der, die Katze noch immer auf dem Arm, auf der Türschwelle stand. »Sagten Sie nicht, sie sei Apothekerin gewesen?«

»Apothekenhelferin!«

»Jedenfalls wusste sie, wie man an so ein Mittel kommt.«

Die Nachbarin war nun hinter Peter getreten. Sie zog hörbar die Luft durch die Zähne. »Das ist nicht anständig«, sagte sie. »So etwas tut man nicht. Und was wird jetzt aus den Katzen?«

Peter Heiland sah Wischnewski an. »Macht es Ihnen etwas aus, wenn ich die da mitnehme?« Er hatte das Tier immer noch auf dem Arm.

»Was??«

»Ich lebe allein, so ein Tier wäre vielleicht gar nicht so schlecht. Und um eine Katze muss man sich nicht ständig kümmern wie um einen Hund.«

Wischnewski konnte nur den Kopf schütteln. Irgendwie ist bei dem doch eine Schraube locker, dachte er bei sich. Dann herrschte er Peter an: »Kümmern Sie sich erst einmal darum, dass die Spurensicherung kommt, Mann!«

Peter rief an und ging dann noch einmal zu der Nachbarin. »War denn Frau Michel gestern Abend bei dem Konzert in der Waldbühne?«

»Nein, sie hat gesagt, es gehe ihr nicht gut. Die Karte hat sie mir geschenkt. Ich war auch da, und es war wunderbar.«

»Schönes Abschiedsgeschenk«, sagte Peter Heiland. Die Katze hatte er immer noch auf dem Arm.

Die Mitglieder der Sonderkommission saßen an den weißen Resopaltischen, die im Konferenzraum zu einem Karree zusammengestellt waren. Wischnewski war der einzige, der stand.

»Wir haben keinen Abschiedsbrief gefunden und kein Testament. Wir wissen also nicht, warum die Frau Selbstmord begangen hat. Aber dass es ein Suizid war, daran besteht keinerlei Zweifel. Der Tod ist etwa gegen 23 Uhr eingetreten, sagen die Fachleute von der Gerichtsmedizin. Also etwa um die gleiche Zeit, als der Schuss fiel, der unseren Kollegen Heiland beinahe ins Jenseits befördert hätte.«

Ein paar der Beamten kicherten. Wischnewski aber blieb ernst. »Also, was haben wir? Eine Schachtel mit dreiundzwanzig Patronen. Die vierundzwanzigste fehlt. Unsere Techniker gleichen die Projektile mit den Kugeln ab, die nach den Morden gefunden wurden. Aber wir haben kein Gewehr. Freilich wissen wir, dass Sonja Michel früher einmal eine geübte Schützin war und genauso eine Waffe hatte. Die Kindergärtnerin Amalie Römer…«

»Amelie«, verbesserte Peter Heiland leise.

»Also diese Römer war das erste Opfer. Danach wurden drei weitere Menschen vermutlich aus demselben Gewehr erschossen. Wenn wir nun davon ausgehen, dass der Mord an Frau Römer von Frau Michel verübt wurde…«

Der Profiler Dr. Nüssling hob die Hand.

»Ja?«, fragte Wischnewski ungnädig.

»Ich möchte nur zu bedenken geben: Es ist höchst selten, dass Frauen mit Schusswaffen töten. Und dann auch noch aus großer Distanz. Frauen töten anders. Mit Gift zum Beispiel. Durch ihren eigenen Tod wissen wir, dass Frau Michel durchaus in der Lage war, an Gift zu kommen. Warum hat sie ihre Mitbewohnerin nicht auf diese Weise umgebracht? Es wäre doch viel einfacher für sie gewesen. Und, was noch hinzukommt: Der Mord wäre leicht als normaler Todesfall zu kaschieren gewesen.«

Ein allgemeines Gemurmel hob an. Was der Psychologe gesagt hatte, leuchtete den Mitgliedern der Sonderkommission ein.

»Und wenn nun jemand stellvertretend für sie gemordet hätte?«, fragte Hanna Iglau laut.

»Dann müssten wir das auch beweisen«, sagte Wischnewski schlecht gelaunt. »Haben wir irgendeinen Hinweis auf das Mausergewehr?«

Hanna schüttelte den Kopf. »In Berlin wurde eine solche Waffe nicht verkauft, wenigstens nicht legal.«

»Frau Michel stammt aus Bodelsingen«, warf Peter Heiland ein.

»Ja, und?«, bellte Wischnewski.

»Sie könnte das Gewehr schon nach Berlin mitgebracht haben. Die Jagdbilder, auf denen sie mit einer Waffe zu sehen ist, wurden im Schönbuch gemacht, das ist ein Waldgebiet zwischen Stuttgart, Böblingen und Tübingen.«

»Gut. Kümmern Sie sich darum!«

***

»Wir treten auf der Stelle«, sagte Hanna Iglau, als sie zusammen mit Peter Heiland in das kleine Büro trat. »Auch die Ermittlungen wegen des Fotopapiers haben nichts ergeben.«

Peter Heiland wollte sich in seinen Schreibtischstuhl setzen, aber auf dem schlief die kleine Katze.

»Wo kommt denn die her?«, fragte Hanna.

»Hab ich adoptiert. Vielleicht hat sie auch mich adoptiert. Ich habe mal ein Plakat gesehen: Ein Mann und eine Katze, die ihm auf der Schulter saß. Und drunter stand: ›Zu zweien ist man nicht allein!‹« Peter setzte sich aufs Fensterbrett und baumelte mit den

Beinen. Seine Absätze schlugen in gleichmäßigem Rhythmus gegen die Holzverkleidung der Heizung. Von draußen kam ein ganz leichter Windhauch herein. Der Himmel hatte sich bezogen.

»In zwei Stunden regnet es!«, sagte Peter.

»Woher willst du das denn wissen?«

»Ich bin auf dem Land groß geworden.«

»Aha, das ist auch so ziemlich das Erste, was du von dir erzählst.«

»Da müssen wir ansetzen«, sagte Peter plötzlich.

»Wo?«

»Da, wo Sonja Michel groß geworden ist! Sie stammt aus Bodelsingen, hat sie gesagt. Und nachher war sie in Schwäbisch Hall bei den Diakonissen. Zusammen mit Amelie Römer. Wenn es schon keine Verwandten von ihr gibt, muss es doch Bekannte geben, die uns etwas über sie erzählen können.«

»Heißt das, du willst nach Bodelschwingen fahren?«

»Bodelsingen ohne Schw. – Ja, warum nicht?«

»Und die Katze?«

»Ich werde schon jemand finden, der sie versorgt.«

»Noch ehe sie sich richtig an dich gewöhnt hat? Wie heißt sie überhaupt? Und ist es ein Kater oder eine Katze?«

»Keine Ahnung.« Peter hob das Tier hoch und studierte die Stelle zwischen den Hinterbeinen. »Das ist ein Männchen«, konstatierte er.

»Und? Wie nennst du ihn?«

»Kater halt!«

»Das ist doch kein Name. Was hat er denn für besondere Eigenschaften?«, fragte Hanna.

»Er schnurrt in einer Tour, und das ziemlich laut.«

»Okay«, Hanna nahm ihm den Kater aus den Händen, knuddelte ihn und sagte: »Ich taufe dich auf den Namen Schnurriburr.«

Der Kater gab ein leises Miauen von sich und begann dann laut zu schnurren.

»Er hat akzeptiert«, sagte Hanna. Sie behielt Schnurriburr auf dem Arm, und Peter Heiland war froh, sich endlich hinter seinen Schreibtisch setzen zu können.

Zwei Stunden später riss Peter ein gewaltiger Donnerschlag aus dem Aktenstudium. Er hatte gerade den Bericht der Kriminaltechniker gelesen. Die ballistischen Untersuchungen hatten ergeben, dass das Geschoss, das nach dem Konzert in der Waldbühne auf ihn abgefeuert worden war, aus demselben Gewehr stammte wie die tödlichen Kugeln, die Amelie Römer, den Lehrmeister Sebastian Köberle, den Gewerbelehrer Ulrich Schmidt und den Computerfachmann Kevin Mossmann getroffen hatten.

Peter Heiland stand auf und trat ans Fenster. Der Kater verkroch sich unter dem Aktenschrank. Ein greller Blitz schoss über den Himmel, und fast augenblicklich folgte der Donner. Aber es regnete noch nicht.

»Es gibt nix Schlimmers als G'witter ohne Regen«, sagte Peter.

»Hat man bei euch auf dem Land gesagt, gelle.« Hanna war neben ihn getreten. In diesem Augenblick fielen erste schwere Tropfen und knallten auf das Aluminiumblech, mit dem die äußeren Fensterbretter verkleidet waren. Es klang wie kleine Einschläge, die immer schneller aufeinander folgten und immer näher kamen. Und plötzlich prasselte ein schwerer Regen nieder, der so dicht fiel, dass man die gegenüberliegenden Gebäude durch den dichten Schleier kaum mehr erkennen konnte.

***

Hans Georg Kühn stand unter der hohen Eingangstür der Universität der Künste am Ernst-Reuter-Platz. Ein schlanker, groß gewachsener Mann in einem weißen, sorgfältig gebügelten Hemd und schwarzen Jeans. Sein Wagen parkte auf der gegenüberliegenden Straßenseite. Er hatte keinen Schirm, und im Augenblick war da auch niemand, der ihn die paar Schritte zu seinem Wagen mit einem Schirm hätte begleiten können. Er zog sein Handy aus der Tasche, wollte Angie anrufen, dass er das Ende des Wolkenbruchs abwarten wolle und später nach Haus komme.

Seine Frau hatte kein Verständnis dafür. »Du bist doch nicht aus Zucker«, rief sie durchs Telefon. »In zehn Minuten steht das Essen auf dem Tisch.« Hans

Georg legte seine Aktentasche auf den Kopf, hielt sie mit der rechten Hand fest und spurtete los. Staub und Blätter, die sich hier in den Tagen der Trockenheit angesammelt hatten, bildeten jetzt, da der Regen herniederprasselte, auf dem Plattenweg einen glitschigen Untergrund. Hans Georg rutschte weg und fand sein Gleichgewicht nur mit Mühe wieder. Er lief weiter, glitt erneut aus. Und da hörte er diesen leisen Knall und spürte fast im gleichen Moment diesen brennenden Schmerz an seiner rechten Schulter. Er stürzte auf den nassen Plattenweg und blieb reglos liegen. Er schloss die Augen. Plötzlich hatte er den Geschmack von Blut im Mund. Wie aus weiter Ferne hörte er ein Motorrad anfahren. Er öffnete die Augen und wunderte sich, wie nahe die Maschine war. Er kannte den Typ. Sekunden später verlor er das Bewusstsein.

Als Hans Georg Kühn wieder zu sich kam, lag er in einem Krankenzimmer des Martin-Luther-Krankenhauses. Das Erste, was er sah, war ein schlaksiger junger Mann, der mindestens 1,95 Meter groß sein musste und pausenlos sein linkes Auge rieb, das schon ganz gerötet war. Kühn hörte sich sagen: »Was ist denn mit Ihrem Auge?«

»He, du bist ja wieder an Deck«, rief Angie.

Hans Georg wendete den Kopf und entdeckte seine Frau auf der anderen Seite des Bettes. »Angie!«

»Das ist nichts, nur ein Katzenhaar«, sagte der Lange und ließ von jetzt an sein Auge in Ruhe.

Hans Georg Kühn sagte zu seiner Frau: »Tut mir leid, dass ich's zum Essen nicht geschafft habe. Was fehlt mir denn?«

»Sie sind angeschossen worden.« Die Antwort kam von dem Mann auf der anderen Seite des Bettes. »Können Sie mir schon ein paar Fragen beantworten?«

»Aber sonst sind Sie gesund, ja?!«, rief die junge Frau empört. Sie hatte ein hübsches Gesicht mit einer etwas zu dicken Nase und kohlschwarzen Augen. Ihr dichtes schwarzes Haar fiel in Kaskaden bis auf ihre Schultern hinab.

Peter Heiland blieb ernst. »Sie sind nicht der Erste, auf den geschossen wurde…«

Kühn richtete sich unwillkürlich auf, stieß aber einen Schrei aus, weil plötzlich ein gewaltiger Schmerz in seine rechte Schulter fuhr. »Sie meinen doch nicht etwa diesen Heckenschützen?«

»Leider besteht daran kaum ein Zweifel.«

»Aber warum? Was hab ich mit dem zu tun?«

»Das versuchen wir zu klären. Auch die anderen Opfer…«

Kühn unterbrach ihn: »Die anderen Opfer sind tot!«

»Nicht alle«, sagte Peter, »Sie und ich – wir leben noch.«

»Wollen Sie damit sagen: Auf Sie hat er auch geschossen?«

»Ja, und das gibt uns Hoffnung.«

»Warum?«, wollte die Frau wissen.

»Er ist verunsichert. Bis dahin hatte er keinen Fehler gemacht. Keinen einzigen. Aber jetzt…«

Als Peter Heiland das Martin-Luther-Krankenhaus verließ, war er nicht viel klüger als zuvor. Das Gewitter war längst vorüber. Auf der gegenüberliegenden Straßenseite rieben eine Kellnerin und ein Kellner Gartenstühle und -tische trocken. Das Lokal hieß »Bottschaft« und war, wie Peter später erfuhr, nach seinem Wirt Jochen Bott so genannt worden. Hunger hatte er, und eine Mittagspause stand ihm zu. Er überquerte die Fahrbahn. Aus der Tür des Lokals trat Ron Wischnewski, neben ihm ein fülliger Mann mit einem fröhlichen runden Gesicht. »Ich hab dem Jochen gesagt, der Heiland kommt bestimmt hierher, wenn er mit seiner Befragung fertig ist.«

»Und der Heiland kam tatsächlich!«, sagte Jochen Bott fast andächtig. »Ich lass euch eine Ratsherrenbulette mit Bratkartoffeln machen. Bier läuft schon!«

Peter Heiland berichtete seinem Chef: »Der Angeschossene hat vermutlich den Täter wegfahren sehen. Auf einer Suzuki K 24. Kennzeichen konnte er leider nicht erkennen.«

»Na immerhin etwas.«

Heiland fuhr fort: »Er ist Professor für Malerei an der Kunsthochschule und gibt auch freie Kurse.«

»Heißt jetzt auch Universität«, warf Wischnewski ein.

Aber Peter Heiland ließ sich nicht drausbringen. »Seine Kurse sind sehr beliebt. Er muss immer viel mehr Bewerber ablehnen, als er aufnehmen kann.«

»Unter denen müssen wir suchen. Irgendwo muss doch eine Verbindung sein.«

»Privatschüler allerdings haben eine Chance bei ihm, wenn sie richtig löhnen können.«

»So geht es eben zu in unserer Welt«, sagte Wischnewski missmutig.

Peter Heiland trank sein Bier aus. »Haben Sie eigentlich selber mit den Leuten aus dem Umfeld des Gewerbelehrers und des Lehrlingsmeisters gesprochen?«

»Ja. Natürlich. Und jeder der beiden hatte ein paar Kandidaten, die einen Hass auf ihn hatten, aber da sind wir absolut nicht fündig geworden. Bis jetzt wenigstens nicht. Mindestens zehn unserer Kollegen gehen ja jedem einzelnen Hinweis nach.«

»Man denkt, das müsste ganz einfach sein: Alle Personen ermitteln, die Zoff mit dem Lehrer beziehungsweise dem Meister hatten, die Listen vergleichen und den oder die finden, die mehrfach auftauchen.«

»Gehen Sie mal davon aus, dass wir auch nicht viel dümmer sind als Sie! Aber bisher gibt es da keinen einzigen Treffer.«

Peter hätte gerne vorgeschlagen, dass er ja noch einmal mit diesen Leuten reden könne, aber das hätte gewirkt, als traue er seinem Chef und seinen Kollegen nicht. Und Wischnewski war ohnehin schon seit Tagen so gereizt, dass man jeden Moment mit einer Explosion rechnen musste.

Wischnewski fuhr fort: »Überhaupt keine Anhaltspunkte brachten die Ermittlungen im Umfeld des Computerspezialisten, der in der Gradestraße erschossen wurde. Wir haben da wirklich erstklassige Leute dran.« Er sah zu Peter herüber, der die Ratsherrenbulette mit größtem Genuss verzehrte und ganz beiläufig noch ein zweites Bier bestellte.

»Ihnen schmeckt's wohl?«

»Ihnen nicht?«, fragte Peter zurück.

»Der Fall ist mir irgendwie auf den Magen geschlagen.« Wischnewski schob seinen Teller von sich. »Sie nehme ich ab jetzt aus der Schusslinie – und zwar im wahrsten Sinne des Wortes.«

»Ich kann mir immer noch nicht vorstellen, warum der auf mich geschossen hat.«

»Der kennt Sie, Heiland! Denken Sie an den Anruf.«

»Ja, aber grade dann sollte ich doch dranbleiben. Der glaubt, ich weiß etwas, das ihm gefährlich werden kann. Und wenn ich rauskriege, was das sein könnte…«

»Dieser Typ«, unterbrach ihn Wischnewski, »der plötzlich im Keller von Sonja Michel aufgetaucht ist und dann kehrtgemacht hat…«

»Ja, vielleicht, wenn ich ihn gesehen hätte…«

»Jedenfalls müssen wir davon ausgehen, dass er Sie gesehen hat.«

Der Wirt trat an den Tisch. »Espresso doppelt oder einfach?«

»Weiß er eigentlich schon immer im Voraus, was man bestellen will?«, fragte Peter seinen Chef.

»Ja, aber Sie müssen sich nicht dran halten.«

Zum Espresso gab es einen wunderbar weichen Marc de Bourgogne auf Kosten des Hauses. Die Rechnung übernahm Wischnewski.

Als sie aufstanden und das Lokal verließen, sagte Peter Heiland: »Ich würde gerne das Umfeld von Sonja Michel in Schwaben checken.«

»Wusst ich's doch. Sie haben Heimweh.«

»Ja, das vielleicht auch. Aber vor allem glaube ich, dass uns das weiterbringt. Wir müssen doch zum Beispiel davon ausgehen, dass Sonja Michel das Gewehr mitgebracht hat, als sie nach Berlin gezogen ist.«

***

Es war später Nachmittag, als der junge Mann mit seinem Motorrad auf das schmale Ufergrundstück fuhr. Cordelia Meinert arbeitete in ihrem kleinen Nutzgarten. Sie zupfte Erdbeeren von den Stauden. Der junge Mann schlenderte zu ihr hinüber. »Wie geht's?«, fragte er. »Der Regen hat den Pflanzen sicher gut getan.«

»Ich hab Sie gar nicht kommen hören«, log Cordelia.

»Ihr Garten ist schwer in Ordnung.«

»Ja, ich achte auch darauf.« Smalltalk, dachte sie,

warum redet er mit mir wie mit irgendwem auf irgendeiner Party?

Cordelia richtete sich auf und reichte ihm ein paar Beeren über den Zaun. »Mögen Sie?«

»Ja, gern. Vielen Dank.«

Der Moment, da er nackt vor ihr gestanden und sie von Kopf bis Fuß abgetrocknet hatte, lag in weiter Ferne.

»Ich weiß bis heute Ihren Namen nicht«, sagte Cordelia. Sie wusste ihn natürlich, obwohl nirgendwo an dem Nachbarhaus ein Namensschild war. Schließlich hatte sie seine Wohnung schon mehr als einmal unter die Lupe genommen.

»Sagen Sie einfach Sascha zu mir.«

»Dann müssen Sie aber auch Cordelia zu mir sagen.«

»Mach ich. Vielleicht haben Sie Lust, heute Abend auf einen Drink zu mir rüberzukommen.«

Cordelia fröstelte vor Glück. »Schön«, sagte sie so sachlich wie möglich, »dann sehe ich auch mal, wie Sie wohnen.«

»So überraschend wird das nicht für Sie sein«, sagte der Mann, der sich Sascha nannte. Cordelia horchte auf. Was meinte er damit?

»Die Erdbeeren schmecken wunderbar«, rief er im Gehen.

»Ich bring Ihnen ein Schüsselchen davon mit, heute Abend. Wann soll ich kommen?«

»Sagen wir halb neun?« Er schlenderte zu seinem

Häuschen hinüber. Ein triumphierendes Lächeln glitt über Cordelia Meinerts Gesicht.

Der Mann betrat sein Häuschen. Einer Gewohnheit folgend schaltete er das Radio ein. Info-Radio Berlin. Die Nachrichten hörten sich an wie immer. Jede Bundestagspartei legte immer neue Vorschläge für eine noch größere Steuerreform vor. In Afghanistan war es wieder zu einem Anschlag auf eine Polizeistation gekommen. Im Irak schossen Untergrundkämpfer auf die amerikanischen Besatzer. In Israel hatte sich ein Selbstmordattentäter in die Luft gesprengt und vierzehn Menschen mit in den Tod gerissen.

Von dieser letzten Nachricht war der junge Mann fasziniert. Das war doch etwas, wenn man von einer Sache so total überzeugt war und beschloss, sich auf diese Weise zu opfern. Keinen Augenblick hätte er selbst daran geglaubt, dass er im Himmel mit Dutzenden von Jungfrauen belohnt würde. Die Tat allein würde ihn so befriedigen, dass danach gar nichts mehr geschehen musste. Plötzlich wurde er aus diesen Gedanken gerissen. »…ist es wieder zu einem Anschlag des Heckenschützen gekommen«, hörte er. »Der Täter schoss einen fünfundvierzigjährigen Professor der UdK nieder. Das Opfer liegt verletzt im Krankenhaus. Die Polizei schreibt es den ungewöhnlichen Witterungsbedingungen während des schweren Gewitters um die Mittagszeit zu, dass die Schüsse des Scharfschützen nicht tödlich waren. Der Täter floh mit einem Motorrad der Marke Suzuki K 24. Sachdienliche Hinweise nimmt jede Polizeidienststelle entgegen.«

Dem jungen Mann brach unvermittelt der kalte Schweiß aus. Er hatte den Mann auf dem Plattenweg liegen sehen. War der nicht tot gewesen? Er setzte sich in einen der beiden Ledersessel und starrte auf die Havel hinaus.

Auch Cordelia Meinert hatte die Meldung gehört. Allerdings erst in den Acht-Uhr-Nachrichten am Abend, als sie sich im Bad zurechtmachte. Der kleine Weltempfänger stand auf einem Bord zwischen den wenigen Kosmetika, die sie benutzte. Suzuki K 24. Sie hatte noch keine Gelegenheit gehabt, das Motorrad genauer in Augenschein zu nehmen. Aber bei nächster Gelegenheit wollte sie es tun.

Sie hatte ausgiebig heiß und kalt geduscht und danach ihren ganzen Körper mit Rosenöl eingerieben. Jetzt wählte sie mit Bedacht die Dessous und ein schlichtes schwarzes Kleid. Sie drehte sich vor dem Spiegel, der vom Boden bis zur Decke reichte. Noch konnte sie so kurze Röcke tragen. Ihre gebräunten Beine waren lang und schmal. Vielleicht ein bisschen zu sehnig. Man sah, dass sie regelmäßig schwamm. Auf Parfüm verzichtete sie.

Er hatte es also wieder getan. Sie war nicht froh darüber, dass dieser Kunstdozent überlebt hatte. Warum auch? Sie kannte den Mann ja nicht. Eher hatte sie Mitleid mit ihrem Nachbarn. Sie konnte sich vorstellen, wie so ein Misserfolg auf ihn wirkte. Gleichzeitig aber hatte sie das Gefühl, dass man diesem Treiben ein Ende setzen musste. Sie würde einen Weg finden.

Noch einmal kämmte sie ihre Haare, schaute auf die Uhr. Es war gleich halb neun. Sie nahm eine kleine Tasche von einem Stuhl im Wohnzimmer, holte das Schüsselchen mit den Erdbeeren aus der Küche, schlüpfte in die hochhackigen Schuhe und verließ das Haus.

Sascha trug ein schwarzes Seidenhemd und glänzende Hosen aus Leder. Seine Füße waren nackt. Auf dem kurzen Weg von ihrem zu seinem Haus hatte sie einen Augenblick die Furcht erfasst, er könnte das nur so hingesagt und inzwischen vergessen haben. Aber als er nun so vor ihr stand, wusste sie, dass sie erwartet wurde.

»Kommen Sie, Cordelia, wir können uns auf die Terrasse setzen.«

Cordelia betrat das Wohnzimmer, schaute sich um und sagte förmlich: »Schön haben Sie's!«

»Ist Ihnen das nicht alles zu kühl, zu sachlich?«, fragte er.

»Ich finde, es passt zu Ihnen.«

»Ja«, sagte er, »ich mixe uns eine Margarita. Ist Ihnen das recht?«

»Ja. Ja, sicher.«

»Mit viel oder wenig Wodka?«

»Sie müssen da nicht sparen«, sagte sie und schritt auf die Terrasse hinaus.

Der junge Mann verfolgte sie mit seinen Blicken. Die Art, wie sie sich bewegte, gefiel ihm. Und auch die Art, wie sie nun auf seiner Terrasse stand, den rechten Fuß leicht ausgestellt, die linke Hand auf der leicht vorgeschobenen Hüfte. Sie hob sich als elegante Silhouette gegen die helle Wasseroberfläche der Havel ab, auf der die letzten Sonnenstrahlen glitzerten. Draußen kreuzte ein Segelschiff auf der Suche nach ein wenig Wind.

Sascha betrat mit den beiden Gläsern die Terrasse. »Ich sitze sonst eigentlich nie hier draußen«, sagte er.

»Ja, ich weiß.« Cordelia nahm das Glas entgegen.

»Ich finde, man braucht dafür Gesellschaft.«

»Ja.« Cordelia nippte an ihrem Glas. »Sie haben eigentlich nie Besuch.«

»Nein.«

»Auch die Dame im Rollstuhl ist nur ein- oder zweimal hier gewesen.«

Sascha lächelte. »Ihnen entgeht nichts, nicht wahr?«

***

Hanna Iglau fuhr vorsichtig. Neben ihr saß Peter Heiland. Er hatte Schnurriburr auf seinem Schoß. Der Kater war unruhig, und immer wieder trieb er seine Krallen durch den dicken Jeansstoff von Peters Hose in dessen Oberschenkel.

»Find ich ja unheimlich nett, dass du den Kater bei dir aufnimmst, während ich weg bin.«

»Ich verlasse mich aber darauf, dass du ihn sofort abholst, wenn du wieder da bist!«

»Versprochen!«

Hanna Iglau wohnte in Charlottenburg. Ihr Vater hatte ihr eine Zweieinhalbzimmerwohnung in einem Altbau in der Mommsenstraße gekauft. Als sie vor dem Haus hielt, sagte sie: »Willst du mal sehen, wie ich wohne?«

»Ja, gern!«

Peter Heiland war bis jetzt der Meinung gewesen, er habe es besonders gut getroffen mit seiner Wohnung in der Stargarder Straße. Aber so wie Hanna konnte man natürlich auch wohnen: in großen hohen Räumen mit Stuckdecken, einer geräumigen Wohnküche und einem Balkon auf einen Hinterhof hinaus, in dessen Zentrum eine riesige Linde stand, die sich bis zum vierten Stock hochreckte und deren Blüten einen betörenden Duft verströmten. Nach dem Gewitterregen war es etwas kühler geworden.

»Ich mach uns einen Tee«, sagte Hanna, als Peter ihre Wohnung gebührend lange bewundert hatte. Schnurriburr nahm die Räume vorsichtig in Besitz.

»Ein Wein tät's auch«, sagte Peter mit einem leisen Grinsen. Sie setzten sich auf die bequemen, weich gepolsterten Balkonstühle. »Was hältst du denn von dem Vortrag des Psychologen?«, fragte Hanna und sah Peter in die Augen.

»Hörte sich interessant an: Ein Mann, der in allen Lebensstufen von den Leuten, die ihn erziehen oder unterrichten sollten, zutiefst enttäuscht worden ist. Er war sein Leben lang erfolglos. Ein Loser, ein Versager. Zumindest empfindet er sich so. Und er ist sich bewusst, oder er bildet sich ein, dass er selbst daran gar nicht schuld ist. Nein, die Menschen, die ihm ihre Hilfe und ihre Unterstützung verweigert haben, sind es: die Kindergärtnerin, der Lehrer, der Meister, der Mann, der ihm helfen sollte, als ihn sein Computer im Stich ließ.«

»Und was ist mit dem Kunstdozenten?«, fragte Hanna dazwischen.

»Wer weiß, vielleicht hat unser Mann sein Talent zum Malen entdeckt, wie damals Adolf Hitler...«

»Hör auf!«

Aber Peter ließ sich nicht unterbrechen. »Er nahm Unterricht bei Kühn, aber der sagte ihm eines Tages: ›Ihr Talent reicht nicht. Sie werden als Maler genau so versagen wie in allen anderen Bereichen.‹ Und damit hat er sein Todesurteil gesprochen.«

»Nun wirst du aber ein bisschen zu melodramatisch.« Hanna lachte.

»Ich versuche nur zu verstehen, was der Profiler von sich gegeben hat.«

»Interessanter fand ich ja noch, wie er ein Persönlichkeitsbild des Täters entworfen hat.«

Peter nickte zustimmend. Er erinnerte sich noch genau an Dr. Nüsslings Worte: »Der Mann lebt einsam. Er hat etwas von einem Autisten. Ist ganz auf sich bezogen. Vermutlich wohnt er abgelegen und allein. Könnte sein in einem Wochenendhaus oder so. Er würde es unter vielen Menschen nicht aushalten. Er muss sich ganz auf sich und die Vorbereitung seiner Taten konzentrieren. Garantiert schmort er in seinem eigenen Saft. Wenn er seine Opfer nicht willkürlich auswählt, sondern ganz gezielt Rache nimmt an Menschen, die ihn verletzt, ja, in die Bedeutungslosigkeit gestoßen haben, muss er sich puschen. Er muss sich selbst zur Tat treiben. Die Waffe ist ein Jagdgewehr, kein Präzisionsgewehr, wie man es bei einem Scharfschützen erwarten würde. Deshalb hat er vermutlich keine militärische Vergangenheit, wie wir das bei den meisten Heckenschützen aus den USA kennen. Er ist ein Jäger.«

Hanna ging in die Küche und kam mit einer Flasche Weißwein wieder. »Ein Riesling aus dem Rheingau«, sagte sie, »machst du mal auf?« Sie reichte ihm die Flasche und einen Korkenzieher und holte Gläser, die sie mit einem Küchenhandtuch auswischte. »Ich habe so selten Besuch, da stauben die Gläser schon mal ein«, sagte sie, als ob sie sich entschuldigen müsste.

»Wenn aber nun gar kein Zusammenhang zwischen den Taten besteht«, nahm Peter den Faden wieder auf. »Die Kindergärtnerin wurde ja vielleicht von ihrer eigenen Freundin erschossen.«

»Glaubst du das wirklich?«

»Ich halte es für möglich.«

»Klingt aber nicht sehr überzeugt.«

Peter zog mit einem leisen Plopp den Korken aus dem Flaschenhals.

»Ich habe halt Probleme mit der Vorstellung, dass Sonja Michel in ihrem Rollstuhl dort hinter einem Busch saß, das Gewehr unter der Wolldecke über ihren Knien hervorzog, die beste Freundin über Kimme und Korn anvisierte, Druckpunkt nahm... – ist was?«

Hanna schaute ihn mit großen runden Augen an. »Wie du das beschreibst... Wolltest du mal Schriftsteller werden?«

»Nie. Alles, bloß des net!« Er goss die Weingläser voll. »Auf jeden Fall ist es eigentlich jenseits meiner Vorstellungskraft, dass die Frau ihre Freundin erschossen hat.«

»Und warum hat sich Sonja Michel umgebracht?«

»Was weiß ich? Einsamkeit. Schuldgefühle. Vielleicht war sie ihres Lebens überdrüssig.«

Hanna nickte. »Ja, das gibt's. Ich kenne das von meiner Nenntante. Die sagt dreimal am Tag, sie hätte nichts dagegen, wenn sie jetzt sterben würde.«

»Und wenn's dann ernst wird, klammert sich niemand heftiger an das Leben als deine Tante.«

»Woher willst du das denn wissen? Du kennst sie doch gar nicht.«

»Ich denke, die meisten Menschen sind so. Jede Fliege, die du erschlagen willst, versucht, sich in Sicherheit zu bringen. Tiere reagieren voller Angst und oft in großer Panik auf die Bedrohung durch den Tod. Und bei uns Menschen ist das kein Haar anders.«

Hanna wollte die Gedanken an den Tod verscheuchen und fragte: »Wo ist denn der Kater?« Tatsächlich war das Tier schon eine ganze Zeit verschwunden. Sie fanden Schnurriburr im Schlafzimmer. Er lag zusammengerollt auf Hannas Kopfkissen. Sein Schnurren erfüllte den ganzen Raum. »Der kann aber froh sein, dass ich keine Allergie gegen Katzenhaare habe«, sagte Hanna.

Sie kehrten auf den Balkon zurück. Irgendwo auf der anderen Seite des Hinterhofs spielte jemand Gitarre. Peter verschränkte seine Hände im Nacken und lehnte sich weit zurück. »Als ich mich damals entschlossen habe, zur Kripo zu gehen, wollte ich unbedingt zur Mordkommission. Jetzt denke ich manchmal, es war ein Fehler.«

»Warum?«

»Der Tod spielt eine zu wichtige Rolle bei unserer Arbeit, und das meistens in seinen hässlichsten Formen.« Ihm fiel ein Text übers Sterben ein, den er bei dem schwäbischen Dichter Helmuth Pfisterer gelesen hatte. ›Wenn's soweit ischt, schtell i mir vor, isches womöglich wie damals ame sechse, siebene obends, wo de dei Mueder von dr Gass rei g'hold ond ens Bett g'steckt hod. Und älle andere, wo so groß gwä send wie du, aber au a paar kleinere, hend no drauße bleibe ond weiter spiele dürfe.‹

»An was denkst du?«, fragte Hanna.

Peter zitierte den Text.

»Das gefällt mir«, sagte seine Kollegin.

»Ich muss jetzt auch heim ins Bett«, sagte Peter, stand auf und schlenkerte seine langen Glieder.

»Aber nicht, weil dich deine Mutter reinruft.«

»Nein, weil ich morgen ganz früh raus muss. Mein Zug nach Stuttgart geht schon um sieben Uhr.«

»Du fährst mit der Bahn?«

»Mhm. Ich fliege nicht gerne.«

»Flugangst?«

»Muss ich leider zugeben.«

»Ich war in meinem ganzen Leben noch nie in Schwaben«, sagte Hanna und erhob sich ebenfalls aus ihrem Sessel.

»Ja, dann sollten wir das vielleicht mal ändern.« Peter ging noch einmal ins Schlafzimmer und streichelte den Kater. Der streckte sich, machte sich lang, und sein Schnurren nahm an Lautstärke zu. »Mach's gut!«, sagte Peter zu dem Tier, richtete sich auf und fasste ganz selbstverständlich Hanna an den Hüften. »Du auch.«

»Ich werd's versuchen. Pass auf dich auf.«

»Mach ich!« Er küsste sie auf beide Wangen, dann auf die Nasenspitze und schließlich auf den Mund. Hanna legte ihre Arme um seinen Nacken und erwiderte den Kuss.

An der Wohnungstür sagte Peter Heiland: »Jetzt hab ich wenigstens was, auf das ich mich freuen kann, wenn ich wieder nach Berlin komme.«

Der Vollmond schob sich hinter einer dünnen Wolke hervor, deren Ränder wirkten, als seien sie aus Gaze, und warf eine breite Lichtbahn auf das Wasser. Sascha saß auf einer gepolsterten Bank. Cordelia hatte in einem Sessel Platz genommen, der an der Schmalseite des Glastisches stand. Jetzt erhob sie sich, nahm ihr Glas und setzte sich neben den jungen Mann, achtete aber darauf, ihn nicht zu berühren. »Nun habe ich Ihnen den ganzen Abend von mir erzählt, und von Ihnen weiß ich noch immer nichts.«

»Wirklich nicht?«

»Nein.«

»Was möchten Sie denn wissen?«

Er hatte eine tiefe, wohltönende Stimme, die, wie Cordelia fand, nicht so recht zu seiner Erscheinung passen wollte.

»Haben Sie einen Beruf?«

»Ja, ja, natürlich.« Er lächelte.

»Aber Sie üben ihn zur Zeit nicht aus.«

»Nein. Ich arbeite gar nicht. Ich habe eine Erbschaft gemacht.« Er lächelte wieder. »Zum Glück waren in meiner Familie alle immer fleißig und sparsam. Da sammelt sich dann schon etwas an.«

»Wo kommen Sie denn her?«

»Aus Württemberg.«

»Das hört man aber gar nicht.«

»Ich fand es schon als kleines Kind lächerlich, Dialekt zu sprechen. Die meisten Kinder in der Stadt lehnen Schwäbisch ab.«

»Ich hab's immer bedauert, dass ich keinen Dialekt habe«, warf Cordelia ein.

»Wo kommen Sie her?«

»Aus Hannover. Eigentlich denke ich, man kann im Dialekt vieles viel genauer ausdrücken als in der Hochsprache.«

Sascha lachte. »Ja, ich hatte einen Lehrer, der war geradezu versessen darauf. Der hat uns mit Mundartsprüchen gequält. Und wenn du dich bei ihm beliebt machen wolltest, musstest du ausgefallene Dialektwörter verwenden. ›Hälenga‹ zum Beispiel.«

»Was heißt das?«

»Heimlich, hinten herum, ohne dass es einer merkt. Und dann fragte er: Wie sagt der Schwabe, wenn ein Seil unter großer Anspannung reißt?«

Cordelia sah ihn nur fragend an. Sein Gesicht war jetzt nahe. »Es fatzt«, gab er die Antwort.

»Klingt schön lautmalerisch. Wäre doch schade, wenn es verloren ginge.«

»Jetzt reden Sie auch wie eine Lehrerin.«

»Ich habe Ihnen doch gesagt, ich war Lehrerin. Bis ich's nicht mehr ausgehalten habe.«

»Und? Haben Sie Ihre Schüler auch so gequält?«

»Die haben mich gequält, Sascha. Ich war sehr froh, als ich ihnen entfliehen konnte.«

»Haben Sie auch eine Erbschaft gemacht?«

»Nein, leider nicht. Ich muss mir mein Geld nach wie vor selber verdienen.«

»Und womit?«

»Jetzt fragen Sie schon wieder mich aus. Ich war dran!«

Er beugte sich zu ihr herüber. »Wir könnten es doch auch einmal ohne Reden versuchen.« Mit seiner Fingerkuppe fuhr er den Ansätzen ihrer Brüste nach, die sich aus dem tief ausgeschnittenen Kleid wölbten.

»Sascha«, sagte Cordelia mahnend. »Ich könnte Ihre Mutter sein.«

»Da hätten Sie aber sehr früh mit dem Kinderkriegen anfangen müssen.«

»Wie alt sind Sie?«, fragte Cordelia und versuchte ihrer Stimme einen festen Klang zu geben.

»Zweiunddreißig. Und Sie?«

»Dann bin ich genau zwölf Jahre älter als Sie.«

»Und das stört Sie?«

»Wobei?«

»Dabei!« Er beugte sich vollends zu ihr herüber und küsste sie. Gleichzeitig griffen seine Hände nach ihr. »Nicht so fest«, keuchte sie, aber er verstärkte seinen Griff um ihre Schultern. Dann packte er nicht weniger roh nach dem Ausschnitt ihres Kleides. Sie hörte, wie der Stoff riss, aber da war sie schon nicht mehr in der Lage, sich zu wehren.

***

Peter Heiland rief seinen Großvater an. Er wusste, vor Mitternacht ging der selten ins Bett. »Ich bin's, der Peter aus Berlin.«

»Kommscht?«, fragte der Opa sofort.

»Ja, morgen.«

»Für immer?«

»Nein, nur auf Besuch. Ich hab geschäftlich zu tun.«

»Geschäftlich? Was für Geschäfte machet ihr denn bei der Polizei?«

»Ich hätt ›beruflich‹ sagen sollen.«

»Und? Wie kommscht?«

»Mit dem Zug bis Stuttgart.«

»Dann sag ich der Elke, sie soll dich abholen. Und ich komm mit.«

So war er, sein Opa Henry. Schnell entschlossen. Er würde alles organisieren. Und wenn Peters Cousine Elke keine Zeit hatte, würde er schon jemand anderen finden, der mit ihm nach Stuttgart fuhr.

»Wann kommscht an?«

»13 Uhr 08.«

***

Als Cordelia wieder zu sich kam, lag sie auf dem breiten Bett. Langsam hob sie die Augenlider. Sascha saß auf einem hochlehnigen Stuhl und schaute starr auf sie herab. Sein nackter Körper war schweißnass. Cordelia schloss die Beine, als sie spürte, dass sie noch immer weit gespreizt waren. Sie hatte Schmerzen in den Schultern, an der Hüfte und in ihren Brüsten. Leise sagte sie: »Warum?«

»Ich habe es genossen«, antwortete der junge Mann.

»Es war eine Vergewaltigung«, sagte sie und spürte, wie die Übelkeit in ihr aufstieg.

»Hast du darum immer geschrien: ›Ja, ja! Mehr, mehr!‹?«

»Ich weiß nichts mehr.« Sie richtete sich auf. Ihr Kleid lag am Boden. Ihre Unterwäsche hing in Fetzen an ihr. »Du bist ein Tier«, sagte sie. Beinahe hätte sie gefragt: ›Hast du keine Angst, dass ich mich rächen werde?‹

»Ich hol uns etwas zu trinken«, sagte der junge Mann. Er stand auf und verließ den Raum. Cordelia erhob sich vom Bett, zog ihre Dessous zurecht und schlüpfte in ihr Kleid, das am Ausschnitt einen tiefen Riss aufwies. Sie glitt mit ihren nackten Füßen in ihre Pumps und verließ das Schlafzimmer. Über die Terrasse erreichte sie den Rasen. Sie ging bis zu dem schmalen Steg und ließ sich ins Wasser gleiten – so wie sie war. In einem Bogen schwamm sie zu ihrem eigenen Badesteg, kletterte aus dem Wasser und verschwand in ihrem Haus. Die Türen verriegelte sie fest.

***

Hanna Iglau war die Erste morgens im Büro. Einen Augenblick blieb sie hinter Peter Heilands Bürostuhl stehen und strich mit den Fingerkuppen über die Lehne. Der Kater hatte die ganze Nacht am Fußende ihres Bettes geschlafen, und als sie aufstand, hatte er nur ein unwilliges Maunzen von sich gegeben, als ob er sich darüber beschweren wollte, dass er gestört wurde. Sie füllte ein Schüsselchen mit Fressen aus einer Dose und stellte es neben den Kühlschrank. Das Katzenklo schob sie auf den Balkon. Sie klemmte eine Toilettenpapierrolle zwischen Tür und Rahmen, damit die Tür nicht zuschlagen konnte. Bevor sie ging, warf sie nochmal einen Blick ins Schlafzimmer. Schnurriburr blinzelte und gab erneut einen Ton von sich. »Na wenigstens verabschiedest du dich«, sagte Hanna und verließ ihre Wohnung.

Jetzt setzte sie Kaffee auf und schichtete die unbearbeiteten Berichte ihrer Kollegen auf ihren Schreibtisch. Die Kaffeemaschine gab schnorchelnde Laute von sich. Hanna setzte sich, verschränkte die Arme hinter dem Kopf, streckte die Beine weit von sich und dachte an den vergangenen Abend.

Das Telefon klingelte. Hanna meldete sich. »Abteilung 8, Iglau.«

»Herrn Heiland bitte!«, sagte eine männliche Stimme am anderen Ende.

»Der ist nicht da, kann ich Ihnen helfen?«

»Nein, das ist privat. Wo erreiche ich ihn denn?«

»Er ist nach Hause gefahren… also nach Schwaben, wo er…«

»Ja, dann weiß ich Bescheid!«

»Warten Sie!«, rief Hanna. Aber da hatte der andere bereits aufgelegt.

Hanna lief es kalt über den Rücken. Ron Wischnewski hatte tags zuvor noch gesagt: »Der Heckenschütze kennt Heiland und ist hinter ihm her. Bitte denkt daran, wenn wieder einmal jemand nach dem Kollegen fragt.«

Hanna war sofort klar, dass sie einen Fehler begangen hatte. Sie wählte die Nummer von Peters Handy, erfuhr aber nur, dass der Teilnehmer vorübergehend nicht erreichbar sei. Sie könne aber eine Nachricht hinterlassen.

»Ja, hier ist Hanna. Bitte ruf mich so bald wie möglich zurück. Es ist wichtig ... – lebenswichtig!« Und nach kurzem Zögern fügte sie hinzu: »Und es ist dienstlich!«

Plötzlich fühlte sie sich erschöpft, als ob sie den ganzen Tag schwer gearbeitet hätte. Erst eine ganze Weile später fiel ihr ein, dass ja die Nummer des Anrufers noch auf dem Display sein musste. Sie drückte die entsprechende Taste. Der Anruf war von einer Telefonzelle geführt worden. Die Ermittlungen ergaben, dass sich die Zelle in Potsdam am Bahnhof befand.

Immer wenn er zum Bahnhof Zoo kam, überlegte Peter Heiland, ob er nicht doch etwas gegen seine Flugangst tun sollte. Die Bahnsteige waren auch an diesem frühen Morgen überfüllt. Bevor an Gleis 2 der Fernzug nach München einfahren konnte, mussten in schneller Folge Regionalzüge abgefertigt werden. Die Leute drängten sich, und überall dort, wo am wenigsten Platz war, bildeten sich Trauben wartender Menschen, als ob sie sich vorgenommen hätten, gemeinsam die Wege zu blockieren.

Als der Zug endlich einfuhr, merkte Heiland, dass der Wagenlaufplan geändert worden war. Sein reservierter Platz musste sich irgendwo am anderen Ende des Zuges befinden. Also entschloss er sich, zuerst einmal den Speisewagen aufzusuchen, um später irgendwo einen Sitz zu finden, der vielleicht noch frei war.

Im Speisewagen war nur noch ein Platz an einem Tisch frei, an dem eine Mutter mit ihrer vielleicht vierjährigen kleinen Tochter saß. Die Frau hatte einen Topf Tee vor sich, das Mädchen eine Tasse Schokolade. »Wo fährst du hin?«, fragte das Kind. »Nach Stuttgart.« Peter Heiland griff nach der Speisekarte. »Und zu wem?« Er entschied sich für ein französisches Frühstück und sagte dem Mädchen, dass er seinen Großvater besuchen werde. »Und ich fahr zu meiner Oma!« Die Mutter mahnte das Mädchen leise, sie solle den Herrn in Ruhe lassen. »Kein Problem«, sagte Peter Heiland und bestellte sein Frühstück.

Aber als das Kind weiter mit ihm reden wollte, fragte die junge Frau rasch: »Soll ich dir was vorlesen, Janine?« »Mhm!« Janine nickte heftig. Und so hörte Peter Heiland zum ersten Mal in seinem Leben die Geschichte eines kleinen Bergbauernmädchens, das in die große Stadt Frankfurt zu einer fremden Familie kam und vor Sehnsucht nach ihrem Almöhi ganz unglücklich war. Die Stimme der Mutter war leise, und manchmal beugte sich Peter Heiland unwillkürlich vor, um nichts zu versäumen, was der Frau jedesmal ein Lächeln abnötigte. Als sie Hildesheim erreichten, sagte die Mutter: »So, jetzt kann ich nicht mehr.«

»Soll ich ein bisschen weiter vorlesen?«, hörte sich Peter fragen und wunderte sich selbst über sein Angebot. »Au ja!«, rief Janine begeistert. Sie krabbelte unter dem Tisch durch, setzte sich ganz selbstverständlich dicht neben Peter und sah ihn auffordernd an. Er schaffte es bis Fulda, bestellte zwischendurch immer wieder einen Kaffee, und wenn er aufblickte, sah er, wie entspannt die junge Frau auf der anderen Seite des Tisches schlief.

***

Cordelia hörte, wie Sascha sein Haus verließ. Sie trat seitlich neben das schmale Badfenster und schaute hinaus. Kurz darauf klopfte es. Cordelia ging zur Tür, schloss sie aber nicht auf. Sie rief: »Wer ist da?«, obwohl sie es wusste.

»Ich möchte mit dir reden. Es tut mir leid, was geschehen ist«, rief Sascha.

»Ja, mir auch.«

»Ich muss verreisen!« Der junge Mann begleitete jetzt jedes Wort mit einem Faustschlag gegen die Tür. Cordelia fror.

»Dann reden wir, wenn Sie zurück sind«, sagte sie.

»Wie bitte? Ich verstehe nicht!«

»Wenn Sie zurück sind«, schrie Cordelia plötzlich. »Dann reden wir!«

»Nein, nur zwei Minuten. Bitte!«

Gegen ihren Willen drehte sie den Schlüssel im Schloss und drückte die Klinke nieder. Er stand mit hängenden Armen vor ihr. »Ich fürchte mich vor Ihnen«, sagte sie.

»Warum?«

»Na, Sie können fragen!«

»Das wird nicht nochmal passieren.« Er senkte den Blick wie ein kleiner Junge.

»Und das soll ich Ihnen glauben?«

Jetzt hob er den Blick wieder, sah ihr voll in die Augen, und ein breites Lächeln flog über sein Gesicht. »Sie haben Recht. Ich habe so oft gute Vorsätze…«

»Bleiben Sie lange weg?«

»Schwer zu sagen.«

»Und wo, genau, fahren Sie hin?«

»Sie fragen mich schon wieder aus.«

»Ich möchte nur eine Vorstellung davon haben, wo Sie sind.«

»Warum?«

»Das weiß ich selber nicht. Ich weiß ja sowieso kaum mehr etwas seit ein paar Tagen. Genauer: seit dem Morgen, als wir plötzlich drunten am Ufer nackt voreinander standen.«

»Mir geht es nicht so viel anders«, sagte Sascha. »Gut, ich fahre nach Tübingen. Sagt Ihnen das etwas?«

»Ich habe vier Semester in Tübingen studiert! – Kann ich Sie anrufen?«

»Warum?«

»Es könnte ja etwas mit Ihrem Haus drüben sein. Stellen Sie sich vor, da treiben sich plötzlich Leute herum, die Sie dort nicht haben wollen.«

Seine Augen verengten sich. Cordelia hielt den Atem an. Es dauerte eine ganze Weile, ehe er fragte: »Und Sie würden mir dann Bescheid sagen?«

»Ja, natürlich!«

»Gut!« Er zog einen Kugelschreiber aus seiner Lederjacke, packte ihre Hand, zog sie zu sich her und schrieb eine Nummer auf ihren Handballen. »Das ist mein Handy.« Dann drehte er die Hand plötzlich um und hauchte einen Kuss auf ihre Fingerspitzen. »Du bist wunderbar!«

Abrupt drehte er sich um und ging zu seinem Motorrad. Er stieg auf, betätigte den Starter, der Motor heulte auf. Sascha trat den Ständer weg. Einen Augenblick saß er noch, einen Fuß weit ausgestellt, auf seiner Maschine und schaute zu ihr herüber, als ob er auf etwas wartete. Doch dann schob er plötzlich mit der Fußspitze den Ganghebel nach vorn und drehte das Gas auf. Die Maschine stieg hoch. Mit ausgestellten Ellbogen drückte er sie auf den schmalen Sandweg zurück und fuhr mit viel zu hoher Geschwindigkeit davon, eine Fahne aus Abgasen, Sand und Staub hinter sich herziehend. Cordelia sah noch, dass er einen großen Rucksack aufgepackt hatte. Sie spürte einen Stich in der Herzgegend, als habe er sie in diesem Moment verlassen. In der Luft lag ein unangenehmer Geruch nach Auspuffgasen.

***

Der Zug fuhr mit 22 Minuten Verspätung Punkt 13 Uhr 30 im Stuttgarter Hauptbahnhof ein. Peter Heiland ging eilig den Bahnsteig hinunter. Schon von weitem entdeckte er den weißen Haarschopf seines Großvaters. Als er näher kam, sah er, dass sich Henry auf einen Stock stützte. Das war neu. Der Stock hinderte den alten Mann dann auch daran, seinen Enkel richtig zu umarmen.

»Da bischt ja endlich!« Sie gingen dicht nebeneinander durch die große Bahnhofshalle zum Nordausgang. Dort warte Sandra, hatte der Großvater gesagt.

Der Name sagte Peter Heiland nichts. Opa Henry hatte dies sofort registriert. Er kniff sein rechtes Auge zu, was seinem Gesicht einen verschwörerischen Ausdruck gab, und sagte: »Die wird dir gefallen!«

Henry zog den linken Fuß ein wenig nach. Als er bemerkte, dass es Peter auffiel, sagte er: »Neuerdings hab ich's a bissle mit dem Ischias, aber es ist kaum der Rede wert.« Peter wusste, dass das gelogen war. Sein Großvater hasste Wehleidigkeit. Er hatte Peters Klagen immer ignoriert, wenn ihm als Kind etwas wehgetan hatte. Anders war es bei Seelenschmerz. Als sein kleiner Hund damals überfahren wurde, hatte sich sein Opa tagelang darum bemüht, Peter zu trösten oder doch abzulenken, und er war dabei sehr einfallsreich gewesen.

Und als Peter in der dritten Gymnasiumsklasse sitzen geblieben war, hatte Henry nur gesagt: »Ach, scheiß doch drauf! Wir fahren jetzt erst mal in die Berge.« Der Großvater vertrat da schon seit Jahren Mutter und Vater bei dem Jungen, unterstützt von einer schweigsamen, aber tüchtigen Zugehfrau.

Glücklichere Ferien als damals in der Ramsau, nahe Berchtesgaden, hatte Peter nie mehr erlebt. Sie waren durch Schluchten geklettert, hatten nackt in Gebirgsbächen gebadet und abends vor ihrer Hütte am offenen Feuer Würste gebraten. Und jeden Abend hatte ihm der Großvater eine seiner wahren Geschichten aus seinem Leben erzählt, von denen Peter schon damals wusste, dass sie erfunden waren.

Erst kürzlich hatte Peter Heiland den Satz eines bekannten Journalisten und Verlegers gelesen, der gesagt hatte: »Ich kann meine Memoiren nicht schreiben, die ändern sich doch jeden Tag!« Auch Henrys »Memoiren« lebten von der Veränderung. Sobald eine neue Facette dazukam und sich bewährte, blieb sie Bestandteil der Geschichte, bis sie vielleicht von einer noch besseren verdrängt wurde.

Sandra hatte rote Haare, die wild vom Kopf abstanden, und ein Gesicht voller Sommersprossen. Ihre Augen waren schmal und verliefen von der Nasenwurzel aus ungewöhnlich schräg aufwärts zu den Schläfen hin, was, wie Peter Heiland fand, Sandras Gesicht etwas von einem schlauen Füchslein gab. Ihre Hand war kühl, obwohl im Stuttgarter Kessel die Hitze brodelte.

»Wird Zeit, dass wir aus diesem Dampfkessel raus- und auf die Höhen 'naufkommen«, sagte Henry. »Du sitzt vorne rein, ich geh nach hinten, da kann ich a bissle schlafen, wenn ich will.«

Peter wusste nur zu genau, dass sein Großvater kein Auge zumachen würde.

Als Sandra anfuhr, sagte sie: »Dein Opa sagt, du bist bei der Polizei?«

»Stimmt. Und du?«

»Ich studier noch. Deutsch und Geschichte.«

»In Tübingen?«

»Ja, genau!«

***

Um die gleiche Zeit saß Hanna Iglau an einem Biedermeier-Sekretär in Sonja Michels Wohnung. Schon seit Stunden sichtete sie, was sich hier seit Jahren in Fächern und Schubladen angesammelt hatte. Sonja Michel hatte alles aufgehoben, aber nichts geordnet. Ihr Rentenbescheid, der vier Jahre alt war, lag zwischen einer Postkarte, die ein Mann namens Alfons aus Antalya in der Türkei geschrieben hatte (»Schon Kleopatra soll hier gebadet haben!«), und der Rechnung einer Reinigungsfirma. Eine Beitragsquittung des Schützenvereins Bodelsingen hatte sich in einem Notizbuch verfangen. Das Datum der Quittung lag drei Jahre zurück. Das Tagebuch enthielt nur auf den ersten beiden Seiten Eintragungen. Danach hatte Frau Michel wohl die Lust verloren, weiterzuschreiben, kein Wunder bei den Banalitäten, die sie zu vermerken hatte: »Warum fängt mein Tag immer damit an, dass ich fürchte, A. könnte schlechte Laune haben… Zwei Kassler gekauft. Soll A. mit Sauerkraut machen… Sie hatte gestern wieder schlechte Laune. A. will S. nicht mehr in die Wohnung lassen. Was hat sie gegen ihn?« Der interessanteste Eintrag lautete: »Irgendwann einmal, eines Tages, morgen bring ich sie um.« Aber das Datum des Eintrags lag vier Jahre zurück, und A., was ja wohl für Amelie stand, hatte danach noch lange Zeit gelebt.

In der untersten Schublade des Sekretärs stieß Hanna Iglau auf eine Pralinenschachtel mit der Aufschrift »Serenade«. Sie hob den Deckel und stieß auf einen Stapel dicht aufeinander gepresster und teils miteinander verklebter Schwarzweißfotos im Format eines kleinen Taschenkalenders. Die Ränder der Bilder waren gezackt, die Fotos selbst schon ein wenig ausgeblichen. Es waren ausschließlich Bilder von einem Jungen zwischen etwa vier und zehn Jahren. Auf manchen der Fotos war auch eine Frau zu sehen. Hanna verglich die Aufnahmen mit späteren Fotos von Sonja Michel. Die beiden Frauen hatten eine gewisse Ähnlichkeit. Es mochte vielleicht sogar dieselbe Frau sein, aber sicher ließ sich das nicht bestimmen. Sie hielt immer neue Bilderpaare nebeneinander, wurde sich dadurch aber nicht sicherer.

Fast war es eine Erleichterung, als ihr Handy klingelte. Peter Heiland meldete sich. »Mein Gott, das wird aber auch Zeit!«, rief Hanna.

»Wo brennt es denn?«

»Ich glaube, ich habe einen blöden Fehler gemacht.« Sie erzählte Peter, dass ein Mann angerufen und nach ihm gefragt habe und dass sie ihm gesagt hatte, Peter Heiland sei nach Hause gefahren. Ein paar Augenblicke war nichts zu hören.

»Bist du noch dran?«, rief Hanna Iglau.

»Ja sicher. Ich denke nach!«

»Es ist ja nur, weil Wischnewski gesagt hat, wir sollten besonders darauf achten…«

»Ich fürchte, da hat er Recht. Obwohl: Meine Angst hält sich in Grenzen.«

Hanna fror plötzlich. So souverän, wie Peter klingen wollte, klang er nämlich nicht, und sie erkannte das sehr genau.

»Gibt's sonst etwas Neues?«, fragte Peter am anderen Ende der Leitung. Jetzt, da Hanna etwas ruhiger geworden war, hörte sie, dass er offenbar in einem fahrenden Auto saß.

»Telefonierst du im Auto?«, fragte sie.

»Ja.«

»Hast du eine Freisprechanlage?«

»Nein. Aber ich fahre nicht selber. Also: Gibt es was Neues?«

»Ich bin in Frau Michels Wohnung. Da sind Fotos, die zeigen einen kleinen Jungen und eine Frau, die vermutlich seine Mutter ist.«

»Frau Michel?«

»Möglich. Zumindest erkenne ich eine gewisse Ähnlichkeit.«

»Erkennt man etwas von der Umgebung?«

Auf die Idee, darauf zu achten, war Hanna noch gar nicht gekommen. »Ja, da ist ein Berg, ein bewaldeter Berg. Bäume bis oben. Und darüber ragt nur ganz wenig ein Turm heraus.«

»Viereckig oder rund?«, fragte Peter Heiland.

»Viereckig!«

»Mit flachen, breiten Luken, die vielleicht auch mit Läden verschlossen sind, direkt unter dem Dach?«

»Könnte sein!«

»Vielleicht der Sternbergturm. Steht auf der Rückseite der Name eines Fotoladens oder so?«

»Tatsächlich. Foto Reschke, Tübingen-Lustnau.«

»Kenn ich. Kannst du mir das Bild faxen?«

»Wohin denn?«

Sie hörte, wie Peter fragte: »Hast du ein Fax?«

Eine weibliche Stimme antwortete: »Ja sicher, ich hab auch E-Mail, ist doch heute Standard!«

»Mit wem redest du denn da?«

Aber Hanna bekam keine Antwort. »Die Nummer?«, fragte Peter, und die weibliche Stimme antwortete: »0 70 71/ 89 50 51 37.« Peter wiederholte, und Hanna notierte sich die Ziffern.

»Und wer ist der Anschlussinhaber?«

»Sandra...äh, wie heißt du denn mit Nachnamen?« Dann rief er durchs Telefon: »Sandra Teinacher.« Danach war die Verbindung tot. Hanna warf das Handy auf die Schreibplatte des Sekretärs.

Sie spürte einen Stich in der Herzgrube. Sandra Teinacher also fuhr ihn durch seine heimische Landschaft, eine Frau, von der er zwar den Vor-, aber nicht den Familiennamen wusste!

Linkerhand war jetzt der Albtrauf zu sehen. Von der Rückbank kam die kratzige Stimme von Opa Henry: »Mit großen Freuden sah er die Alb, als eine wundersame blaue Mauer ausgestreckt. Nicht anders hatte er sich immer die schönen blauen Glasberge vorgestellt, hinter denen, wie man ihm als Kind erzählt hatte, die Schneckengärten der Königin von Saba liegen.«

Sandra sah überrascht zu Peter herüber, der ihr zulächelte und sagte: »Ja, seinen Mörike kann der Opa immer noch auswendig.«

»Heut lernt ja koiner mehr so was!«, bellte der Alte und zitierte gleich weiter: »Er sah den Breitenstein, den Teckberg mit der großen Burg und den Hohenneuffen, dessen Fenster er von weitem hell herblinken sah. Er war sich ganz sicher, dass in allen deutschen Landen kaum etwas Herrlicheres zu finden sei als dieses Gebirge und diese weite gesegnete Gegend.«

»Aber das dort vorne ist der Rossberg«, sagte Peter.

»Ischt doch egal«, brummte der Großvater. »Alb ischt Alb!«

Auf der ganzen Fahrt hatte Sandra ihn über Berlin befragt, und Peter war selber überrascht, in welche Begeisterung er sich hineingeredet hatte. Sandra sah im Rückspiegel, wie Peters Großvater immer öfter geradezu angewidert das Gesicht verzog. Peter brauchte die Reaktion des Alten nicht zu sehen, er konnte sich denken, was für ein Gesicht Henry machte.

Dem Opa zuliebe sagte er deshalb jetzt: »Na ja, auch in Berlin ist nicht alles Gold, was glänzt.«

»Dass da überhaupt was glänzt, wundert oin ja scho«, kam es bissig von hinten.

»Komm halt amal und besuch mich!«

»Soweit kommt's no! Ich verreis sowieso bloß no so weit, dass ich abends in mei'm eigene Bett eischlafe kann!«

»Mein Gott, bist du stur!«

»I ben net stur, bloß konsequent!« Eine ganze Weile sprach danach niemand mehr.

Als sie Tübingen erreichten, fuhr Sandra zu ihrer Wohnung. Sie lag in einem von zwei riesigen Hochhäusern auf einer Anhöhe, die Waldhäuser hieß. Ein Aufzug brachte sie in den vierundzwanzigsten Stock. Von dem kleinen Balkon hatte man einen umfassenden Blick auf den Steilabfall der Schwäbischen Alb. Aber Peter trat nicht hinaus. Er hatte eine Höhenphobie, die gepaart war mit dem sehnsuchtsvollen Wunsch, in die Tiefe zu springen, wenn er hinabsah. So warf er nur einen Blick durchs Fenster. Die blaue Mauer lag im Dunst. Deutlich war die Achalm zu sehen, die der Schwäbischen Alb vorgelagert war und als Hausberg Reutlingens galt. Der begnadete Bildhauer, Zeichner, Maler und Lithograph HAP Grieshaber hatte dort oben gehaust, seine kraftvollen Holzschnitte geschaffen und den Mächtigen ohne Ansehen der Person die Leviten gelesen.

Die Berge stuften sich in dunkler werdenden Blautönen hintereinander. Man sah weit hinten rechts den höchsten Berg der Schwäbischen Alb, den Lemberg, ein quer liegender Brocken, der nach einer Seite leicht abfiel. Kein schöner Berg, hatte Peter schon als Kind empfunden. Ganz anders der Hohenzollern, der mit seinen zinnenreichen Mauern und Türmen weit hinten am Horizont lag und genau so aussah, wie er sich ein Schloss vorstellte.

In Sandras Fax steckten gut zehn Seiten mit Wiedergaben alter Fotos, die eine Frau mit einem kleinen Jungen zeigten. Tatsächlich sah man im Hintergrund eines Bildes den Sternberg.

Die Frau auf dem Foto trug ein geblümtes Kleid mit einem weiten Rock und einen Strohhut, dessen breite Krempe freilich einen so großen Schatten auf ihr Gesicht warf, dass nicht viel davon zu erkennen war. Die Frau hatte eine gertenschlanke Figur. Sie stand etwas geziert da, den rechten Fuß leicht ausgestellt, und stützte sich mit einer Hand auf die vorgeschobene Hüfte.

Peter Heiland zeigte die Fotos seinem Großvater, aber der konnte auch nur Landschaften erkennen, weder die Frau noch das Kind habe er je gesehen, sagte er. Das Foto, auf dem der Sternbergturm zu erkennen war, müsse von Münsingen aus aufgenommen worden sein. Henry drängte zur Weiterfahrt.

Sie nahmen den Weg über Reutlingen und Metzingen, passierten Pfullingen und sahen rechts oben auf einem der kleineren Vorberge einen strahlend weißen Aussichtsturm, der aus zwei Säulen bestand, die oben mit einem einzelnen breiten Stockwerk verbunden waren. Die seltsame Form hatte dem Turm im Volksmund den Namen »Lange Unterhos'« gegeben.

Hinter Honau tauchte rechts oben der Lichtenstein auf, eine kleine Burg wie aus einem Spielzeugland mit einem hoch aufragenden Turm.

Peter erinnerte sich, dass in seiner Klasse ein Junge war, den ein Mann bei einem Klassenausflug dort droben an den Achseln zum Turmfenster hinaushob. Der Mann war als Elternvertreter auf dem Ausflug dabei, obwohl er nicht der Vater des Jungen war, sondern nur der Partner von dessen Mutter.

Zweihundert Meter ging es da senkrecht über die Burgmauer und danach über den schartigen Kalkfelsen hinunter. Der Junge war wie versteinert. Doch als ihn der Mann lachend wieder hereinhob, bekam das Kind einen Schreikrampf und trat mit seinen Füßen gegen die Schienbeine seines Peinigers. Der packte den Buben plötzlich und ohrfeigte ihn so heftig, dass das Kind von den Beinen gerissen wurde. Peter erinnerte sich, wie sehr er den Mann dafür gehasst hatte. Wie hieß der Klassenkamerad bloß? Peter zermarterte noch eine ganze Weile sein Gehirn, kam aber nicht darauf. Jedenfalls war die Lehrerin dazwischengegangen und hatte den Mann zur Ordnung gerufen. An deren Namen erinnerte er sich noch: Frau Scharlau hieß sie.

In einer scharfen Linkskurve ging es in die Honauer Steige hinein.
    Die Straße stieg jetzt durch dichten Wald in steilen Kurven nach oben. Zwischendurch lichteten sich die Laubbäume und gaben den Blick auf den Lichtenstein frei, der auf der anderen Seite des Tales zurückblieb.

Und dann waren sie plötzlich oben. Eine weite, geschwungene Hochebene breitete sich vor ihnen aus. Links ein kleiner Bahnhof, dahinter an einem Hang das Raichberghaus, das als Albvereinsherberge gebaut worden war und heute als Hotel betrieben wurde, in dem freilich nach wie vor hauptsächlich Wanderer wohnten. Rechts ging es zur Bärenhöhle. Vor ihnen tauchte im Hintergrund der Sternberg auf, dessen Turm tatsächlich nur noch knapp über die Baumwipfel ragte.

An den sanften Hängen waren erste Wacholderbüsche zu erkennen, die in großen Abständen voneinander im Gras hockten. Die Hangwiesen wirkten wie grüne Teppiche. Schafherden hielten hier das Gras kurz.

Weiter oben standen Tannen, und zwischen den Bäumen lugten weiße Kalkfelsen hervor. Harte Brocken waren das, die aus einer alten Steinmasse übrig geblieben waren, weil sie der jahrtausendelangen Erosion widerstanden hatten. Diesen Steinnadeln, Steintürmen und Steingiebeln konnten Sonne, Hitze, Regen, Frost und Wind nichts anhaben. Geradezu trotzig ragten sie auf.

Peter Heiland wusste das alles von seinem Opa Henry. Mit ihm hatte er auch seine ersten Kletterversuche an den Steinwänden gemacht. Und der Großvater war es auch gewesen, der ihm die ersten Höhlen gezeigt hatte, von denen es im Inneren der Alb mehr als tausend gab. Henry kannte immer auch die richtigen Geschichten dazu. So erzählte er dem kleinen Peter, welche Höhlen wilden Tieren als Unterschlupf dienten und welche sie als Sterbeplätze aufsuchten, wenn sie fühlten, dass ihr Leben zu Ende ging.

Am liebsten aber hörte Peter Heiland seinem Opa damals zu, wenn er von den Steinzeitmenschen erzählte, die in diesen Höhlen gelebt hatten. Gekleidet in Bärenfelle, streiften sie durch die Wälder der Schwäbischen Alb, um jagdbares Wild zu finden, das sie mit ihren primitiven Jagdwaffen aus Stein erlegten. Aus Steinen schlugen sie Feuer, und aus Tannen zimmerten sie mit ihren primitiven Äxten Leitern, die sie an die Öffnungen hoch gelegener Höhlen anstellten und einziehen konnten, wenn gefährliche Tiere oder Feinde sie bedrohten.

Heute wusste Peter Heiland, dass die meisten Erzählungen seines Großvaters einer wissenschaftlichen Überprüfung nicht standgehalten hätten.

Wenn er schon hier war, dann wollte Peter in den nächsten Tagen möglichst viel Zeit herausschlagen, um mit dem Fahrrad die Gegend zu durchstreifen, in kleinen Bauernwirtschaften einzukehren und möglichst lange Wanderungen zu unternehmen.

Sie erreichten Riedlingen, wo Opa Henry wohnte. Das Haus stand am Ortsrand. Man bog von der Landstraße ab, fuhr einen schmalen asphaltierten Weg durch Obstgärten, deren Bäume die kleinen Häuser fast völlig verdeckten. Dann ging es den Berg hoch, aus dem Asphaltsträßchen wurde ein Sandweg, hinter einer Holunderhecke ging es scharf rechts, und endlich stand man vor einem grünen Tor aus Maschendraht.

»Kommst noch mit rein, was veschpern?«, fragte Henry die Fahrerin. Aber es gab Arten zu fragen, da wusste der Gefragte genau, dass er besser ablehnte. Henry wollte offenbar mit seinem Enkel jetzt allein sein. Und so lehnte Sandra höflich ab und sah Peter dabei mit einem kleinen bedauernden Lächeln an.

»Dann isches au so recht«, sagte Henry und gab ihr die Hand.

Peter Heiland verabschiedete sich ebenfalls. »Ich ruf dich in den nächsten Tagen mal an«, sagte er, »vielleicht darf ich dich ja mal zum Essen einladen. Als kleines Dankeschön.«

»Ja gern«, sagte Sandra mit ihrer fröhlichen Stimme und klemmte sich wieder hinters Steuer.

Peter dehnte und streckte sich und sog die würzige Luft ein. Hier, in über fünfhundert Metern Höhe, war es angenehm luftig, nichts zu spüren von der drückenden Hitze in der Stadt. Henrys Haus saß ganz hinten im Garten. Es war anderthalb Stock hoch und hatte ein tief gezogenes Dach. Im vorderen Teil des Gartens standen nur Obstbäume. Hinter dem Haus wuchsen Beerensträucher, und es gab ein paar Kräuter- und Gemüsebeete. Auf der rückwärtigen Seite des Hauses hatte Opa Henry eigenhändig einen Wintergarten gebaut. An der Hauswand lief eine lange Bank entlang, davor stand ein mächtiger Tisch aus massivem Eichenholz, und darauf hatte Henry das Begrüßungsessen vorbereitet: Schinkenwurst, Schwarzwurst, weißen und roten Schwartenmagen, saure Gurken und einen großen runden Laib Bauernbrot aus dem Holzbackofen. In einem Steingutkrug wartete der Most, den Henry aus Äpfeln und Birnen kelterte.

»Mein Gott, wer soll denn das alles essen?«, entfuhr es Peter.

»Du kriegscht doch garantiert nix Anständiges in dei'm Berlin!«

»Ach Opa, es wird wirklich Zeit, dass du mich mal besuchen kommst.«

***

Cordelia Meinert betrat schon sehr früh am Morgen das Nachbarhaus. Der Geruch von Saschas Rasierwasser hing in der Luft. Cordelia schlüpfte aus ihren Pumps und ging mit nackten Füßen durch den Raum. Sie trat vorsichtig auf, als ob sie befürchtete, jemanden zu stören. Sie wusste: Das war das letzte Mal, dass sie Saschas Räume betreten würde. Außer dem Geruch erinnerte nichts an ihn. Das Badezimmer hatte er völlig leer geräumt – keine Zahnbürste, keine Rasierklinge, nicht einmal ein kleines Stück Seife hatte er zurückgelassen. Im Schlafzimmer sah es nicht anders aus. Im Wohnzimmer fehlten seine CDs und seine Bücher. Was noch da war, wirkte beliebig und unpersönlich. Das Haus erschien ihr, als wäre es nie bewohnt worden. Sascha musste die ganze Nacht vor seiner Abreise damit zugebracht haben, hier alles leer zu räumen und zu säubern, so dass es klinisch rein zu sein schien.

Cordelia ging hinaus auf die Terrasse und schaute auf die Havel. Es war ein heißer Tag. Das Wasser reflektierte die Sonnenstrahlen, aber für sie sah es so aus, als wären die Lichtreflexe stumpf. Tränen stiegen ihr in die Augen. Wie anders hätte doch alles sein können. Aber man konnte es sich ja nicht wünschen. Das Leben war, wie es war. Wer hatte schon Einfluss darauf?

Langsam drehte sie sich um. Es war ihr, als ginge ihr in diesem Moment ein Traum verloren. Plötzlich wusste sie, sie würde diesen schönen, idyllischen Fleck am Havelufer nie wieder sehen, und ein tiefes Bedauern erfasste sie. Cordelia Meinert zog ihr Handy aus der Tasche ihrer Jeansjacke und wählte die Nummer der Polizei.

Der Zufall beziehungsweise der Dienstplan wollte es, dass Hanna Iglau am Telefon war, als der Anruf kam. Die Stimme der Frau am anderen Ende klang ruhig und beherrscht. »Ich glaube, der Mann, der in den Zeitungen beschuldigt wird, mehrere Menschen aus dem Hinterhalt erschossen zu haben, wohnt in Caputh, im Sandweg 15.«

»Würden Sie mir bitte Ihren Namen nennen?«, fragte Hanna höflich.

»Nein«, sagte Cordelia, schaltete das Mobiltelefon aus, ging zum Ufer hinunter und warf das Handy mit aller Kraft, die sie hatte, in die Havel hinaus. Dort, wo es versank, bildeten sich konzentrische Kreise im Wasser, die zum Rand hin immer schwächer wurden.

Cordelia wendete ihren Blick erst ab, als die Wasseroberfläche wieder glatt und ruhig war. Die Polizei würde feststellen können, wem das Telefon gehörte, von dem aus angerufen worden war. Sie hatte sich vorgenommen zu sagen, das Handy sei ihr schon vor ein paar Tagen abhanden gekommen, vermutlich in der S-Bahn zwischen Hohenzollerndamm und Halensee. Da habe sie nämlich noch telefoniert und danach vergeblich nach dem Mobiltelefon gesucht. ›Sie werden es mir vielleicht zuerst nicht glauben‹, sagte sie zu sich selbst. ›Aber wenn ich darauf bestehe…‹

Cordelia ging in ihr Haus zurück. Dort hob sie den tragbaren Hörer von ihrem Festnetztelefon ab. Die Nummer auf ihrem Handballen war zwar verblichen, aber man konnte sie noch lesen. Sie wählte und erwartete eigentlich, dass sie auf eine Mailbox würde sprechen müssen. Aber plötzlich hörte sie Saschas Stimme: »Ja, hallo?«
»Sascha?«
»Wer ist da?«
»Cordelia, Ihre Nachbarin.«
»Ach, hallo. Das ist nett, dass Sie anrufen.«
»Wo sind Sie?«, fragte Cordelia.
»Ich bin grade in Tübingen angekommen.«
»Schön! Wussten Sie, dass ich einmal in der Bursagasse gewohnt habe?«
»Nein, ist das wahr? Warum bist du bloß nicht mitgekommen, Cordelia!« Seltsamerweise klang für sie dieser kleine Satz wie ein Hilferuf.
Cordelia rang sich ein leises Lachen ab. »Ich muss

doch hier die Stellung halten!« Einen Augenblick war es ganz still. »Bist du noch da?« Cordelia hielt den Atem an.

»Ja. Ja natürlich. Gibt es etwas Neues?«

»Da sind Leute«, sagte Cordelia. Sie trat jetzt auf ihre kleine Terrasse hinaus. Ein leichter Wind war aufgekommen. Die Oberfläche des Wassers kräuselte sich. Um sie herum war es sehr still.

»Was für Leute?«

»Du denkst jetzt sicher, ich bin verrückt, Sascha, aber ich glaube, das sind Polizisten!«

Ihr Gesprächspartner blieb stumm.

»Was ist, sind Sie…, bist du noch da, Sascha?«

Jetzt hörte sie ein leises, glucksendes Lachen. »Wie gut, dass ich so weit weg bin. Findest du nicht?«

»Doch…, das heißt: Ich weiß nicht. Warum sind diese Leute auf deinem Grundstück?«

»Weißt du es nicht?«

»Nein!«

»Du lügst! Du weißt das ganz genau. Und gib's zu, du hast sie selber geholt!«

Es war ein schwülheißer Tag, aber Cordelia spürte, wie die Kälte von den Füßen her in ihren Körper kroch. »Wie kannst du so etwas sagen, Sascha?«

»Ach komm! Du hast mich durchschaut, und ich habe dich durchschaut. Du willst mich verraten, und gleichzeitig willst du mich auch nicht verraten.«

»Was redest du denn da?«

»Mit Verrat kenne ich mich aus!« Wieder dieses

kleine Lachen. »Was du vorhast, funktioniert nicht. Du willst dich reinwaschen, ohne nass zu werden. Arme Cordelia!«

Cordelia Meinert war an der dem Ufer zugewandten Giebelseite ihres Hauses entlanggegangen und erreichte nun die Hausecke. Sie schaute über den sanft ansteigenden Wiesenhang hinauf. Oben am Zaun stand Sascha, an den linken Pfosten ihres Gartentors gelehnt. Er hatte ein Gewehr in seine rechte Armbeuge gelegt. Mit der Linken telefonierte er. Jetzt hob er das Gewehr und richtete es auf sie.

Cordelia dachte: ›Er ist zurückgekommen. Er hat mich die ganze Zeit durchschaut.‹

Sie drückte noch immer ihr tragbares Festnetztelefon ans Ohr und hörte, wie er sagte: »Leb wohl, Cordelia!« Dann sah sie, wie er sein Handy einsteckte und auch die linke Hand an die Waffe legte. Sie hörte den Knall, wunderte sich, wie leise er war, spürte einen Schlag in ihrer Herzgrube und hatte den Geschmack von Blut im Mund. Langsam brach sie zusammen.

Sie hörte nicht mehr, wie das Motorrad davonfuhr.

Ungefähr eine halbe Stunde später erreichten Kriminalrat Wischnewski, die Kommissarin Iglau und drei weitere Beamte der Abteilung 8 das Grundstück Sandweg 15. Sie fanden Cordelia Meinerts Leiche auf dem Nachbargrundstück neben dem Plattenweg, der zum See hinunterführte. Sie lag auf dem Rücken. Ihre Arme waren abgespreizt. Das Einschussloch war zwei

Fingerbreit unter ihrer linken Brust. Ihre Lippen hatte sie leicht geöffnet. Auf ihrem Gesicht lag ein kaum wahrnehmbares Lächeln.

***

Es war schon nach Mitternacht, als Hanna Iglau müde und zerschlagen nach Hause kam. Sie begrüßte den Kater, der sie freilich nicht beachtete. Offenbar war er beleidigt, weil er so lange allein zu Hause sein musste. Mit hoch gestelltem Schwanz trollte er sich ins Schlafzimmer, sprang aufs Bett und rollte sich zusammen. Hanna wählte Peter Heilands Handynummer und war überrascht, als er schon nach dem zweiten Klingeln abnahm. »Ja, Heiland hier!«

»Ich stör dich nicht gerne…«

»Hanna? Mensch, da freu ich mich doch!«

Ein warmes Gefühl durchströmte sie. »Ich muss dir aber eine ganze Menge erzählen.«

»So viel du willst. Ich habe Zeit!«

Opa Henry war gegen Abend schnell müde geworden. Zwar wollte er es nicht wahrhaben, kämpfte wacker dagegen, dass ihm die Augenlider immer wieder zufielen, aber als Peter dann sagte: »Wollen wir nicht ins Bett gehen, ich hatte einen verdammt schweren Tag heute!«, war Henry sofort einverstanden, ließ es sich aber nicht nehmen zu sagen: »Schade eigentlich. Jetzt, wo's grade gemütlich wird.«

Peter war in das Zimmer im Souterrain hinabgestiegen, das in seiner Kindheit einst sein Reich war.

Hier hatte sich nichts verändert. Die kleine mechanische Eisenbahn – nur ein Oval mit einem kurzen Zug darauf, den man mit einem geflügelten Schlüssel aufziehen musste, damit er siebenmal im Kreis, genauer, im Ei herumfuhr – war noch genau so da wie die Bühne des Puppentheaters, seines Puppentheaters, in dem er, wie er heute noch glaubte, eigentlich epochales Theater gemacht hatte, und dies seit seinem siebten Lebensjahr.

Auf dem linken Bettpfosten am Kopfende saß wie eh und je der Drache Heribert, ein grünes Plüschtier, das ungewöhnlich freundlich dreinschaute und inzwischen völlig verstaubt war. Sogar die blau-rot karierte Bettwäsche war noch die gleiche wie damals, als er hier seine glücklichen Kindertage verbrachte. Licht fiel durch ein schmales, lang gezogenes Rechteck dicht unter der Decke. Er erinnerte sich, dass er früher öfter durch dieses Fenster aus- und eingestiegen war, um sich den Weg durch den Garten und das ganze Haus zu sparen.

»Bist du noch da?«, hörte er Hannas Stimme.

»Stell dir vor, ich wohne in meinem früheren Kinderzimmer bei meinem Großvater im Keller.«

Aber Hanna hatte keinen Sinn für alte Geschichten. Sie erzählte von dem Anruf der Frau, der Wischnewski veranlasst hatte, mit ihr und den Kollegen nach Caputh zu fahren, und von der grausigen Entdeckung, die sie dort gemacht hatten.

Peter hörte sich den Bericht nun ruhig an und sagte schließlich: »Wir müssen den Kerl finden. Wir müssen ihn unbedingt finden!«

»Na, ob dir das dort unten in deiner Idylle gelingt?«

»Egal wo, wir müssen ihn finden!«

»Peter?«

»Ja?«

»Könntest du mir noch was Nettes sagen?«

»Du bist der einzige Grund, warum ich mich nach Berlin zurücksehne!«

»Und das soll ich glauben?«

»Du sollst es nur glauben, wenn du es auch glauben möchtest!«

»Okay!«, sagte sie. »Ich glaub's! – Gute Nacht!« Sie legte sich, wie sie war, aufs Bett und war überrascht, dass der Kater zu ihr heraufsprang, seinen warmen Kopf gegen ihre Stirn stupste und sich dann laut schnurrend in ihre Armbeuge rollte.

Peter Heiland griff nach dem Buch, in dem er gelesen hatte, aber jetzt interessierte es ihn nicht mehr. Er legte sich ins Bett, verschränkte die Arme unter dem Nacken und starrte an die Decke. Plötzlich kam es ihm völlig unwirklich vor, dass er nun eigentlich in Berlin lebte. Berlin – das war so weit weg. Das hier, das Haus seines Großvaters, die kleine Stadt, in der man so geborgen war, die aber auch so weit weg war von der Welt, die herbe Landschaft der Schwäbischen Alb – das alles war ihm nah! Und dennoch freute er sich schon auf den Tag, an dem er nach Berlin zurückkehren durfte.

Sein Blick ging zu einem vergrößerten Foto hinüber, das Opa Henry eingerahmt und an die Wand gehängt hatte. Es zeigte Peter auf einem Dreirad. Er trug kurze Lederhosen, einen Lodenjanker und eine Kopfbedeckung, die man damals Teufelsmütze genannt hatte – ein gestricktes Mützchen mit zwei Lappen, die links und rechts über die Ohren hinabreichten. Neben ihm stand seine Mutter und direkt hinter ihm, hoch aufgerichtet, sein Opa Heinrich, der die Hand seiner Frau, Oma Marieluise, hielt. Seinen Vater hatte Peter niemals gekannt.

Es war das einzige Familienbild, das überkommen war. Damals besaßen sie keinen Fotoapparat. Wer die Aufnahme gemacht hatte, entzog sich seiner Kenntnis. Ein großer Künstler konnte es nicht gewesen sein, denn alle vier starrten in die Kamera und verzogen keine Miene.

Er selbst war damals vier Jahre alt gewesen. Aber er erinnerte sich an den Tag, als das Foto gemacht wurde, weil es sein Geburtstag war und weil das Dreirad das größte Geschenk war, das er je in seinem Leben bekommen hatte. Später wurden ihm oft viel wertvollere Geschenke gemacht, aber keines hatte ihn je so beeindruckt wie dieses Gefährt mit den Pedalen links und rechts des Vorderrads.

Vielleicht lag es daran, dass er seine Mutter im Jahr darauf verloren hatte. Sie saß bei einem Bekannten im Auto, der zu schnell gefahren war und die Beherrschung über den Wagen verloren hatte. Als er auf die Gegenfahrbahn geriet, kam ihm ein vierzehn Tonnen schwerer Lastwagen entgegen.

Peter Heiland konnte sich nicht mehr genau an den Schmerz erinnern, der über ihn hereinbrach, als ihm seine Oma Marieluise beibrachte, dass seine Mutter nie mehr nach Hause kommen würde. Er wusste nur noch, dass der Schmerz sehr groß war – so groß, dass er selber nicht mehr weiterleben wollte. Aber als er sich auf der Bundesstraße vor einen Lastzug warf, konnte der Fahrer grade noch rechtzeitig ausweichen. Bevor Peter richtig zu sich kam, stoppte der LKW-Chauffeur, sprang aus dem Führerhaus und verprügelte ihn so, dass er drei Wochen nicht in die Schule konnte.

Das fand er dann allerdings ganz gut; denn Opa Henry saß fast die ganze Zeit an seinem Bett und erzählte die wunderbarsten Geschichten, die so schön und aufregend waren, dass Peter seinen Schmerz nach und nach vergaß. Als er jetzt daran dachte, musste er unwillkürlich lächeln, aber unter diesem Lächeln schlichen sich ein paar Tränen aus seinen Augen. Noch immer empfand er einen Schmerz, als drücke ihm etwas das Herz ab, wenn er an seine Mutter dachte.

Vielleicht war es die Ruhe, die ihn weckte. In Berlin waren immer Geräusche um ihn. Zwar schlief er in dem kleinen Zimmer, das auf den Hinterhof hinausging, aber auch dort hörte man den Lärm der Straßen. Immer waren Flugzeuge oder Hubschrauber in der Luft. Ferne Stimmen mischten sich darunter. Im Hof klapperten Mülleimerdeckel, oder ein paar der Hausbewohnerinnen unterhielten sich laut. Hier, am äußersten Rand des Albstädtchens Riedlingen, hörte man nur das Zwitschern der Vögel, das schon bald nach Tagesanbruch verklang.

Peter Heiland rührte sich nicht. Er hielt die Augen geschlossen und zog die frische Luft, die durch das weit geöffnete Fenster hereindrang, in seine Lungen.

Hannas Bericht ging ihm durch den Kopf. Sie und Wischnewski hatten am Ufer der Havel in Caputh die Leiche einer Frau gefunden, die mit einem Geschoss aus dem Gewehr des Heckenschützen getötet worden war. Die Frau hieß Cordelia Meinert, war vierundvierzig Jahre alt und Lehrerin von Beruf. In den letzten Jahren hatte sie frei als Lektorin gearbeitet und an der Volkshochschule Deutsch für Ausländer unterrichtet. Hanna hatte die Frau als ungewöhnlich attraktiv geschildert. Cordelia Meinert war es gewesen, die die Polizei angerufen hatte. Das war über den Provider der Telefongesellschaft leicht zu ermitteln gewesen. Außerdem hatten Polizeitaucher, die nach der Mordwaffe gesucht hatten, das Telefon in der Havel gefunden.

Cordelia Meinert musste es auch gewesen sein, die die Bilder von der Jagdflinte im Präsidium abgegeben hatte. In ihrer Wohnung waren Fotos gefunden worden, die auf dem gleichen Kopierpapier abgezogen worden waren. In einem Nebengelass ihres Häuschens hatte Frau Meinert eine kleine Dunkelkammer eingerichtet. »Und das in Zeiten der Digitalfotografie«, hatte Hanna hinzugefügt.

Peter Heiland öffnete die Augen. Er sah zu dem gerahmten Foto seiner Familie hinüber, das an der Wand hing.

Wischnewski und seine Leute hatten die Nachbarn befragt. Ein Mann, der sein Haus ganz vorn am Sandweg hatte, glaubte sich erinnern zu können, dass der Mann aus der Nummer 15 gegen elf Uhr mit seinem Motorrad vorbeigefahren sei – in Richtung des Häuschens von Frau Meinert. Aber man habe den ja immer nur vorbeirasen sehen. Kontakt zu ihm habe es nicht gegeben. Eine halbe Stunde später sei er in der entgegengesetzten Richtung wieder vorbeigefahren.

Hanna berichtete weiter, im Haus des Mannes habe man kaum verwertbare Spuren gefunden. Fingerabdrücke der Toten und einer – nur einer (!) – anderen Person, vermutlich des Heckenschützen.

Im Grundbuch war das Anwesen Sandweg 15 in Caputh auf einen Hilmar Isenbeck eingetragen, der früher in Potsdam gewohnt hatte und nun eine Werbeagentur in Berlin betrieb. Ein Kollege hatte Isenbeck besucht. Nachdem sich der Werbekaufmann eine Weile geziert hatte, hatte er schließlich zugegeben, dem jungen Mann, der sich ihm als Tim Bohlen vorgestellt habe, das Haus gegen Vorauszahlung einer Jahresmiete überlassen zu haben, ohne weitere Fragen zu stellen. Im Einwohnerverzeichnis von Caputh gab es keinen Tim Bohlen. Hanna sagte, in der Abteilung gehe man davon aus, dass dies nicht der richtige Name des Heckenschützen sei. Brauchbare Beschreibungen des Mannes gab es nicht.

Peter Heiland schaute auf die Uhr. Sie lag, das Zifferblatt ihm zugewandt, auf einer alten Pappkiste, die ihm als Nachttischchen diente. Es war kurz nach sieben. Als er die Treppe hinaufstieg, roch es nach Kaffee. Auf dem Küchentisch stand ein Körbchen mit Brot und frischen Brötchen, dazu eine Platte mit Wurst und Käse und eine Butterdose. Opa Henry kam mit einer Hand voll frischer Tomaten aus dem Garten. »Da, du hast doch früher immer so gern Tomatenbrote gegessen.«

»Dass du dich daran erinnerst!«

»Ich erinner mich an alles«, tönte der Opa, »bis auf das, was ich vergessen hab!« Er lachte die Tonleiter hinauf. Dieses Lachen! Peter hatte es schon immer so geliebt. Es fing tief unten an und endete im Falsett.

Der Großvater setzte sich zu Peter an den Tisch und schnitt mit einem fein gezackten Messer schmale Tomatenscheiben ab. Peter belegte das Bauernbrot, das er zuvor mit Butter bestrichen hatte, damit.

»Was musst du heut' machen?«, fragte Opa Henry.

Peter lehnte sich weit zurück, streckte die Beine von sich und biss herzhaft in das Tomatenbrot. Warum nur konnten die Tomaten in Berlin nicht so schmecken wie die aus Opas Garten, selbst dann nicht, wenn er sie im Bioladen kaufte? Mit vollem Mund antwortete er: »Ich muss rausfinden, wer die Frau und der kleine Bub auf dem Foto sind.«

»Wenn ich dir helfen kann…?«

»Danke, Opa, aber das glaub ich jetzt weniger.«

»Vielleicht kann dir ja der Bienzle helfen.«

Peter musste unwillkürlich lächeln. Einmal war sein Chef hier bei Opa Henry gewesen, und die beiden hatten sich sofort verstanden. Die waren aus dem gleichen Holz. »Ich ruf ihn nachher an. Vielleicht wandern wir ja am Wochenende miteinander.«

»Ich dät mich freuen, wenn ich ihn wieder amal sehen dät.«

Als Peter aufstand, fragte sein Großvater: »Lässt du mir eins von den Fotos da?«

»Warum das denn?«

»Ich könnt doch a bissle rumfragen.«

Peter ließ die Kopien, die aus Sandras Faxgerät gekommen waren, durch die Finger gleiten und gab eine davon an den Opa weiter. »Mr weiß ja nie«, kommentierte der, »dr Teufel ischt a Eichhörnle!«

Eine Stunde später zog Peter Heiland ein Fahrrad aus dem Schuppen, der dicht bei der Einfahrt stand. Er entstaubte den Drahtesel, schmierte die Kette und pumpte die Reifen auf. Dann strampelte er auf einem betonierten Feldweg ins Zentrum der Stadt.

Den Leiter des örtlichen Polizeipostens kannte Peter von der Polizeischule in Göppingen. Sie waren im selben Jahrgang gewesen. Mike Dürr war allerdings ein paar Jahre jünger. Peter war ja Seiteneinsteiger gewesen und hatte zuvor einen anderen Beruf ausgeübt.

Die Freude des Kollegen hielt sich in Grenzen. Man habe auch so Arbeit genug, sagte er, obwohl Peter ihn bei der Lektüre des »Albboten« antraf.

»Das einzige, was ich von euch brauche, ist ein Dienstwagen«, sagte Heiland.

»Ja«, sagte Mike Dürr, »da ist ein Amtshilfeersuchen aus Berlin gekommen. Auf dem üblichen Weg über die Landespolizeidirektion in Tübingen. Draußen steht ein Corsa, den kannst du haben. Die Papiere sind im Handschuhfach, und hier ist der Schlüssel.«

»Danke!« Peter ging zur Tür. »Und wie geht's dir sonst so?«

»Man nimmt's, wie's kommt.« Mike Dürr hatte sich schon wieder seiner Zeitung zugewandt.

Peter verließ das Polizeirevier. Wie alt mochte Mike sein? Achtundzwanzig vielleicht. Aber er benahm sich wie ein Beamter, der kurz vor der Pensionierung stand.

Wo sollte er anfangen? Was hatte er für Anknüpfungspunkte? Sonja Michel war von hier aus der Gegend gewesen. Angenommen, sie war die Frau auf dem Foto, wer war dann der Junge neben ihr?

Sonja Michel war früher einmal Diakonisse gewesen, genau so wie ihre Freundin Amelie Römer, die in Berlin im Botanischen Garten erschossen worden war. Das Zentrum der Diakonie befand sich in Schwäbisch Hall. Plötzlich gefiel Peter die Idee, dort anzufangen, musste er doch dann über Nürtingen nach Stuttgart fahren und von dort weiter über Backnang und durch den Schwäbischen Wald über Oppenweiler und Mainhardt ins Hohenlohische, in dessen Zentrum Schwäbisch Hall lag. Er tankte den Corsa voll, kaufte sich zwei Flaschen Mineralwasser und drei Schokoriegel und machte sich auf den Weg.

Peter Heiland erinnerte sich, dass die Diakonie im Kochertal lag. Dort betrieb die Gesellschaft auch ein großes Krankenhaus. Überrascht stellte er fest, dass es einen Referenten für Öffentlichkeitsarbeit gab, der für Außenkontakte zuständig war. Aber der Referent stieß schnell an seine Grenzen und verwies Peter an Schwester Adelheid Müller. Die war vierundachtzig Jahre alt und verbrachte ihren Lebensabend in einem Heim für Diakonissen.

Schwester Adelheid war eine quicklebendige kleine Person mit einem Kugelbäuchlein und einem gewaltigen Busen, und sie schien Humor zu haben. Als sie

Peters Blick auffing, sagte sie: »Ja, an so einem Vorbau hat man als Frau schwer zu tragen. Vor allem in meinem Alter. Übrigens, wissen Sie, warum Männer keinen Busen haben?«

Peter grinste und sagte: »Sie werden mir's sicher gleich erklären?«

Adelheid Müller nickte, und um ihre schmalen Augen bildeten sich hundert Fältchen. »Männer haben keinen Busen, weil sie mit der Doppelbelastung nicht fertig werden!«

Peter lachte lauthals los. »Das gefällt mir!«

Schwester Adelheid trug das graue Dienstkleid der Diakonissen und das weiße gefältelte Häubchen auf dem Kopf, das sie mit zwei Haarnadeln links und rechts in ihrem vollen weißen Haar festgesteckt hatte.

In Riedlingen hatte es früher eine Gemeindeschwester gegeben, die ebenfalls Diakonisse war. Bei kleineren Krankheiten holte man nicht den Arzt, da kam die Schwester ins Haus. Gertrud hieß sie, war fast 1,90 Meter groß und hatte eine Stimme wie eine Trompete. Opa Henry nannte sie nur den »Gesundheitsdragoner«.

Schwester Gertrud konnte Wehleidigkeit genauso wenig leiden wie Henry, und sie war in ihrem Umgang noch burschikoser. Sonntags saß sie in der Kirche in der letzten Bank und beobachtete die Gemeinde, und ihr entging nichts. Vor allem registrierte sie, wer fehlte. Der musste dann gewärtig sein, in den nächsten Tagen darauf angesprochen zu werden, etwa mit dem Satz: »Warum hab ich dich am Sonntag in dr Kirch net g'seha? Du bischt doch net krank g'wesa!« Aber die Riedlinger liebten sie, und die ehelose Schwester war in den evangelischen Teil der Bevölkerung eingebunden wie in eine eigene Familie.

Peter zeigte Schwester Adelheid Müller die Kopien der Fotos. Adelheid legte ihre Stirn in Falten. »Sonja Gräter«, sagte sie. »Die passte in die Diakonie wie ein Schmetterling ins Aquarium!«

»Gräter? Hieß sie nicht Michel?«

»Später dann, wie sie geheiratet hat, aber das hat, glaub ich, auch nicht g'halten. Davor war sie ja, glaub ich, schon mal verheiratet, aber der Name fällt mir nimmer ein.«

»Zuletzt hat sie mit einer Frau namens Amelie Römer zusammengelebt.«

Adelheid Müllers Kopf flog ruckartig in die Höhe. »Im Ernst? Arme Amelie. Sie hatte eigentlich einen guten Charakter, was man von Sonja Gräter nicht unbedingt hat sage könne.«

»Haben Sie denn den Weg der beiden weiter verfolgt, als sie hier ausgeschieden waren?«

»Nein, da hätt ich viel zu tun g'habt!« Der Ton der alten Schwester wurde plötzlich brüsk. Peter sah sie aus den Augenwinkeln an. Ihr Gesicht hatte sich verhärtet. Die Lachfältchen um ihre Augen waren verschwunden.

»Amelie Römer ist vor sieben Monaten erschossen worden«, sagte Peter möglichst beiläufig.

»Erschossen?«

Peter nickte. »Vermutlich mit einem Gewehr, das Frau Michel gehörte.«

»Ach ja, das habe ich noch gehört, dass Sonja auf einmal die Jagdleidenschaft gepackt haben soll.«

»Von wem haben Sie das gehört?«

»Weiß ich nicht mehr.«

»Wissen Sie denn irgendjemanden, der mir etwas über das spätere Leben von Sonja Michel oder auch von Amelie Römer erzählen könnte?«

»Solang sie hier in der Ausbildung war, wurde Sonja öfter von ihrer Schwester und einer älteren, ganz netten Frau besucht. Die hieß, warten Sie mal, ja, die hieß Hermine Neidlein. Aber die lebt wahrscheinlich au scho lang nimmer. Sie kam aus Bodelsingen, glaub ich.«

Peter fiel ein, dass auch Sonja Michel von Bodelsingen gesprochen hatte. Er versuchte das Gespräch in seinem Kopf zu rekonstruieren. »Sie kommen aus Schwaben?«, hatte er Frau Michel gefragt.

»Ja, ich bin in Bodelsingen aufgewachsen. Natürlich wissen Sie nicht…«

»Oh doch. Liegt zwischen Tübingen und Hechingen, direkt am Albrand.«

»Dann kommen Sie auch von da unten?«

Peter hatte das bestätigt und gefragt, ob denn auch Frau Römer aus der Gegend stamme. Ja, hatte Frau

Michel geantwortet, sie sei aus Tübingen gewesen. Peter versuchte Ordnung in seine Gedanken zu bringen.

»Was ist, hat es Ihnen die Sprache verschlagen?«, hörte er Schwester Adelheid sagen.

»Entschuldigung. Mir ist nur grade etwas durch den Kopf gegangen. Wissen Sie, ob Frau Michel ein Kind hatte?«

»Sie haben mir doch das Bild gezeigt, ist das nicht ihr Sohn?«

»Das wissen wir nicht!«

»Ja, ich au net«, sagte die Diakonisse in einem ziemlich patzigen Ton.

Peter ließ sich nicht davon beeindrucken. »Und Sie wissen auch niemanden, der's wissen könnt?«

»Die Amelie hätt's g'wusst! Und, wie gesagt, vielleicht die Frau Neidlein, wenn sie noch lebt. Hat denn die Sonja die Amelie umgebracht?«

»Unsere Ermittlungen sprechen dagegen.«

»Haben Sie die Frau denn richtig verhört? Die ist ein Luder. Der muss man zusetzen, sonst lügt die 's Blaue vom Himmel runter.«

»Frau Michel ist auch tot. Sie hat sich selbst das Leben genommen.«

Die Züge der Diakonisse verhärteten sich aufs Neue. »Das passt zu ihr. Aber sie hat Gottes Gebote immer missachtet. Ich sag ja, die Frau hat einen schlechten Charakter … g'habt!«

Schwester Adelheid brachte Peter Heiland zur Tür. Jetzt war ihr Gesicht wieder entspannt. Die Lachfältchen waren in ihre Augenwinkel zurückgekehrt, als sie ihm die Hand gab und sagte: »Wenn man so einen Namen hat wie Sie, das verpflichtet aber, gell!«

»Ich hab mich längst daran gewöhnt. Für mich klingt er auch nicht anders als Maier, Müller, Schulze oder Schmidt!« Plötzlich blieb er stehen. »Sie sagten, der Mädchenname von Sonja Michel sei Gräter gewesen.«

»Ja, Sonja Gräter. Warum?«

»Na ja, da weiß ich doch, wo ich ansetzen kann. Sonja Gräter aus Bodelsingen…«

»Sie werdet das scho älles rauskriega«, Schwester Adelheid war nun wieder die Leutseligkeit in Person.

»Geb 's Gott!«, sagte Peter Heiland.

Über das Gesicht von Adelheid Müller flog ein kurzes Leuchten. »So isch's recht«, sagte sie.

Peter fuhr ins Zentrum der mittelalterlichen Stadt Schwäbisch Hall hinauf. Da er ein Polizeifahrzeug hatte, konnte er dicht an die Michaelskirche heranfahren. Er stieg aus und schritt an der Längsseite der Kirche entlang. Vor dem Portal führte eine monumentale Treppe auf den Platz hinab. Die Steinstufen lagerten sich breit hin und fielen steil ab. Fast konnte einem schwindlig werden. Zudem waren die Stufen mindestens vierzig Zentimeter hoch, was sich als ziemlich unbequem erwies. Peter Heiland konnte sich nicht vorstellen, wie sich die Schauspieler auf dieser monströsen Riesenstaffel bewegten, wenn sie alljährlich hier ihre Freilichtspiele absolvierten, die weit über die Landesgrenzen hinaus gerühmt wurden.

Die Gasthöfe am Rand des Platzes hatten Tische und Stühle draußen. Peter setzte sich unter einen Sonnenschirm mit Blick auf die Treppe und die Portalseite der Michaelskirche und bestellte einen Zwiebelrostbraten mit Spätzle. Er hätte seinen Großvater mitnehmen sollen, fiel ihm ein. Der hätte den Besuch auf diesem luftigen Platz genossen. Und er hätte es sich nicht entgehen lassen, ein wenig mit seinem Geschichtswissen anzugeben. Aber so viel wusste auch Peter: Schwäbisch Hall war einst eine reiche Stadt gewesen, denn hier wurden schon im 12. Jahrhundert Salinen entdeckt. Die Salzsieder schufen den Grundstock für einen soliden Wohlstand, bis die Salzquellen 1802 verstaatlicht wurden. Erst Jahre später wurden den Siedern ihre Rechte nachträglich vom Staat abgekauft, allerdings gegen eine durchaus ansehnliche ewige Rente. Peter Heiland erinnerte sich, dass der Heller einst seinen Namen von Schwäbisch Hall bezogen hatte, und das Lied »Ein Heller und ein Batzen« war plötzlich in seinem Kopf – »Ein Heller und ein Batzen, die waren beide mein. Der Heller ward zu Wasser, der Batzen ward zu Wein…« Ein Viertel würde er sich wohl genehmigen können, ohne um seinen Führerschein bangen zu müssen. Also bat er die Bedienung, einen Großbottwarer Riesling zu bringen.

Aus der Innentasche seiner Jacke zog er einen kleinen Schreibblock hervor, um sich zu notieren, was er von Schwester Adelheid Müller erfahren hatte. Eine Frau, über die man sich das Maul so zerreißen konnte, wie es Schwester Adelheid über Sonja Michel getan hatte, musste doch im Gedächtnis der Leute geblieben sein. Peter Heiland war voller Hoffnung, dass sich das Leben der ehemaligen Diakonisse und späteren Apothekenhelferin relativ leicht zurückverfolgen lassen müsste.

Der Riesling kam, und während er an dem Henkelglas nippte, zog Peter Heiland sein Handy aus der äußeren Jackentasche. Er wählte Hanna Iglaus Nummer. Sie war sofort am Apparat. Peter erzählte ihr in dürren Sätzen, was er bisher ermittelt hatte, und bat Hanna, ihm auch die restlichen Fotos aus dem Album von Sonja Michel zu schicken.

»Wieder an diese Sandra?«, fragte Hanna spitz.

»Nein, an den Polizeiposten Riedlingen.« Er gab ihr die Nummer und fragte dann nach Kater Schnurriburr.

»Tagsüber ignoriert er mich«, sagte Hanna. »Aber solange sich das nicht auf seinen Herrn überträgt…« Sie ließ den Satz in der Luft hängen.

»Bestimmt nicht«, sagte Peter.

»Allerdings: Nachts ist er ganz lieb!«

»›Wie der Herre, so 's Gescherre.‹ Sagt man bei uns.«

Die Sonne war den ganzen Tag an einem stahlblauen Himmel gestanden, nun trübte es sich ein. Peter stieg in den Dienstwagen und fuhr Richtung Stuttgart. Als er die Höhen des Mainhardter Waldes erreichte, drosselte er das Tempo. Er liebte den Blick über die sanften, weit gezogenen Wald- und Wiesenhänge dieses Mittelgebirges. Das war eine ganz andere Landschaft als die Schwäbische Alb. Hier waren die Wiesen fruchtbar. Die Schwaben unterschieden ja zwischen Oberland und Unterland. Thaddäus Troll hatte einst geschrieben, während es im Oberland nach Wiesenblumen, Weihrauch, Käse und Heu dufte, rieche es im Unterland nach Schweiß, Kraut, Dieselöl und Wein. Allen Schwaben sei allerdings gemeinsam, dass Gottesfurcht und Geschäftssinn dicht beieinander lägen, Wolkenschau und Brettlesbohren, Fernweh und Heimatstolz.

In sanften Kehren ging es von der Mainhardter Höhe ins Rot-Tal hinab. Peter ertappte sich dabei, dass er nach dem Rhythmus des Liedes »Ein Heller und ein Batzen…« den Kurven folgte. Das Lied war ihm nicht mehr aus dem Kopf gegangen, seitdem es ihm eingefallen war, und es hielt sich dort, bis er Tübingen erreichte.

Er war nicht über die gut ausgebaute autobahnähnliche Straße gefahren, die durchs Neckartal führte, sondern hatte den Weg über Echterdingen, Steinenbronn und Waldenbuch genommen. Gerne hätte er im Siebenmühlental Halt gemacht, um ein Stück zu laufen, aber dafür war er dann doch zu pflichtbewusst – selbst auf einer Reise in seine Heimat und in seine eigene Vergangenheit.

Er erreichte die Unversitätsstadt über den Vorort Lustnau. Das Fotogeschäft Reschke lag direkt am Ortseingang. Peter Heiland parkte sein Dienstauto auf dem Kundenparkplatz und betrat den Laden. Eine Frau begrüßte ihn und fragte nach seinen Wünschen, wobei sie ihn mit zusammengezogenen Augenbrauen musterte. Peter legte seinen Polizeiausweis auf den Ladentisch.

»Also doch!«, entfuhr es der Frau. »Ich hab mir doch gleich gedacht, den kennst du!«

Jetzt erst sah Peter die Frau genauer an. Sie war in seinem Alter, vielleicht 1,65 Meter groß und »gut beieinander«, wie man hier zu jemandem sagte, der ein paar Kilo zu viel auf den Rippen hatte. Der Jeansanzug saß eng. Sie hatte helle blaue Augen, blonde, wild gelockte Haare und eine frische Gesichtsfarbe.

»Du kennst mich nimmer«, stellte sie fest. »Hella Rübsam. Ich war im Wildermuth-Gymnasium, und wir sind mal zusammen in der Theater-AG gewesen.«

»Wallensteins Lager!« Jetzt fiel es Peter wieder ein. »Du hast die Marketenderin gespielt.«

»Und du einen der Reiter, weil du so schön singen konntest: Wohl auf, Kameraden, aufs Pferd, aufs Pferd…«

»…ins Feld, in die Freiheit gezogen.«

Beide lachten. Hella Rübsam zog Peters Ausweis noch einmal zu sich heran. »Und jetzt bist du bei der Polizei … In Berlin??«

»Ja, aber zurzeit ermittle ich hier.« Er zog die Fotos aus der Brusttasche.

»Ach du lieber Schieber«, entfuhr es Hella, »das ist ja mindestens zwanzig Jahre her.«

»Wenn nicht gar dreißig!«

Hella musste passen. Aus der Zeit gab es überhaupt keine Unterlagen, und es war auch niemand mehr in der Firma, der damals schon hier gearbeitet hatte.

»Ja, man kann nicht immer Glück haben«, sagte der Kommissar.

Peter Heiland fuhr in die Konrad-Adenauer-Straße 30 in Tübingen-Derendingen, wo die Landespolizeidirektion untergebracht war. Er fand ein großes, frei stehendes, grün angestrichenes Hochhaus und fuhr direkt in die Tiefgarage.

Die Chefin der Mordkommission stellte sich als Leitende Hauptkommissarin Désirée Lindemann vor. Peter hatte ein klein wenig Mühe, seine Überraschung zu überspielen. Frau Lindemann mochte so Mitte dreißig sein, trug einen Nadelstreifen-Hosenanzug und hochhackige Stiefeletten. Sie hatte rotes Haar, das sie mit mehreren Kämmen und Klammern hochgesteckt hatte. Ihre grünlichen Augen musterten ihn kühl. Peter Heiland schilderte seinen Fall. Aber Frau Lindemann hatte von dem Heckenschützen längst gehört und war erstaunlich gut unterrichtet. Dass der Täter allerdings womöglich aus ihrem »Beritt«, wie sie sich ausdrückte, stammte, überraschte sie und schien sie sehr zu interessieren, ja geradezu zu erregen. Eindringlich bat sie den schwäbelnden Kollegen aus Berlin, sie über jede neue Entwicklung auf dem Laufenden zu halten. Er versprach es ihr.

Als Peter Heiland die Hauptkommissarin verlassen wollte, kam ein Mitarbeiter Désirée Lindemanns herein. Er habe gehört, dass ein Kollege aus Berlin da sei. Frau Lindemann nickte zu Peter hin.
»Ja, also«, sagte der Hauptkommissar, den Peter auf sechzig schätzte und der vermutlich kurz vor der Pensionierung stand. Er wiederholte: »Ja, also: Da ischt ein komischer Anruf g'wesa, ob hier ein Kollege namens Peter Heiland aus Berlin eingetroffen sei.«
»Ja, und?«, fragte Désirée Lindemann herrisch.
»Das ist eine verdammt wichtige Nachricht«, sagte Peter. Freundlich fragte er den älteren Kollegen. »Was haben Sie ihm geantwortet?«
»Ich hab g'sagt, davon sei mir nichts bekannt.«
»Sehr gut!«, sagte Peter und erläuterte den beiden, man könne nicht ausschließen, dass der Heckenschütze ihn persönlich kenne. Er berichtete von den Anrufen beim LKA in Berlin und schilderte das Missgeschick seiner Kollegin, die aus Versehen ausgeplau-

dert hatte, dass er auf dem Weg hierher nach Tübingen beziehungsweise nach Riedlingen sei.

»So kann's gehen«, sagte der ältere Beamte voller Verständnis.

»Gut, dass wir jetzt davon unterrichtet sind«, ließ sich Désirée Lindemann hören. Und dann hatte sie plötzlich eine Idee: »Was halten Sie denn davon, wenn wir Ihnen den Kollegen Raisser zuordnen, Herr Heiland?«

»Und wer ist das?«

»Das bin ich«, sagte der ältere Kollege.

»Hätten Sie denn Lust?«

»Also darauf kommt es ja nun wirklich nicht an«, schnappte Frau Lindemann.

»Ja, Lust hätte ich schon«, sagte Raisser, ohne seine Chefin zu beachten.

»Ja, dann würde ich mich freuen.« Peter Heiland reichte Raisser die Hand. »Ich gebe Ihnen meine Karte, da steht meine Handynummer drauf. Und dann schreibe ich Ihnen noch die Nummer meines Großvaters dazu. Bei dem wohne ich nämlich zurzeit.«

Désirée Lindemann hörte den beiden mit zunehmender Ungeduld zu. »Das nennt man ja dann wohl schwäbische Gemütlichkeit«, sagte sie. »Wie kommen Sie damit eigentlich in Berlin zurecht, Kollege Heiland?«

»Ach, wissen Sie, wir Schwaben haben den Berlinern eins voraus: Wir reden zwar langsamer und umständlicher, aber mir schaffet dafür a bissle schneller und effizienter!«

Hauptkommissar Raisser schaute seinen neuen Kollegen strahlend an. Aus seiner Miene war mit etwas Phantasie durchaus so etwas wie Begeisterung herauszulesen.

Peter fragte die Chefin der Mordkommission, ob man das Präsidium auch auf einem anderen Weg als durch den Haupteingang verlassen könne.

»Warum das denn?«

»Wenn der Mann schon wusste, wo er telefonisch nach mir fragen musste, weiß er ja vielleicht auch, wo er mich beobachten kann. Immerhin hat er schon einmal auf mich geschossen.«

Raisser sagte rasch: »Ich zeig's Ihnen!«

Durch ein helles Treppenhaus führte er ihn in die Tiefgarage. Unterwegs erklärte er: »Man kann auf die Adenauerstraße raus, aber es gibt auch eine andere Ausfahrt, zur Derendinger Straße, da kommt man da raus, wo früher die Himmelwerke waren. Kennet Sie die noch?«

»Dem Namen nach. Und zu Fuß?«

»Wieso zu Fuß?«

Peter Heiland gab Raisser seinen Autoschlüssel. »Wenn Sie so nett wären und mich mit meinem Wagen am Derendinger Bahnhof treffen würden.«

Raisser verstand sofort. »Mach ich doch glatt! Und Sie könnet auf dem Fußweg über d'Äcker und nachher durch den Bahnhofweg laufe. Da kann Ihnen auch kein Fahrzeug folgen.«

»Sehr gut«, sagte Peter. »Und haben Sie ein Auge auf einen Motorradfahrer, der vielleicht den Haupteingang beobachtet. Wir wissen nur, dass er wahrscheinlich eine Suzuki fährt und einen verspiegelten Sturzhelm trägt.«

»Wird gemacht!«

Peter verließ das Gebäude durch eine schmale Tür, schaute sich sichernd um, überquerte eine Zufahrt zum Nachbargebäude 32, in dem sich die örtliche Polizeidirektion befand, und schlenderte dann wie ein Müßiggänger den Feldweg Richtung Bahngelände entlang. Und schon wieder spukte ihm das Lied im Kopf herum. »Ein Heller und ein Batzen…«

Am Derendinger Bahnhof stand bereits sein Wagen, als er dort ankam. Raisser saß hinter dem Steuer. »Da war tatsächlich einer«, sagte er.

»Haben Sie die Nummer erkennen können?«

»Ja, es war eine Tübinger Nummer. TÜ IK 416.«

»Würden Sie bitte klären, wem die Nummer gehört?«

»Hab ich schon g'macht!«

»Ehrlich? Respekt!«

»Dass mich auf meine alten Tage auch noch einmal einer lobt…«

»Ha, jetzt kommet Se, so selten wird das ja wohl nicht sein!«

»Habet Sie eine Ahnung!«

Heiland lächelte Raisser zu. »Sie wissen vermutlich, was ich denke.«

»Ja, wenn das Kennzeichen gestohlen ist, war er's vielleicht.«

»Und?«

»Vor grade mal zwei Stunden hat der rechtmäßige Besitzer den Diebstahl gemeldet!«

»Wahrscheinlich findet man das Nummernschild bald in irgendeinem Straßengraben.«

»So wird's sein.«

Peter Heiland reichte Raisser die Hand. »Vielleicht kriegen wir zwei ihn ja miteinander.«

Raisser lächelte ihn strahlend an.

Peter fuhr davon, und der Kollege winkte ihm kurz nach, ehe er sich am Bahnhofskiosk ein Bier und eine Bratwurst geben ließ. Er war schon eine ganze Zeit nicht mehr so fröhlich gewesen wie an diesem lauen Sommernachmittag.

***

Bodelsingen nannte sich Stadt, war aber ein großes und ziemlich amorphes Dorf. Gemeinden rund um Tübingen, Reutlingen und Hechingen hatten es schwer, ein eigenes, unverwechselbares Gesicht zu entwickeln. Neubauten standen wahllos neben Fachwerkhäusern. Es gab ein ansehnliches Gewerbegebiet.

Als Peter Heiland in Bodelsingen eintraf, ging es schon auf den Abend zu. Auf den Feldern wurde das Heu eingebracht. Hoch beladene Leiterwagen schaukelten durch die Dorfstraße, gezogen von starken Traktoren. Als Peter ausstieg, lag der Geruch des Heus über der ganzen Stadt. Dieser herrliche Duft, mit dem so viele Jugenderinnerungen verbunden waren. Peter hatte früher schon deshalb gerne bei der Heuernte, hier sagte man Heuet, geholfen, weil er dann am Ende des Tages hoch oben auf dem Heuwagen nach Hause fahren durfte.

Auf der kurzen Fahrt hierher irrten immer noch ein Heller und ein Batzen in seinem Hirn herum.

Das Rathaus war bereits geschlossen. Er überquerte den Platz und trat in das Wirtshaus »Zum goldenen Adler«. Einfaches Mobiliar, dunkles Holz, tief hängende Lampen, die ein warmes gelbes Licht abgaben. Die Bedienung, eine Frau um die siebzig, die zwei Zöpfe dicht um ihren Kopf geflochten hatte und ein langes blaues Kleid trug, das entfernt nach einer Tracht aussah, trat an seinen Tisch. »Was darf's sein?«
»Was Kleins zum Essen und ein großes Bier.«
»Mir hättet an ganz frische Ochsenmaulsalat, und da könnet Se Bauernbrot oder Bratkartoffeln dazu kriege.«
Er entschied sich für das Bauernbrot, und auf den Ochsenmaulsalat freute er sich richtig.

Die Männer vom Feld kämen später, »und die andere kommet sowieso nimmer«, schimpfte die Frau im blauen Kleid. »Die holet sich an Bierkaschte beim Getränkehändler ond grillet in ihre Gärte. In d'Wirtschaft geht doch koiner mehr! Und dann no die Feschtle und Hocketse überall. Jeder Pepperlesverein macht doch a Straßefescht, a Laternefescht, a Höflesfescht oder a Kinderfescht.« Am Wochenende könne man so ein Lokal grade zumachen.

Peter Heiland bedauerte die Frau, die offenbar die Wirtin war, gebührend und zog sie dann weiter in ein Gespräch. Wenn jetzt sein ehemaliger Chef, der Bienzle, da gewesen wäre, der hätte alles aus der Alten herausgeholt. Ganz beiläufig. Der hätt über etwas ganz anderes geschwätzt und trotzdem erfahren, was er wissen wollte. Aber man konnte so einen Mann ja nicht einfach kopieren. Deshalb versuchte es Peter Heiland auf dem direkten Weg: »Sagt Ihnen der Name Gräter etwas?«

»Gräter scho. Die hat's früher hier gegeben.«

»Mir geht's um eine Sonja Gräter. Später hat sie Michel geheißen.«

Die Wirtin wurde misstrauisch. »Was interessiert Sie denn da?«

Peter Heiland konnte sich nicht erinnern, dass irgendeine schwäbische Wirtin diese Frage auch nur einmal an Bienzle gestellt hätte.

»Ich komm eigentlich aus Berlin«, sagte Peter Heiland, »und da ischt mir eine Frau Sonja Michel, geborene Gräter, unterkomme. Und die muss einen Sohn g'habt habe...«

Die Augen der Wirtin verengten sich. »Keinen eigenen Sohn. Er war das uneheliche Kind ihrer verstorbenen Schwester!«, sagte sie streng, und Peter erinnerte sich prompt, dass hier unterm Albtrauf, im Schatten des Gebirges, die engsten Pietisten gediehen.

»Ach so«, sagte er. Sollte er der Wirtin sagen, dass er selbst auch ein uneheliches Kind gewesen war, das zudem niemals erfahren hatte, wer sein Vater war?

»Später hat Sonja Gräter geheiratet«, sagte die Wirtin, »zwoimal sogar, soviel ich weiß.«

Mein Gott, das müssten die Berliner Kollegen doch längst rausgekriegt haben, schoss es Peter durch den Kopf, während er fragte: »Zweimal?«

Die Wirtin machte eine wegwerfende Geste. »Dera hätt mr noch viel mehr Männer zugetraut. Dabei soll die sogar amal Diakonisse gewese sei! Ein männermordendes Weibsbild war des!«

»Was Sie nicht sagen!«

Von der Küche her ertönte eine Klingel. Der Ochsenmaulsalat war servierbereit. Die Wirtin eilte mit schnellen Schritten zur Durchreiche. Peter ertappte sich bei der Überlegung, wie viele Kilometer die Frau auf diese Weise wohl in sechzig Jahren zurückgelegt haben musste. Als sie wieder an seinen Tisch trat, sagte er: »Sie sind sicher die Wirtin!«

»Ja, freilich. Man kriegt ja niemand, der des Gschäft mache will. Bloß Ausländer!«

»Und, wär des so schlimm?«

»I woiß net. I will's oifach net probiera!«

»Keine Experimente, gell«, sagte Peter.

»Wenigschtens net in meinem Alter!«

Peter Heiland begann zu essen. Der Ochsenmaulsalat war genau so angemacht, wie er ihn mochte: mit viel frischen Zwiebeln und einer sauren Tunke aus Essig und Öl, die einem, wie der Schwabe sagte, »das Hemmed z'ammaziecht«. Das Brot war frisch, noch ofenwarm, die Kruste dick und knusprig. »Wunderbar«, sagte er.

»Vielleicht kommen Sie ja amal wieder, dann müsset Sie den Rostbrate esse. Den macht der Francesco ganz besonders gut.«

»Francesco? Ist das ein Italiener?«

»Ja, scho, aber er ischt mein Schwiegersohn. Des ischt dann scho no was anders!«

Peter verkniff sich das Lachen und fragte: »Die Frau Michel, geborene Gräter. Wer war denn ihr erster Mann?«

»Des ischt a armer Kerle gwesa. A typischer Daubedicht, was Frauen anbelangt hat.«

Man verlernte ja Wörter, wenn man lang weg war von zu Hause. Aber Peter war sich nicht sicher, ob er das Wort »Daubedicht« überhaupt jemals in seinem Leben gehört hatte. Also fragte er: »Daubedicht, Entschuldigung…?«

»A Langweiler halt, a bissle beschränkt. Reich vom Vadder her, aber sonscht war da nix.«

»Und wie hieß der?«

»Köberle, Sebastian Köberle.«

»Was???« Peter ließ Messer und Gabel fallen, dass es klirrte.

»Warum schreiet Sie denn so?«

»Sind Sie sicher?«

»Also i han no lang koin Alzheimer.«

»Sebastian Köberle?«

»Ja, so hat er g'heiße.«

»Und später ist er nach Berlin?«

»Ja, d' Leut hent behauptet, er sei ihr nach!« Die Wirtin stand auf, um Gäste zu begrüßen. Ein älteres Ehepaar, das sich an einen Ecktisch setzte.

Sebastian Köberle hieß der Lehrmeister bei Siemens. Das zweite Opfer des Heckenschützen.

Peter konnte beobachten, wie sehr sich die Wirtin beeilte, die Bestellung des älteren Ehepaars aufzunehmen und in die Küche weiterzugeben, um möglichst rasch an seinen Tisch zurückkehren zu können. Schon wenige Augenblicke später saß sie wieder neben ihm und nickte zu den Neuankömmlingen hinüber. »Da soll man auf einen grünen Zweig komme. Die bestellet jedes Mal, wenn sie kommet, und das ist immer dienstags, zwoi Butterbrezla ond zwoi Schorle weiß sauer. Und dabei bleibt's dann au den ganzen Abend!«

Peter Heiland schenkte es sich, die Wirtin zu fragen, was sie wohl bestellen würde, wenn sie in eine Wirtschaft ginge. Da hätte dann wahrscheinlich keine Butter auf den Brezeln sein dürfen.

»Und wissen Sie, was das Schlimmste ist?«, bäffte die Wirtin.

»Keine Ahnung.«

»Die sitzet jetzt zwei Stund dort drübe und reden kein einziges Wort miteinander oder höchstens: ›Schmeckt's?‹ oder ›Prost!‹.«

»Vielleicht hat man sich irgendwann einmal alles gesagt, wenn man so lang und so eng miteinander verheiratet ist«, meinte Peter und schob seinen Teller von sich. Er bedauerte, dass der Ochsenmaulsalat schon zu Ende war. In Berlin hätte er glatt noch so eine Portion bestellt. Aber hier wäre ihm das irgendwie unpassend vorgekommen.

»Und was war mit dem zweiten Mann?«, fragte er die Wirtin ziemlich unvermittelt.

»Den hat sie wohl erst in Berlin kennen g'lernt.«

»Wann ist sie denn hier weggezogen?«

»1990, glaub ich! Da sind ja an Haufe Leut nach Berlin.«

»Und der Junge… ich mein, der muss damals… wie alt war der denn…? Der muss ungefähr so alt sein wie ich. Dann war er da vielleicht siebzehn oder so.«

»Also des Büble hat sie ja schon früher weggegeben. Der Köberle hat das wohl zur Bedingung g'macht g'habt oder wahrscheinlich dem seine Eltern. Und heirate hat sie ihn ja unbedingt wolle.« Die Wirtin kniff ein Auge zusammen und machte mit Daumen und Zeigefinger die Geste des Geldzählens. »Aber jetzt will ich doch wissen, warum Sie das alles so interessiert!«

Amüsiert stellte Peter fest: Wenn sie streng wurde, bemühte sie sich darum, in der Schriftsprache zu reden.

»Ach, wissen Sie«, sagte Peter. »Ich bin irgendwie auf den Spuren meiner eigenen Vergangenheit.«

»Wenn man so lebt wie unsereiner, hat mr des net nötig«, sagte die Wirtin.

»Und Sie haben nie Träume gehabt, einmal wo ganz anders hinzugehen? Etwas ganz anderes zu machen?«

Überraschend gab die alte Frau einen tiefen Seufzer von sich. »Soll man solchen Gedanken nachhängen, wenn sie doch sowieso vergeblich sind?«

»Wissen Sie, was ich denke?«, sagte Peter und verfiel nun seinerseits in die Schriftsprache. »Wenn man Ihren Job macht, kommt man gar nicht drum herum, weise zu werden.« Er sah auf die Speisekarte, wo der Name der Besitzerin verzeichnet war, und setzte hinzu: »Frau Ruckaberle.«

»Darüber mach ich mir keine Gedanke!«, antwortete sie.

Er hätte weiter fragen, weiter bohren müssen. Aber der Tag war irgendwie zu Ende. Er zahlte, gab ein zu hohes Trinkgeld, was bei der Wirtin ein kritisches Stirnrunzeln hervorrief, und trat in den Abend hinaus.

Nach Norden hin sah er den Steilabfall der Schwäbischen Alb. Den Albtrauf. Die blaue Mauer. Und in dem sommerlichen Abendlicht erschien die steil aufragende und lang hingezogene Bergwand tatsächlich so blau und so gläsern, wie Mörike sie beschrieben hatte. Und wieder kam es ihm ganz unwirklich vor, dass er hier war, und dies nur, weil er in einem der schlimmsten Mordfälle der deutschen Kriminalgeschichte ermittelte. Der Gedanke freilich, dass dies ihm selbst eine besondere Bedeutung geben könnte, kam ihm nicht.

Als Peter Heiland mit dem Polizeiwagen aus Bodelsingen hinausfuhr, kam ihm ein Motorrad entgegen. Er verlangsamte unwillkürlich das Tempo. Aber Motorradfahrer gab es zu Millionen, und hier in Bodelsingen und Umgebung mochten es immer noch ein paar hundert sein.

***

Der Motorradfahrer durchquerte das Dorf. Vor dem Wirtshaus »Zum goldenen Adler«, das Peter Heiland vor kaum zehn Minuten verlassen hatte, ging er mit dem Tempo herunter, überlegte einen Moment, ob er anhalten und etwas essen sollte, gab dann aber wieder Gas und verließ Bodelsingen Richtung Gomaringen.

Hinter dem Dorfrand bog er in einen betonierten Feldweg ein. In dieser Gegend waren alle Feldwege betoniert. Es hatte, längst vor seiner Zeit, ein Förderungsprogramm mit dem Namen »Der grüne Plan«

gegeben. Damals hatte man in Deutschland Geld und wusste nicht, wohin damit. Der grüne Plan sollte die Landwirtschaft fördern, die ganz im Gegensatz zu ihrer jetzigen Situation eigentlich nicht sonderlich gefördert werden musste. Und so baute man eben die Feldwege zu Betonpisten aus.

Sascha gefielen diese glatten Sträßchen, die sich durch Baumwiesen und Äcker schwangen. Er liebte es, in lang gezogenen Kurven zu fahren, kurz vor dem Scheitelpunkt der Biegung Gas zuzulegen und die Maschine mit einem anschwellenden Motorengeräusch und unter ständiger Beschleunigung aus der Kurve herauszuziehen. Er ging dabei immer bis an die Grenze, aber er hatte noch nie einen Unfall gebaut. Denn seine Stärke, so glaubte er, war es, in jeder Lebenslage die Beherrschung zu bewahren.

Der Motorradfahrer erreichte eine kleine Anhöhe, stoppte, nahm den Helm ab und sog die warme Luft in die Lungen. Der Mond stand als scharfe Sichel hoch über der Kante der Schwäbischen Alb und gab ihr einen Schlagschatten, der das Land darunter ins Dunkel stieß.

Sascha bockte das Motorrad auf und ging ein paar Schritte einen Wiesenweg entlang, der von stark wuchernden Schlehenhecken gesäumt wurde. Die Beeren waren jetzt vielleicht noch nicht genießbar. Er konnte in der Dunkelheit nicht sehen, ob sie sich schon blau gefärbt hatten. Trotzdem pflückte er eine ab und schob sie zwischen die Zähne. Ein pelziger Geschmack breitete sich auf seiner Zunge und in der Höhlung seines Gaumens aus. Er spuckte die halb zerkaute Beere aus.

Das kleine Gartentor war nicht verschlossen. Als er es aufstieß, gab es ein Geräusch von sich, als ob es sich beschwerte. Auch die Tür zu dem Gartenhäuschen ließ sich ohne Schwierigkeiten öffnen. Sascha lächelte. Oma Mine vermutete hinter keinem Menschen etwas Schlechtes.

In dem Häuschen roch es nach Staub, ein Geruch, der ihn anwiderte. Sascha brachte die halbe Nacht damit zu, die Hütte zu reinigen. Da er gewusst hatte, was ihn erwarten würde, hatte er in einem Drogerieladen alles gekauft, was man dafür brauchte. Gegen vier Uhr morgens konnte er in dem Häuschen endlich atmen und fiel in einen tiefen, traumlosen Schlaf.

***

Peter Heiland war gegen halb neun Uhr am Abend nach Hause, genauer: zu seinem Opa Henry gekommen. Der saß hinter dem Haus auf einer Bank und verfolgte den Flug eines Weltraumkörpers, der sich seinen Weg zwischen den Sternen am Himmel zu suchen schien. Als Peter um die Hausecke kam, sagte sein Großvater: »Jetzt bischt nach Berlin gezogen. Warum net glei da 'nauf auf den Mond?«

»Mach ich, sobald da ein Flugzeug zu vernünftigen Preisen hinfliegt!«

Sein Opa lachte die Tonleiter hinauf und sagte: »Komm, setz dich zu mir her. Was macht dein Mörder?«

»Wenn ich das wüsst, hätt ich ihn vielleicht bald.«

»Die Frau Michel hat früher Gräter g'heißen.«

»Ja«, sagte Peter.

»Sind wir also gleich weit.«

»Das weiß man nie so genau, auch wenn man das gleiche Wissen hat.«

»Bischt jetzt du neuerdings der Philosoph?«, fragte ihn sein Großvater und sah ihn mit schief gelegtem Kopf an.

»Alles bei dir gelernt, Opa.«

Beide lachten. Dann schwiegen sie eine Weile. Schließlich sagte Henry: »Da hat a Mädle aus Berlin angerufen.«

»Hanna?«

»Mhm und ihr Kater, scheint's!«

»Und, was hat sie gesagt?«

»Ich soll dir ausrichten, Sonja Michel sei zweimal verheiratet gewesen, und ihr erster Mann sei das zweite Opfer des Heckenschützen.«

»Sieh mal an, haben die 's also auch rausgekriegt.«

»Das wär dann also der Köberle?«

»Opa!!« Peter starrte den alten Mann ungläubig an.

»Ja, weißt, faul sein liegt mir nicht!«

Peter stand auf. »Jetzt brauch ich einen von deine Obstler.«

»Was denn für einen Obstler?«

»Hör auf«, sagte Peter, »ich ermittle doch nicht gegen Schwarzbrenner!«

Der Großvater rückte eine Flasche selbst gebrannten Himbeergeist heraus.

»Sie hat ein Kind großgezogen, die Sonja Gräter, spätere Köberle, spätere Michel«, sagte Peter, als er den ersten Schnaps hinuntergekippt hatte.

Opa Henry schwieg ganz gegen seine Art.

»Hast du das auch gehört?«

»Nein!«

Peter sah Opa Henry überrascht an. Das klang so abweisend, als ob er keinesfalls darüber reden wollte.

»Sie hat es weggegeben, weil dieser Köberle es verlangt hat. Sonst hätt er sie nämlich nicht geheiratet.«

»Sie war halt scharf auf sein Geld«, sagte Henry.

»Die Frau wird mir immer unsympathischer.« Peter trank den zweiten Schnaps.

»D' Leut sind, wie sie sind.«

»Aber sie müsstet nicht so sein«, sagte Peter.

»Ja!«

»Opa?«

Der Alte seufzte: »Manchmal täuscht man sich halt auch in den Menschen.«

»Täusch ich mich, oder redest du jetzt gar nicht über unseren Fall?«

»Wie man's nimmt.«

Peter Heiland hatte ein ungutes Gefühl. Auf ganz unbestimmte Weise glaubte er, das alles könnte etwas mit ihm zu tun haben.

»Trink noch einen«, sagte sein Opa und goss nach. »So ein Schnaps reinigt.«

»Opa, könnt es sein, dass dich etwas bedrückt, worüber du nicht mit mir reden willst?«

»Frag mich nicht. Erzähl mir lieber noch a bissle was über Berlin.«

***

Um die gleiche Zeit lag Hanna Iglau in ihrem Bett. Der Kater, der sich inzwischen längst mit ihr arrangiert hatte, kuschelte sich in ihre rechte Armbeuge und schnurrte so laut, dass Hanna sich überlegte, ob sie das beim Einschlafen stören würde. Sie bemühte sich, nicht an Peter Heiland zu denken, aber es gelang ihr nicht. Und weil sie doch nicht einschlafen konnte, holte sie sich noch ein Glas Rotwein, legte eine CD auf, den Soundtrack aus Wim Wenders' Dokumentarfilm »Buena Vista Social Club«. Ibrahim Ferrer sang »Usted por enamorado…« »Nur weil du liebst…«

Sie war am Nachmittag bei Hans Georg Kühn gewesen. Der Kunstprofessor hatte die Klinik bereits verlassen können und lag zu Hause auf einem Möbelstück, das man, wie sie bei dieser Gelegenheit lernte, »Ottomane« nannte und das über alle Maßen bequem zu sein schien.

Kühn hatte seine eigene Theorie zu dem Mordanschlag. Der Heckenschütze mochte für alle bisherigen Fälle verwandte Motive gehabt haben. Aber nun hatte er sich eben ein völlig fremdes Opfer ausgesucht, »total willkürlich«, wie Kühn es ausdrückte. »Er musste ja die Kette durchbrechen, die sonst wohl unweigerlich zu ihm führen würde.«

Hanna konnte mit der Theorie nicht viel anfangen. Sie glaubte immer noch, dass Kühn einmal mit dem Schützen in Berührung gekommen sein musste. Dass er das vehement leugnete, ja, dass er gar nicht bereit war, überhaupt darüber nachzudenken, konnte reale oder auch ganz irreale Gründe haben. Vielleicht glaubte er, sich für die Zukunft schützen zu können, wenn er eine Verbindung zu dem Täter auch in seinen Gedanken gar nicht erst aufkommen ließ.

Als sie von ihm wegging, war sie unzufrieden. Sie fuhr zur Universität der Künste und fand dort eine Studentin, die bei Kühn in der Malklasse war. Die junge Frau hieß Helena. »Ja, genau wie die aus der griechischen Mythologie«, sagte sie lachend. »Mein Vater hatte es total mit den alten Griechen.« Helena war hoch gewachsen, sehr dünn und trug schulterlanges schwarzes Haar und Ponys, die bis über die Augen hingen.

»Sie meinen sicher Sascha«, sagte sie, als Hanna Iglau nach einem jungen Mann fragte, der vermutlich mit dem Motorrad hier angekommen sei und der womöglich versucht habe, von Kühn als Schüler akzeptiert zu werden. »Komischer Typ«, fuhr Helena fort. »Total durchtrainiert, körperlich topfit, alles an dem war angespannt, sogar die Gesichtshaut über den Backenknochen.«

Hanna hatte plötzlich eine Idee: »Könnten Sie den zeichnen?«

»Ich bin ganz schlecht in Porträts.«

»Aber es würde uns enorm helfen.«

Sie gingen ins Café Steintor, tranken einen Cappuccino und bestellten Bruschetta.

»Kühn kann ein totaler Arsch sein!« »Total« schien Helenas Lieblingswort zu sein. »Ich bin ganz zufällig Zeugin geworden, wie er Sascha abfahren ließ. Ich kann dir sagen!« Der Übergang zum Du kam ganz selbstverständlich.

»Ich weiß ja nicht, ob der Junge begabt ist, aber Kühn hat gar nicht erst danach gefragt. ›Es gibt hier Regeln‹, hat er gesagt. ›Sie können sich normal bewerben.‹ Sascha hat ihm Geld angeboten. Ziemlich viel Geld. Ich weiß ja auch nicht, warum er unbedingt sein Schüler werden wollte.«

»Woher weißt du eigentlich, dass er Sascha heißt?«

»Ich hab ihn nachher abgefangen, weil ich gedacht hab, der Mann braucht Trost. Ich hab ihm gesagt, wie total beschissen ich Kühns Verhalten fand, aber er hat nur gesagt, das sei doch normal. Jeder Mensch habe halt seine Interessen. ›Und was sind deine Interessen?‹, hab ich ihn gefragt. ›Zum Beispiel mit dir was trinken zu gehen‹, hat er daraufhin gesagt. Das fand ich irgendwie total süß.«

Die beiden waren dann genau in diesem Café gewesen, in dem Helena jetzt mit Hanna saß.

»Hat er etwas über sich erzählt?«

»Nein. Er hat nur gesagt, dass er Sascha heißt, aber sonst hat er total geblockt. Und ich hab ihn dann auch nicht weiter gefragt. Ich hatte das Gefühl, dass er sich überhaupt nicht für mich interessierte. Plötzlich war mir total schleierhaft, warum der mich überhaupt eingeladen hatte. Mitten im Gespräch ist er dann auch aufgestanden, hat Geld auf den Tisch gelegt und gesagt: ›Das war jetzt ganz nett‹, und ist gegangen. Ich kann dir sagen, ich hab mich total blöd gefühlt.«

Während sie redete, zeichnete Helena die ganze Zeit in Hannas Notizblock. Es entstanden fünf oder sechs Gesichter, die sich ziemlich ähnlich waren. So ungefähr sehe Sascha aus, sagte Helena, aber bei Kühn könnte sie damit keinen Blumentopf gewinnen.

Hanna fragte, ob Helena am nächsten Tag ins Präsidium kommen würde, um mit den Polizeispezialisten ein Phantombild am Computer herzustellen.

»Mach ich gern, find ich total geil, mal zu sehen, wie so was geht. – Gibst du mir noch einen Campari-Orange aus?«

Hanna bestellte. Sie musste dazu an den Tresen gehen, und als sie sich wieder dem Lokal zuwandte, stand plötzlich Manuel, der schwarze Jongleur, vor ihr. »Ey«, krähte er, »die schöne Freundin vom Bullen meines Vertrauens!« Dann entdeckte er Helena. »Und die schöne Helena! Wenn das nicht mein Glückstag ist!!«

Die drei blieben bis in den Abend hinein zusammen. Und Hanna Iglau genoss es, dass sie schon nach wenigen Minuten alle Gedanken an den Heckenschützen verdrängt hatte.

Gegen 21 Uhr war sie dann doch noch ins Büro gegangen. Sie hoffte, Ron Wischnewski anzutreffen; denn sie hatte ja mit ihrer Recherche richtig Erfolg gehabt. Wischnewski saß bewegungslos an seinem Schreibtisch, als sie nach einem kurzen Klopfen und einem herrischen »Herein« sein Büro betrat. Er hatte die Augen geschlossen.

Hanna Iglau legte Helenas Zeichnungen auf die Schreibtischplatte vor Wischnewski. Der Chef öffnete die Augen. »Wer ist das?«

»Der Heckenschütze!«

Ruckartig richtete sich Ron Wischnewski auf. »Wo haben Sie das her?«

Hanna berichtete, wie Kühn sie ganz offensichtlich angelogen hatte und welches Glück sie hatte, in der UdK ausgerechnet auf Helena zu treffen, die möglicherweise den Mann kennen gelernt hatte, den sie suchten.

»Gratuliere!«, sagte Wischnewski. »Plötzlich habe ich das Gefühl, als komme etwas in Bewegung. Hat sich der Schwabe gemeldet?«

»Bei mir nicht.«

»Na dann vielleicht morgen.« Wischnewski ließ sich wieder gegen die Stuhllehne zurücksinken.

»Machen Sie noch nicht Feierabend?«

»Manchmal fürchte ich mich vor meiner Wohnung«, sagte Ron Wischnewski. »Das heißt eigentlich nicht vor der Wohnung, sondern davor, dass ich dort so alleine bin.«

»Das könnten Sie doch vielleicht ändern.«

»Dass ich mich fürchte?«

»Nein, dass Sie so alleine sind.«

Ron Wischnewski hob den Kopf. »Haben Sie Verbindung zu Ihren Eltern?«

»Ja. Meine Mutter ruft alle zwei Tage an, Gott sei's geklagt. Und wenn ich am Wochenende Zeit habe, fahre ich hin.«

»Wo ist denn das?«

»In Dessau!«

Wischnewski nickte mit seinem schweren Kopf. »Man sagt ja immer, die engsten Bande seien die Familienbande. Wissen Sie, wie lange sich mein Sohn nicht gerührt hat?« Der Kriminalrat zog die Skizzen Helenas zu sich heran und starrte auf die Zeichnungen. »Eineinhalb Jahre. Für den bin ich gestorben.«

»Und er für Sie?«

»Ich sag Ihnen was, Iglau: Ich würde heulen vor Rührung, wenn er jetzt statt Ihnen hier stehen würde.«

»Ich bin schon weg«, sagte Hanna.

»So war es nicht gemeint.«

»Weiß ich doch. Aber ich bin müde, und zu Hause wartet ein Kater auf mich!«

Sie hatte sich mit dem Weinglas wieder ins Bett begeben, ein zusätzliches Kissen in den Rücken gesteckt und blätterte in einem Bildband über Mauritius. Ihre Eltern waren letztes Jahr dort gewesen und hatten ihr das Buch mitgebracht. Hanna überlegte, ob sie versuchen sollte, Peter Heiland anzurufen. Schließlich hatte sie eine Menge Neuigkeiten. Aber sie verschob es auf den nächsten Tag, süffelte ihr Weinglas leer und hörte Ibrahim Ferrer und Rubén Gonzáles zu: »Hay un suave murmullo/ En el silencio de uno nocha azúl…« »Da ist ein weiches Wispern/ in der Stille einer blauen Nacht…«

***

Das Land lechzte nach Wasser. Aber außer ein paar viel zu heftigen Gewittergüssen hatte es in den letzten drei Wochen keinen Regen gegeben. Und wenn das Wasser so kurz und heftig vom Himmel stürzte, nutzte das wenig. Weil das Erdreich viel zu verhärtet war, floss das Wasser ab, statt einzudringen. Was die Natur brauchte, war ein sanfter Regen, der in feinen, langen Strichen vom Himmel kam. Aber auch dieser Tag begann damit, dass schon kurz vor vier Uhr die Sonne vor einem blassblauen, wolkenlosen Himmel emporstieg. Sascha erlebte das nicht, denn er war erst vor einer halben Stunde eingeschlafen.

Auch Peter Heiland schlief noch tief in seinem Bett im Souterrain des großväterlichen Hauses. Doch er quälte sich mit schweren Träumen. Wehrlos stand er einem Schützen gegenüber, der sein Gewehr auf ihn angelegt hatte. Peter war unfähig, sich zu bewegen. Der Schuss fiel. Er spürte nichts und war sich doch sicher, dass er getroffen worden war. Aber er stand und fiel nicht. Als wäre das Geschoss durch ihn hindurchgegangen, ohne ihn zu verletzen.

Er war sehr froh, als er aufwachte, und er strengte sich an, nicht wieder einzuschlafen. Aber er hatte auch keine Lust aufzustehen. Eine Zeile fiel ihm ein. Von wem war die wohl? Vielleicht sogar von Wolf Biermann, den er nicht ausstehen konnte, weil er so ein schrecklicher Selbstdarsteller war. Peter hoffte inbrünstig, die Zeile wäre von Tucholsky oder Kästner. Auf jeden Fall nistete sie sich in seinem Kopf ein wie tags zuvor der Heller und der Batzen: »Ich möchte am liebsten fort sein und bliebe am liebsten hier!«

»Scheiße!«, sagte er laut, warf seine dünnen Beine über den Bettrand. Plötzlich fiel ihm ein, dass ihm keines der Missgeschicke, mit denen er sich sonst immer herumschlug, widerfahren war, seitdem er wieder in Schwaben war. Der Gedanke ärgerte ihn.

Opa Henry hatte schon ungeduldig auf ihn gewartet. Der Kaffee dampfte, die Brötchen rochen frisch. Henry hatte ein Stück Älbler Rauchfleisch angeschnitten. Jetzt legte er die Scheiben in eine Pfanne und schlug vier Eier darüber. Dabei sagte er: »Den Köberle hab ich kennt!«

»Ah ja? Dann bist du doch sicher auch mal seiner Frau begegnet.«

»Ja, sie war a saubers Weib damals.«

Peter schnitt ein Brötchen auf. »In Berlin hat sie mit einer Freundin zusammengelebt. Amelie Römer hieß die. Hast du den Namen schon mal gehört?«

Sein Großvater schüttelte den Kopf.

»Und den Namen Hermine Neidlein?«

»Ja sicher. Die Neidlein aus Bodelsingen. Die war mit unserer Schwester Gertrud… erinnerst du dich noch an die?«

»Ja, natürlich.«

»Also mit der ist sie befreundet g'wesen. Und manchmal, wie deine Großmutter noch g'lebt hat, sind die zwei sogar mitnander bei uns im Garte g'wese.« Er kicherte. »Einmal hab ich ihnen ordentlich von mei'm Holunderwein spendiert und hab zu ihne g'sagt, den könntet se beruhigt trinke, da sei kein Alkohol drin.«

»Und?«

»Gsunge hent se und danzt wie dr Lump am Stecka. Die habet au fröhlich sei könne, so war des net!«

»Und was hat die Oma dazu g'sagt?«

Wieder kicherte Henry. »Die hat mir nachher vielleicht die Leviten gelesen. Aber sie hat ja dem Holunderwein auch ganz ordentlich zug'sproche g'habt. Da ischt dann die Versöhnung net so schwer g'falle!«

»Lebt die Hermine Neidlein noch?«

»Bis vor a paar Jahr hat sie in einem Gartehäusle g'wohnt. Hinter Bodelsingen am Hang. Ihr Garten war ein kleines Paradies. A ganz verwunschenes Gütle war des. Jetzt isch die Frau aber, glaub ich, schon seit a paar Jahr im Altersheim.«

Opa Henry teilte die Spiegeleier, die man hierzulande »Ochsenaugen« nannte, und schob sie mit einem Bratenwender samt dem kross gebratenen Speck auf zwei Teller.

»Sonja Michel war also eine geborene Gräter, ihr erster Mann war dieser Köberle, und der hat sie gezwungen, das Kind ihrer verstorbenen Schwester, das sie großzog, wegzugeben.«

»Ich kann mir überhaupt nicht vorstellen, wie eine Mutter oder eine Ziehmutter mit so etwas einverstanden sein kann«, sagte Henry.

»Ich auch nicht«, sagte Peter und dachte an seine Mutter, die alles für ihn getan hätte. »Aber vielleicht hat der Bub auch so gute Großeltern gehabt wie ich.«

»Ja, das könnte sein.«

Henrys Worte klangen so überzeugt, dass Peter überrascht aufschaute. »Weißt du was darüber?«

Henry schüttelte den Kopf und wechselte das Thema:

»Was hascht g'sagt, wie der zweite Mann von der Frau geheißen hat?«

»Michel. Aber über den wissen wir bis jetzt noch weniger als über den Köberle.«

»Nach dem müsst ihr wahrscheinlich in Berlin suchen.«

»Ja, das meinte die Adlerwirtin in Bodelsingen auch.«

»Ach! Bischt bei der alte Marie Ruckaberle eingekehrt?«

»Die kennst du natürlich auch.«

Opa Henry nickte nachdrücklich. »A bigotte Spinatwachtel ischt des. A Kanzelschwalb. Jeden Sonntag in dr Kirch und d' Woch über a Lompatier. Wenigschtens isch se früher so gewesa.«

»Manchmal täuscht man sich auch in de Leut«, wendete Peter ein.

»Hoffentlich passiert dir des nicht zu oft in deinem Beruf!«

Peter stand auf. »Ich muss dann los.«

»Wohin?«

»Zuerst amal aufs Einwohnermeldeamt in Bodelsingen und dann ins Altersheim zu Frau Neidlein.«

»Und ich? Was soll ich machen?«

Peter grinste: »Also von mir aus hast du heut frei – kriminalistisch gesehen.«

Dem Großvater schien das nicht besonders zu behagen.

Sascha kam erst kurz nach neun Uhr zu sich. Er sprang von der Matratze, die er sich auf den Boden gelegt hatte, und stieß die Fensterläden auf. Helles Licht flutete herein. Sein Blick ging wieder zur Schwäbischen Alb hinüber. Er hatte zum Schlafen sein Polohemd und die Unterhose angelassen, beides zog er jetzt aus und warf es angewidert in eine Ecke. Die Kleider waren feucht und stanken nach Schweiß.

Der junge Mann trat vor die Tür. Der Garten war verwildert. Beerensträucher, Unkrautbüsche, wild wucherndes Gras und Baumschößlinge bildeten ein Gestrüpp, das man kaum durchdringen konnte, zumal die Brombeerbüsche und die Himbeersträucher mit ihren Dornen sich regelrecht ineinander verkrallt hatten. Bei Oma Mine hatte alles immer seine Ordnung gehabt. Die Zweige der Himbeeren waren an Drähten entlanggeführt worden, die Brombeerbüsche standen frei, so dass man von allen Seiten an sie herankam. Dasselbe galt für die roten und schwarzen Johannisbeeren.

Plötzlich spürte er eine regelrechte Sehnsucht nach Mine. Er musste sie endlich sehen. Sascha kämpfte sich einen Weg frei zu dem alten Brunnen, der hinter dem Haus stand. Er hatte wenig Hoffnung, dass der noch Wasser spendete. Der Pumpenschwengel ließ sich nur mit äußerster Kraft niederdrücken, und er gab dabei ein seltsam ächzendes, quietschendes Geräusch von sich. Aber schon beim fünften oder sechsten Mal ging es leichter, und dann kam tatsächlich ein erster schwacher Wasserstrahl aus dem gebogenen Rohr. Er war braun, lehmig und voller Sand. Im Steigrohr röchelte das Wasser. Zwischendurch kam nur Luft, dann so etwas wie ein Pfropf. Das musste einmal ein Frosch oder eine Kröte gewesen sein. Das Tier war dort unten offenbar verendet. Nun war es in Lehm, Sand und grüne Wucherungen regelrecht eingebacken. Sascha nahm einen Ast und schob den Kadaver tief unter einen Busch.

Auf einmal floss das Wasser, und bei jeder Bewegung der Pumpe sah es klarer und frischer aus. Sascha pumpte lange. Das Nass konnte an Klarheit eigentlich nicht mehr gewinnen, aber er wollte ganz sicher sein. Der alte Brunnentrog war voller Erde und über und über zugewuchert. Das Wasser floss über die Oberfläche ab und bildete um Saschas Füße einen kleinen See. Rinnsale suchten sich ihren Weg unter die Büsche und durch das verfilzte Gras. Endlich war er zufrieden, schöpfte mit beiden Händen das Nass und warf es sich ins Gesicht. Dann wusch er sorgfältig seinen ganzen Körper. Ein starkes Wohlgefühl erfasste ihn. Er warf den Kopf weit in den Nacken, breitete die Arme aus und bot seinen durchtrainierten Körper der Sonne dar. Auf seiner Haut verdampfte das eiskalte Brunnenwasser.

Auf der Fahrt zum Altersheim machte er bei einem Bäcker Halt und holte frische Brezeln und Brötchen. Er kaufte Butter und die teuerste Marmelade, die er fand. Beim Metzger erstand er zweihundert Gramm Prager Schinken und eine Mettwurst.

Hermine Neidlein öffnete erst nach dem dritten Klingeln. Sascha erschrak, als er sie sah, so klein, so zerbrechlich sah sie aus. Ihre Haut war verschrumpelt wie die eines alten Apfels. Die kleine Frau musterte den Besucher. »Was wollen Sie?«
»Oma Mine!«
»Wer sind Sie?«
»Ich bin's, Sascha!«
»Sascha?«
»Ja. Erkennst du mich denn nicht?«
»Ach, es ist furchtbar. Ich vergess doch alles. Müsst ich Sie kennen?«
»Darf ich reinkommen?«
»Ich glaube, es ist nicht aufgeräumt.«
Sascha versuchte ein Lachen. »Das kann ich mir bei dir aber nicht vorstellen.«
Er drängte an ihr vorbei. Das Zimmer war geräumig. Es hatte eine extra Schlafnische und eine schöne Loggia, die mit üppig blühenden Geranien geschmückt war. An den naturbelassenen Balken rankte sich auf der einen Schmalseite eine weiß und orange blühende Geißblattpflanze hinauf, auf der anderen Seite blühte eine Klematis.
Im Wohnraum stand ein Esstisch mit vier dunklen Stühlen, deren Sitzflächen mit Leder bezogen waren. In der Ecke thronte ein mächtiger Ohrensessel. Dane-

ben stand ein Tischchen, auf dem eine Bibel, ein Gesangbuch und der Neukirchner Kalender lagen. Die Wohnung war aufgeräumt und sauber.

Sascha hätte die alte Frau gerne in seine Arme genommen, aber sie war ihm so fremd, und zudem ging ein säuerlicher Geruch von ihr aus, der ihn abstieß. »Ich hab Brötchen und Brezeln mitgebracht.«

»Die kann ich doch gar nicht mehr beißen. Aber essen Sie ruhig«, sagte Oma Mine.

»Oma Mine, ich bin es doch. Dein Sascha.«

»Der kleine Sascha! Er war ein rechtes Sorgenkind.«

»Aber nur manchmal.« Sascha setzte sich auf die vordere Kante eines der Stühle an den Tisch. »Bist du denn immer gesund?«, fragte er.

»Ja, leider. Ich würd gern sterben«, sagte Oma Mine.

»Weißt du, ob jemand nach mir gefragt hat?« Sascha griff nach der Hand der alten Frau.

»Du bist Sascha? Du warst doch immer so klein.« Sie zeigte es mit der flachen Hand an.

Sascha lachte: »Ja, damals mit drei oder vier!«

Die Tür ging auf. Eine Pflegerin kam herein. »Ach, Sie haben Besuch?«

»Ja. Schön, nicht?« Jetzt strahlte Oma Mine über das ganze zerknitterte Gesicht.

»Das freut mich für Sie«, sagte die Pflegerin und sah Sascha aufmerksam an. »Sind Sie ein Verwandter?«

»Ja, ich bin ihr Enkel.« Er lächelte die Pflegerin an.

»Manchmal hat sie ganz lichte Momente, dann weiß sie alles«, sagte die Pflegerin. »Aber zurzeit ist es nicht so gut. Das hängt immer auch mit dem Wetter zusammen.«

»War denn sonst jemand da in letzter Zeit, der meine Großmutter besucht hat?«

»Nein, das finden wir auch so schade. Sie bekommt kaum einmal Besuch. Ihre Freundinnen sind alle gestorben. Und eine ihrer Töchter lebt ja schon lange nicht mehr, und die andere lässt nie etwas von sich hören. – Ihre Mutter vermutlich?«

»Nein, meine Mutter ist schon lange tot. Und meine Tante lebt jetzt auch nicht mehr.«

»Sie glauben ja gar nicht, wie oft wir das haben, dass alte Menschen leben müssen, als wären sie schon lange nicht mehr auf der Welt.«

»Ich werde mich ab jetzt um meine Oma kümmern.«

»Haben Sie das gehört, Frau Neidlein?«

»Ich kann noch gut hören, nur ich vergesse immer alles. Ist das nicht furchtbar?«

Sascha gab der Pflegerin die Brötchen und die Brezeln mit. Den Schinken und die Mettwurst brachte Oma Mine ja vielleicht hinunter.

Zehn Minuten später verabschiedete sich Sascha von Oma Mine.

Vor dem Haus stieg er auf sein Motorrad.

Er war gerade davongefahren, als der Polizeiwagen mit Peter Heiland am Steuer vor dem Heim hielt.

Davor war Peter Heiland beim Einwohnermeldeamt

gewesen. Was er in Erfahrung gebracht hatte, verwirrte ihn. Sonja Gräter, vermutlich die spätere Sonja Michel, war 1948 in Bodelsingen geboren worden, eine Stunde vor ihrer Schwester Sabine. Die Eltern der Zwillinge waren Hermine und Konrad Gräter. Sabine Gräter hatte 1973 einen unehelichen Sohn bekommen, den sie auf den Namen Sascha hatte taufen lassen. Zwei Jahre später starb Sabine Gräter nach einer schweren Krebserkrankung. Das Kind war dann von Sonja Gräter aufgenommen worden. Die heiratete freilich 1981 den Werkzeugmacher und Fabrikantensohn Sebastian Köberle. Wo das Kind hingekommen war, ging aus den Unterlagen nicht hervor. Sonja Köberle zog dann 1990 nach Berlin. Ihre Abmeldung war die letzte Eintragung im Bodelsinger Einwohnerregister.

Doch damit hatte sich Peter Heiland nicht zufrieden gegeben. Er forschte weiter. Konrad Gräter, der Vater der Zwillingsschwestern, war erst drei Monate vor der Geburt der Mädchen aus russischer Gefangenschaft zurückgekommen. Offenbar war er bereit gewesen, die Kinder anzuerkennen, aber vielleicht war er damit dann doch nicht zurechtgekommen. Zwei Jahre danach jedenfalls ließen sich die Eheleute scheiden, und Hermine Gräter nahm ihren Mädchennamen Neidlein wieder an.

Es war noch vermerkt, dass Konrad Gräter nach Sigmaringen gezogen war und dort als Schriftsetzer eine Arbeitsstelle gefunden hatte.

Sascha war also der Neffe der verstorbenen Sonja Michel und der Sohn von deren Zwillingsschwester Sabine.

Peter verließ tief in Gedanken das Rathaus von Bodelsingen. Er wollte grade in seinen geliehenen Dienstwagen steigen, als Hanna auf seinem Handy anrief. »Ich weiß jetzt, wie der Heckenschütze mit Vornamen heißt.«

»Sascha?«, fragte Peter.

»Du weißt das?«

»Und sein Nachname dürfte Gräter sein.«

»Und ich war so stolz«, sagte Hanna enttäuscht.

»Kannst du auch sein. Denn was du rausgekriegt hast, bestätigt das, was ich rausgekriegt habe, und die Wahrscheinlichkeit, dass wir nun den Richtigen im Auge haben, wird immer größer.«

Sie unterrichteten sich gegenseitig über ihre Ermittlungsergebnisse, wobei Peter Mühe hatte, Hanna die komplizierten Verwandtschaftsverhältnisse der Familien Neidlein, Gräter, Köberle, Michel und Konsorten zu verklickern.

Die eigentliche Trumpfkarte hatte allerdings Hanna in der Hand: »Wir haben ein Bild von ihm.«

»Ist nicht wahr?«

»Also zunächst eine Zeichnung, aber im Augenblick sitzt die Zeichnerin bei unseren Experten, um ein Phantombild zu erstellen.«

»Das muss ich dann sofort haben!«
»Faxen wir dir!«

Peter Heilands Blick ging an der Fassade des Altersheims hinauf. Er hatte bereits auf dem Rathaus erfahren, dass es dem Bürgermeister von Bodelsingen gelungen war, ein Musterprojekt für Seniorenbetreuung an Land zu ziehen. Finanziert wurde es, je zu einem Viertel, von der Gemeinde, vom Land Baden-Württemberg, vom Bund und von der Europäischen Union. Die Idee dabei war, die alten Menschen in ihrer gewohnten Umgebung unterzubringen. Sie sollten weiter in den Geschäften einkaufen können, die ihnen vertraut waren. Es sollte ihnen möglich sein, ihre Nachbarn zu besuchen oder bei sich zu empfangen. Das Haus verfügte über ein Hallenbad, eine Sauna, eine moderne medizinische Abteilung. Zudem standen Appartements zur Verfügung, in denen Familien, die ihre Alten zu Hause betreuten, die Verwandten vorübergehend unterbringen konnten, wenn sie selbst in Urlaub fuhren oder aus anderen Gründen verreisen mussten. Die Vereine von Bodelsingen hatten jeweils einen Betreuungstag in der Woche übernommen. Mitglieder des Gesangvereins, des Musikvereins, des Sportvereins und aller anderen Clubs und Vereine machten Spiele mit den Heimbewohnern, unterhielten sie mit Musik und kleinen Aufführungen.

Peter Heiland empfand fast ein bisschen so etwas wie Rührung, als er vor diesem hübschen Fachwerkgebäude stand, das auf so wunderbare Weise in die kleine Stadt integriert war. Jeder Balkon, jede Loggia war mit Blumen geschmückt. Einige Bewohner saßen unter Sonnenschirmen draußen und genossen den Sommertag.

Als Peter das Haus betrat, begegnete er der Pflegerin, die grade die Brezeln und Brötchen, die Sascha Gräter ihr gegeben hatte, an ein paar Bewohner verteilte. »Entschuldigung, wo finde ich denn Frau Neidlein?«

»Das ist ja ein Ding«, sagte die Pflegerin, »da bekommt sie monatelang keinen Besuch und dann an einem Tag gleich zweimal! Sind Sie auch ein Enkel von ihr?«

»Nein, leider. War denn ihr Enkel heute auch schon da?«

»Vor zehn Minuten ist er weggegangen.«

»Das ist aber echt schade, dass ich ihn verpasst habe.« Plötzlich wurde Peter Heiland bewusst, dass er seine Dienstwaffe noch tief unten in seinem Koffer liegen hatte.

Während er die Treppe hinaufstieg, überlegte Peter, ob er nicht gleich eine Fahndung herausgeben sollte: Gesucht wird Sascha Gräter, 32 Jahre alt. Er fährt eine Suzuki K 24, vermutlich mit Berliner Kennzeichen. Vorsicht, der Mann ist gefährlich und bewaffnet.

Aber wusste er denn schon genügend? War nicht zu viel noch Spekulation? Gab es nicht für alles auch ganz andere Erklärungen? Doch das war nicht alles. Peter Heiland wollte den Mann, der ihn selbst beinahe getötet hatte, selber zur Strecke bringen. Es sollte sein Erfolg werden. Und vor allem: Bevor er etwas unternahm, wollte er wissen, wer Sascha Gräter wirklich war und woher er ihn kannte. Dass dies keine sehr professionelle Haltung war, wusste er selbst nur zu genau.

Peter Heiland klopfte bei Hermine Neidlein. Sie öffnete und sagte: »Sascha?«

»Nein, der war doch grade erst da, oder?«

»Du musst es ja wissen, Sascha«, sagte sie und trat zur Seite, um ihn hereinzulassen.

»Erinnern Sie sich an Schwester Adelheid?«, fragte Peter.

»Adelheid? Ach ja. Die ist tot, nicht wahr?«

»Nein, der geht es gut. Sie lebt in Schwäbisch Hall in einem sehr schönen Heim für ehemalige Schwestern.«

Aber Hermine hatte nicht aufgenommen, was er sagte. »Es sind so viele tot. Bald bin ich nur noch ganz allein auf der Welt.«

»Schwester Adelheid lässt Sie grüßen«, sagte Peter.

»Das ist lang her, gell?«

»Ja, so um die fünfzig Jahre, denke ich.«

Hermine Neidlein antwortete nicht darauf. Sie ließ sich in den Ohrensessel sinken, faltete die Hände über der Brust und schloss die Augen. »Lieber Gott«, kam es leise von ihren blassen Lippen, »vergib uns unsere Sünden, hilf dem kleinen Sascha, dass er leben kann, und hol mich endlich zu dir, wenn es dein Wille ist. Amen.«

Dann war sie still. Peter konnte aus seiner Position nicht sehen, ob sie noch atmete. Einen Augenblick befürchtete er, die alte Frau sei just in diesem Moment gestorben. Aber als er dicht zu ihr trat, sah er, dass sie ruhig und gleichmäßig atmete. Sie war tatsächlich eingeschlafen.

***

Heinrich Heiland hatte nur einen Motorradführerschein gemacht – damals, gleich nach dem Krieg, als einen jeder fahrbare Untersatz aus der Masse heraushob. Seitdem fuhr er Seitenwagenmaschinen. Die, mit der er jetzt in Richtung Bodelsingen unterwegs war, hatte er vor siebenunddreißig Jahren erworben. Eine Zündapp. Es wäre ihm nicht in den Sinn gekommen, die Maschine durch eine neue zu ersetzen, durch eine schnellere schon gar nicht, solange diese noch lief.

Im zweiten Gang tuckerte er die Gomaringer Steige hinunter. Er hatte sich vorgenommen, mit der Adlerwirtin ein paar Sätze zu reden und sie zu fragen, was genau sie seinem Enkel erzählt hatte. Die alte Motorradbrille beschlug ein wenig. Er verlangsamte das Tempo und ließ das Motorrad an einer Ausweichstelle ausrollen. Mit spitzen Fingern zog er den Zündschlüssel ab. Das Motorgeräusch erstarb. Henry zog seine dicken Lederhandschuhe aus und schob die Brille vom Kopf. In diesem Moment hörte er das anschwellende röhrende Geräusch eines Motorrads, das die Steige heraufkam. Überrascht hob er den Kopf.

In extremer Schräglage raste ein Motorradfahrer um die Linkskurve auf ihn zu. Er trug eine glatte, eng anliegende schwarze Montur und einen schwarzen Helm, dessen Visier ebenfalls schwarz zu glänzen schien. Am Ende der Kurve richtete sich der Fahrer auf und legte sich wieder extrem schräg, fast flach auf die andere Seite. Dann war er verschwunden, und das Dröhnen des Motors verebbte. Opa Henry stieß die Luft aus, die er die ganze Zeit angehalten hatte. »Verrückt!«

Er wischte umständlich seine Motorradbrille sauber, schob sie wieder über den Kopf und trat mit dem linken Fuß den Kickstarter nach unten. »Brav«, sagte er, denn der Motor war sofort angesprungen.

***

Sascha stoppte am Waldrand oberhalb von Riedlingen. Das Städtchen lag vor ihm in der Senke. Er erkannte das Rathaus und die Kirche. Seine Augen folgten der

Donau, die sich unterhalb der Stadt südostwärts schlängelte – hier noch ein schmaler Fluss, der freilich die Kraft schon ahnen ließ, die ihm auf seinem Weg zum Schwarzen Meer noch zuwachsen würde.

Sascha wusste, wo Heinrich Heiland wohnte. Sorgfältig verwahrte er sein Motorrad und machte sich zu Fuß auf den Weg.

Etwa um die gleiche Zeit betrat Peter Heiland die Polizeistation in Riedlingen. Mike Dürr telefonierte, als Peter in sein Zimmer kam. »Wie kann der den auch im offensiven Mittelfeld aufstellen? Der Mann hat Abwehrqualitäten. Er ist nun mal kein Ballack. Ja, sag ich doch!« Ohne sein Gespräch zu unterbrechen, deutete er auf einen Eingangskorb. Und während er weiter darüber räsonierte, warum wohl die Riedlinger Fußballmannschaft am Samstag gegen Biberach verloren hatte, studierte Peter Heiland, was Hanna Iglau ihm durchgefaxt hatte. Da waren mehrere Zeichnungen und ein typisches Phantombild, wie es an den Polizeicomputern nach Angaben von Zeugen hergestellt wurde.

»Ja, ich ruf dich wieder an«, hörte er Mike Dürr sagen. Dann schaltete der sein Telefon ab.

Ohne von den Bildern aufzuschauen, sagte Peter: »Wieder mal verloren?«

»Ach, das ist doch zum Auswachsen«, schimpfte der Kollege. »Die guten Spieler kaufen uns die Reutlinger weg, und dann haben wir einen solchen Dödel von

Trainer, dass du andauernd denkst, du bist im falschen Film.«

Peter schob das Phantombild auf Dürrs Schreibtisch. »Kommt der dir bekannt vor?«

Dürr sah nur flüchtig drauf. »Sieht aus wie ein Windhund, also wie so einer, der Rennen läuft. – Nein, den hab ich noch nie gesehen.«

»Könnt unser Heckenschütze sein«, sagte Peter.

»Gefährlich genug sieht er aus!«

»Wir glauben, dass er sich hier irgendwo rumtreibt.«

»Bei uns?« Die Frage klang fast panisch.

Peter grinste und antwortete: »Mir zuliebe, wahrscheinlich«, klemmte die Papiere, auch ein Protokoll, das Hanna Iglau mitgeliefert hatte, unter den Arm und verließ die Polizeistation.

Er ging schräg über den Platz in ein Café, bestellte sich einen Milchkaffee und ein Mineralwasser und wendete sich Hannas Bericht zu. Bei manchen Sätzen musste er lächeln. Da stand zum Beispiel: »Unter der Berücksichtigung der besonderen Situation erwies es sich als Notwendigkeit, den Schreibsekretär einer Öffnung durch unsere Techniker zuzuführen.« Wenn er wieder in Berlin war, wollte er ihr vorschlagen, in so einem Fall lieber zu schreiben: »Weil der Sekretär verschlossen war, mussten unsere Techniker ihn aufbrechen.«

Doch plötzlich stutzte er. Warum hatte sie ihm das nicht am Telefon gesagt: Sonja Michel war eingetragenes Mitglied des Schützenvereins Bodelsingen gewesen. Sie hatte Vereinsbeiträge bezahlt, und zwar noch vor drei Jahren. Also musste da doch eine Verbindung bestanden haben. Peter fragte die Bedienung, ob sie wisse, wo der Schützenverein in Bodelsingen sein Vereinsheim habe.

»Das Vereinsheim liegt unten beim Sportplatz. Die Schießbahn haben sie am Eichenhain oben. Ich weiß das, weil ich bis letzten Herbst drunten in Bodelsingen g'schafft hab.« (Hier oben, auf der Alb, setzte man immer das Wörtchen »drunten« dazu, wenn man über die nahen Dörfer und Städtchen redete, die am Fuß des Steilabfalls lagen.)

»Aber net zufällig im ›Goldenen Adler‹?«

»Noi, da dätet mi koine hondert Gäul nei bringe!«

Peter musste unwillkürlich lachen.

»Sie kann arg unfreundlich sein, die Frau Ruckaberle!«

»Das könnet Se aber laut sage!«

Peter bezahlte und verließ das Café.

Sein Großvater saß um die gleiche Zeit am Stammtisch im »Goldenen Adler« zu Bodelsingen. Er hatte ein Glas Riesling vor sich. Auf einem dicken Holzbrett lagen eine Schwarzwurst, ein Stück Bauernbrot und ein paar saure Gurken. Mit einem scharfen Messer schnitt er dünne Rädchen ab, nahm sie zwischen Daumen und Mittelfinger, tauchte sie in einen Klacks Senf und schob sie in den Mund. Kauend sagte er. »Es gibt Sache, die wisset die Junge besser net.«

»Das muscht du mir net sage«, antwortete die Wirtin Marie Ruckaberle.

Sie waren allein in dem großen Raum, der so früh am Tag nach kaltem Rauch und abgestandenem Bier vom Vorabend roch.

»Was hascht ihm denn erzählt, dem Peter?«, fragte Heinrich Heiland.

»Ich hab ja gar net gwusst, dass er dein Enkel ischt. Und au no bei dr Polizei!« Sie schüttelte missbilligend den Kopf.

Henry grinste: »Und was noch viel schlimmer ist: in Berlin!«

Aber da fand er bei Marie Ruckaberle keinen Beifall. »Ich bin letztes Jahr drübe g'wese in Berlin. Mit dem schwäbischen Wirteverband. Eine schöne Reise ischt des g'wesa.«

Heinrich Heiland sah sie ungläubig an. »Dir hat's in Berlin g'fallen? Ja was denn da um Gottes willen?«

»Wunderbare moderne Häuser habet die. Und die Botschaften alle. Dann der Reichstag (wir sind auf der Kuppel g'wesen) und so viel Grün und an Haufe Seen. Und überall kommst mit der U-Bahn oder mit der S-Bahn hin.«

»Du bist mit der S-Bahn g'fahren?«

»Ja, die ist hundert Mal besser und viel verzweigter als die in New York. – In Moskau, die U-Bahn, die könnt vielleicht mithalten.«

Henry musste zur Kenntnis nehmen, dass Marie Ruckaberle in den letzten Jahren angefangen hatte, das Geld nicht mehr nur zu horten, sondern zu ihrem eigenen Reisevergnügen auszugeben.

»Weißt du«, sagte sie, legte ihren Kopf kokett zur Seite und kniff ein Auge zu: »Das zahlen alles meine Erben!«

Heinrich Heiland war mit sich und der Welt zufrieden, als er sein Motorrad wieder bestieg. Die alte Adlerwirtin hatte offenbar nicht zu viel geredet, und das beruhigte ihn sehr.

***

Peter Heiland schaute auf die Uhr. Es war kurz nach zwei am frühen Nachmittag. Aus der Schießbahn waren deutlich ganze Salven zu hören. Wer hatte denn mitten in der Woche Zeit, am helllichten Tag Schießübungen zu machen? Das Rätsel klärte sich schnell. Die Polizeidirektion Tübingen nutzte diese Bahn für ihr Training. »Und das ist auch gut so«, sagte der Schießmeister, »sonst hätten wir verdammte finanzielle Probleme.«

Die Kollegen standen in kleinen Schlangen ordentlich hintereinander, um einer nach dem anderen auf Kommando vorzutreten und seinen Schuss abzugeben. Sie trugen schwere Ohrenschützer und wirkten ausnahmslos höchst konzentriert. Peter Heiland kannte das. Die Zeit für das Schießtraining war kurz bemessen. Zudem dachten die meisten bei diesen Übungen daran, dass es auch einmal ernst werden könnte, und vor nichts fürchtet sich ein Polizist mehr als davor, einmal von der Waffe Gebrauch machen zu müssen. Hier sollte man nicht stören. Peter verständigte sich mit dem Schießmeister darauf, in zwei Stunden wiederzukommen, um ihm dann seine Fragen zu stellen.

Die Zeit dazwischen nutzte er für einen Spaziergang, der freilich mehr einem Orientierungslauf glich. Er wusste, dass etwa zwei Kilometer hinter Bodelsingen eine schmale Schlucht durch die Kalkfelsen der Alb steil nach oben führte. Wenn viel Regen gefallen war, schoss dort ein reißender Bach zu Tal. Aber in Sommermonaten wie diesem blieb die Klamm trocken und bot viele Tritte, um sich zur Albhochfläche hinaufzuarbeiten.

Zunächst aber musste er auf einem schmalen Trampelpfad über feuchten, moosigen Untergrund und durch licht stehende Buchen und Eichen bis zum Einstieg in die Schlucht vordringen. Peter Heiland ging schnell. Nur einmal hielt er kurz inne. Auf einem bemoosten Stein lag, zusammengeringelt, eine Schlange. Sie war schwarz, und als sie den Kopf hob, sah er zwei gelbe Halbmonde links und rechts an ihrem Köpfchen: eine Ringelnatter. Sie schien ihn ein paar Augenblicke zu beobachten, bevor sie sich lang machte und gemächlich, aber mit einer wunderbar gleitenden Bewegung zwischen zwei Steinen verschwand. Peter Heiland tat es leid, dass er sie gestört hatte.

Jetzt, an einem Wochentag und während der Arbeitszeit, war hier außer ihm kein Mensch. Er erreichte die steil eingekerbte Schlucht und richtete seinen Blick nach oben, wo ein schmales Stück blauer Himmel zu sehen war. Sobald er rechts und links festen Halt hatte und nicht nach unten schaute, fühlte er sich sicher.

In gleichmäßigem Tempo setzte er seine Tritte, nur selten brauchte er Griffe in der steilen Wand, um sich höher zu ziehen. Zwar lag die Schlucht im Schatten, aber auch hier war es heiß und zudem absolut windstill. Peter Heiland genoss das Gefühl der körperlichen Anstrengung. Er atmete gleichmäßig und bewusst, und er spürte, wie sich zwischen seinen Schulterblättern der Schweiß ansammelte und den Rücken hinunterrann.

Er brauchte vierzig Minuten, dann hatte er den Felsabriss erreicht. Ein schmaler Weg führte die Kante entlang noch ein Stück weiter nach oben, wo er an einem Aussichtsfelsen endete, der ein paar Meter vorgelagert war und über einen kaum dreißig Zentimeter breiten Grat erreicht wurde.

Peter Heiland setzte sich ganz vorn auf den Fels und ließ seine Füße über dem Abgrund baumeln. Ein frisches Lüftchen kühlte ihn ein wenig ab. Der Schweiß auf seiner Stirn trocknete.

Von hier oben hatte man einen überwältigenden Blick. Links und rechts zogen sich die Zeugenberge hin. Vor ihm ausgestreckt lag die Tiefebene bis nach Stuttgart. Im Hintergrund schlängelte sich der Neckar durch sein Tal und verschwand in den gewaltigen Industrieanlagen von Untertürkheim.

Der Anfang eines schwäbischen Gedichtes fiel ihm ein: »Steig nauf auf da Berg, guck na ens Land, was mir für a schöne Hoimet hant.« So wurde auf der Alb gesprochen. Hinunter hieß im Hochschwäbischen »nonder« und auf Älblerisch »na«.

Zurück hätte er gerne den bequemen Weg über ein Holzabfuhrsträßchen genommen, das sich in ausladenden Kurven und langen, sanft abfallenden Streckenabschnitten nach unten zog. Aber nun drängte schon die Zeit, und er wollte den Mann am Schießstand nicht warten lassen. Also stieg er wieder durch die Schlucht ins Tal. Er hasste steile Abstiege.

***

»Sonja Michel?« Florian Sander, Chef am Bodelsinger Schießstand, zog seine grau melierten Augenbrauen zu steilen Dreiecken nach oben. »Ja, an die erinnere ich mich. Aber eigentlich war sie keine Sportschützin. Sonja ging viel lieber auf die Jagd.«

»Sie waren per Du mit ihr?«

Florian Sander lachte ein kehliges Lachen. »Ach, das ging bei ihr schnell. Sie kam rein, zog alle Blicke auf sich, wirbelte herum, redete ohne Punkt und Komma, schmiss eine Runde und war gleich mit allen per Du. Eine richtige Betriebsnudel war das.«

»Als ich sie kennen gelernt habe, nimmer«, sagte Peter Heiland. »Da war sie schon schwer krank und wirkte eigentlich eher depressiv.«

Sander nickte. Er war ein vierschrötiger Mann mit einem rechteckigen Schädel. Seine Wangen waren unnatürlich rot. »Ja, das glaub ich. Wenn's ihr dreckig ging, konnte sie auch völlig anders sein.«

»Ging es ihr denn hier auch manchmal dreckig?«

»Sie hat halt kein Glück mit den Männern gehabt.«

»Ach ja?« Peter gab sich verwundert.

Sander winkte ab. »Am Anfang war es immer die große Liebe, das ganz starke Gefühl. Die hat sich da jedes Mal voll reingeschmissen, sag ich Ihnen…!«

»Klingt grad so, als ob Sie das auch einmal getroffen hätte.«

»Mich?« Wieder lachte Florian Sander sein kehliges Lachen. »Dagegen war ich schon immer immun. Ich hab eine Frau, die mir alles abverlangt, da kommt man auf keine falschen Gedanken.«

»Hatten Sie denn in letzter Zeit noch Kontakt zu Frau Michel?«

»Seit Jahren nicht mehr. Sie war nochmal mit ihrem zweiten Mann da. Cornelius Michel. Bankbeamter, glaub ich. Ein feiner Mensch. Auf einmal hat es so ausgesehen, als hätte sie doch einmal Glück gehabt mit einem Mann. Aber der ist ja dann so kläglich am Krebs gestorben. Wissen Sie, bei manchen Menschen hat man das Gefühl, sie ziehen das Unglück geradezu an.«

Sie waren während ihrer Unterhaltung in den Schießstand hineingegangen. Sander reichte Peter unvermittelt einen Revolver mit einem ungewöhnlich langen Lauf. »Wenn Sie Polizeibeamter sind, sind Sie ja sicher im Training.«

Peter Heiland wog die Waffe in der Hand, umschloss sie dann mit den Fingern seiner Rechten. Er schob mit dem Daumen den Sicherungshebel nach vorne und hob dann ganz langsam den gestreckten Arm. Erst als er das Ziel anvisierte, legte er auch die linke Hand an die Waffe. Er stellte seine Füße breit auf den betonierten Untergrund und ging leicht in die Knie. In schneller Folge schoss er das Magazin leer. Florian Sander ließ die Schießscheibe über das automatische Band zurückfahren, betrachtete sie kurz und hob dann den rechten Daumen. »Alle ziemlich im Zentrum.«

»Das letzte Mal in Berlin habe ich überhaupt nicht getroffen.«

»Vielleicht wären Sie hier besser aufgehoben.«

»Das glaub ich jetzt weniger.«

Peter legte dem Schießmeister die Fotos vor, sowohl jene, die Sonja Michel mit dem kleinen Jungen zeigten, als auch das Phantombild, auf dem, aller Wahrscheinlichkeit nach, der Heckenschütze abgebildet war.

»Das ist unverkennbar die Sonja. Das Kind habe ich nie gesehen.«

»Und den jungen Mann da?«

»Ne, ist mir nie untergekommen.«

Peter versuchte seine Enttäuschung nicht zu zeigen. »Mit wem ist sie denn damals auf die Jagd gegangen?«

»So genau weiß ich das auch nicht mehr.«

Plötzlich hatte Peter Heiland das Gefühl, dass Florian Sander ihm auswich. »Denken Sie nach!«, sagte er in einer Schärfe, die ihn selber überraschte.

»Na ja, meistens mit dem Heiner Ruckaberle.«

»Hat der was mit den Ruckaberles vom Gasthaus ›Adler‹ zu tun?«

»Er war der Wirt!«

»Der Mann von der jetzigen Wirtin?«

»Ja.«

»Und die hat das gewusst?«

»Da müssen Sie die Frau Ruckaberle schon selber fragen. Aber die wird fuchsteufelswild, wenn man sie auf ihren Mann anspricht. Sie dürfen ihr auf keinen Fall sagen, dass Sie das von mir haben.«

»Wie viele Einwohner hat denn Bodelsingen damals g'habt?«

»So um die 1300 herum.«

»Also. Da kennt doch jeder jeden, oder? Und vor allem kennt jeder den Wirt vom einzigen Wirtshaus am Ort. Wenn der ein Verhältnis anfängt mit so einer Frau…«

»Eins??« Sander lachte. »Vor dem war keine sicher! Das war ein Weiberer, wie er im Buch steht! Das ganze Dorf – damals waren wir ja noch nicht Stadt – hat sich über dem seinen Lebenswandel das Maul zerrissen.«

»Der Ruckaberle lebt nimmer, gell?«

»Nein.«

»Und wie ist er gestorben?«

»Bei einem Jagdunfall.«

»Wann war das genau?«

»1990, glaub ich.«

»Und wer war schuld an dem Unfall?«

»Das ist nie herausgekommen.«

»Oh, du liabs Herrgöttle von Biberach, wie hent die d'Mucka verschissa!« Es musste schon viel passieren, ehe Peter Heiland einmal diesen Lieblingsspruch seines ehemaligen Chefs in den Mund nahm.

Auf der Rückfahrt nach Riedlingen überlegte er sich, ob man den alten Fall noch mal aufdröseln sollte. Wie selbstverständlich wählte er die Nummer seines früheren Vorgesetzten, nachdem er in eine Haltebucht gefahren war und den Motor abgestellt hatte, um in Ruhe telefonieren zu können.

»Bienzle«, meldete sich der Stuttgarter Kommissar mit seiner tiefen Stimme.

»Peter Heiland hier!«

»Ja jetzt kann i gar nimmer. Wo sind Sie?«

»Auf dem Weg nach Riedlingen.«

»Zu Ihrem Opa Henry?«

»Ja, das auch, aber ich bin beruflich hier.«

»Oh, du liabs...« Bienzle verkniff sich die Fortsetzung seines Lieblingsspruchs.

»Ich müsste Ihren Rat haben«, sagte Peter schnell.

»Jetzt gleich?«

»So sehr eilt es nicht. Ich hab gedacht..., also es ist ja gleich Wochenende, wir könnten a paar Stunden wandern – wie früher ...«

»Das passt ja wie gschpuckt!«, sagte Bienzle. »Meine Hannelore ist in Florenz, ich bin sowieso Strohwitwer, und um Stuttgart macht das Verbrechen grade einen großen Bogen. Obwohl: Man sollte so etwas nicht beschreien. – Wohnt Ihr Großvater noch in diesem verwunschenen Gartenhäusle?«

»Da wird sich wohl kaum mehr was ändern«, antwortete Peter, verabschiedete sich und startete den Motor wieder.

Als er nach Hause kam, ging Peter zuerst in das Souterrain. Er wollte duschen und sich umziehen; denn seit seiner Tour durch die Schlucht fühlte er sich verschwitzt und klebrig. Gleich neben seinem Zimmer hatte Opa Henry schon vor langer Zeit eine Duschkabine und ein schmales Klo einbauen lassen. Alles zusammen nannte er sein Gästeappartement.

Peter stand lange unter der heißen Dusche und ließ dann fast ebenso lange das kalte Wasser über sich rauschen, wobei es fast eine Minute dauerte, bis es den Kältegrad erreicht hatte, den er brauchte, um sich wirklich zu erfrischen. Die Rohrleitungen zum Tiefbrunnen, den Henry einst selbst gegraben hatte, waren schlecht isoliert, so dass sich das darin stehende Wasser bei den derzeitigen Temperaturen aufheizte.

Schließlich schlüpfte er in seine Badelatschen und ging in seinen Schlafraum hinüber. Er hob den Deckel seines Koffers hoch, um frische Unterwäsche herauszuholen, und erstarrte mitten in der Bewegung. Seine Dienstpistole war weg. Langsam, ganz langsam richtete er sich aus seiner gebeugten Haltung auf. Sein Blick ging zum Fenster hinüber, das im leichten Abendwind leise hin und her schwang. Er war sicher, dass er es am Morgen zugemacht hatte.

Mit ein paar schnellen Schritten war er bei dem Fenster. Man musste kein geschulter Kriminalist sein, um zu erkennen, dass es aufgebrochen worden war. Peter spürte, er hatte in den letzten Augenblicken seine Zähne so fest aufeinander gepresst, dass ihm der Kiefer wehtat.

»Entspanne dich«, sagte er tonlos zu sich selbst.

Von oben kam Opa Henrys Stimme: »Was ist? Das Essen ist fertig!«

»Komme gleich!« Peter ließ sich auf sein Bett sinken. Keine Sekunde zweifelte er daran, dass es sich bei dem Mann, der hier eingebrochen war, um den Heckenschützen handelte.

Schließlich gab er sich einen Ruck, zog ein leichtes Polohemd und Jeans an und stieg die Treppe hinauf.

»Wir könnten draußen essen«, sagte sein Großvater, als Peter in die Küche trat.

»Lieber nicht.«

Überrascht schaute Opa Henry auf. »Warum denn nicht? Es ist so schön warm, und der Sommer ist bald vorbei.«

»Bei Licht wären wir eine wunderbare Zielscheibe.«

»Was schwätzt denn da?«

Peter beschloss, seinem Großvater reinen Wein einzuschenken. Als er seinen Bericht beendet hatte, sagte Opa Henry: »Aber da musst du doch die Spurensicherung holen. Und du musst den Verlust deiner Dienstwaffe melden.« Als er Peters Reaktion bemerkte, setzte Heinrich Heiland hinzu: »Oder sehe ich das falsch?«

»Das siehst du absolut richtig. Aber ich mach mich doch zum Gespött bei der ganzen Polizei. Und so viel ist sicher: Wenn das morgen die Kollegen hier und in Tübingen wissen, ist es übermorgen auch in Berlin bekannt.«

»Armer Kerle! Iss!«, war alles, was sein Großvater darauf noch erwiderte.

Später verschlossen sie den schweren Laden, der vor dem Fenster zu Peters Souterrainraum angebracht war, und Opa Henry verbarrikadierte ihn zusätzlich mit zwei schweren Bohlen.

Ein warmer Wind kam in leichten Stößen durch die Straße. Ron Wischnewski ging mit gesenktem Kopf den kurzen Weg vom Wittenbergplatz zum Präsidium in die Keithstraße. Wenn der Wind böig auffrischte, trieb er die ersten welken Blätter vor sich her. Vielleicht war dies einer der letzten heißen Tage in diesem Sommer. Der Herbst lauerte schon, auch wenn man ihn noch nicht spüren konnte. Es war Freitag. Am Wochenende würde er keinen Dienst haben. Ihm graute vor diesen zwei freien Tagen.

Plötzlich blieb Wischnewski stehen. Siedendheiß war ihm eingefallen, dass sie zwar die Wohnung von Sonja Michel durchsucht hatten. Aber im Keller waren sie nicht gewesen. Hätte einer seiner Beamten dieses Versäumnis zu verantworten gehabt, wäre er gehörig mit ihm Schlitten gefahren. Aber nun traf ihn selber die Schuld.

Der Wind nahm zu und fuhr ihm in sein schütteres Haar. Wischnewski rief die Fahrbereitschaft an. Er brauchte einen Wagen. Hanna Iglau, die irgendwo in der Stadt unterwegs war, bestellte er direkt in die Schützenstraße nach Steglitz.

Hanna hatte noch einmal Hans Georg Kühn aufgesucht. Sie zeigte ihm das Phantombild und sagte ihm auf den Kopf zu, dass er sie bei ihrem letzten Gespräch belogen habe. »Aber warum haben Sie das gemacht?«, fragte sie.

»Das werden Sie nicht verstehen.«

»Ich kann es ja mal versuchen.«

»Das Ganze war für mich wie ein Albtraum, den ich schnellstmöglich aus meinem Bewusstsein verbannen wollte. Wer künstlerisch arbeiten will, muss frei sein im Kopf.«

Hanna sah den Mann an. Seine schwarzen Haare waren in akkurate Locken gelegt, die sich bis in den Nacken hinunter anmutig übereinander schichteten. Sein Gesicht war weich und hell, die Augen von einem seltsam blassen Grau. Kühn lag wieder auf der Ottomane, die Beine hatte er in einer grazilen Geste übereinander gelegt. Während des ganzen Gesprächs spielte er mit einem Zeichenstift. In seinem Schoß lag ein Skizzenblock. »Der Mann war anmaßend, fordernd, um nicht zu sagen unverschämt.«

»Hat er denn irgendwelche Arbeiten vorgelegt?«, wollte Hanna wissen.

»Ja, aber ich bezweifle, dass sie von ihm stammten.«

»Sie glauben, er hat fremde Arbeiten für seine eigenen ausgegeben?«

»Ich habe keine Beweise dafür. Es ist nur eine Vermutung.«

»Was haben Sie zu ihm gesagt?«

»So genau weiß ich das nicht mehr. Aber offenbar habe ich ihn verletzt.«

»Woraus schließen Sie das?«

»Mein Gott, der Mann hat auf mich geschossen!«

»Hat er Ihnen irgendwie gedroht?«

»Nein, oder doch. Er hat mich angegrinst. Ja, ja, Sie

können mir das ruhig glauben. Gegrinst hat er und gesagt: ›Sie werden schon sehen, was Sie davon haben.‹«

»Das könnte man ja wohl als Drohung auslegen.«

»Ja, wahrscheinlich, aber ich habe das in dem Moment nicht so aufgefasst.«

Hanna deutete noch einmal auf das Phantombild. »Und Sie sind sicher, dass das Bild den Mann darstellt?«

»Ungefähr. Warten Sie!«

Er nahm das Phantombild, legte es auf seinen Skizzenblock und brachte mit seinem Zeichenstift ein paar kleine Veränderungen an. Aber so knapp die Striche auch waren, so sehr veränderten sie doch das Gesicht. Plötzlich schien es zu leben. In die Augen trat ein fordernder Ausdruck, um den Mund erschien ein ganz neuer Zug, der dem Gesichtsausdruck etwas Ironisches gab. Die Nase korrigierte Professor Kühn so, dass sie schmaler und gerader wurde. Die Frisur brachte er mit zwei, drei Bleistiftstrichen ein wenig in Unordnung.

»So etwa!« Er reichte Hanna das Bild zurück.

»Unglaublich«, entfuhr es Hanna Iglau.

Kühn verstand das als Kompliment, das es ja auch sein sollte, lächelte geschmeichelt und sagte: »Tja, Kunst kommt eben von Können, junge Frau.«

Hanna war seltsam beunruhigt und wusste nicht gleich, warum. Sie steckte das Bild in ihre Tasche und verließ den Maler. Vor dem Haus holte sie das Konterfei noch einmal heraus. Lange starrte sie darauf und schüttelte dann den Kopf wie jemand, der etwas ganz Unglaubliches gesehen hat.

»Der Kerl ist ein Kotzbrocken«, sagte Hanna Iglau eine halbe Stunde später zu Ron Wischnewski über Hans Georg Kühn, »aber das Bild hat jetzt wirklich eine ganz andere Aussagekraft.«
»Haben Sie's schon dem Schwaben gefaxt?«
»Ja. – Sie sollten es sich auch noch einmal anschauen, Chef.«
»Später!«
Sie standen in Sonja Michels Keller und durchsuchten das alte Büfett, das einzige Regal, die wenigen Kartons, die hier gestapelt waren, und die alte Kommode, die fünf geräumige Schubladen aufwies und in der Peter Heiland am Tag vor Sonja Michels Tod die Patronenschachtel entdeckt hatte. Wischnewski stapelte Briefe, Fotoalben, Kalender und Tagebücher in einen der Kartons. »Das Zeug nehme ich mit nach Hause und schaue es übers Wochenende in aller Ruhe durch. Den Rest sollen die Leute von der Spurensicherung abholen.«
Sie traten auf die Straße hinaus. Ihre Augen mussten sich an die Helligkeit erst gewöhnen. Hanna Iglau zog das veränderte Phantombild aus ihrer Tasche, die sie an einem langen Riemen über die Schulter gehängt hatte. Wortlos reichte sie es ihrem Chef. Der wischte sich ein Staubkorn aus dem Augenwinkel.

»Na so was«, sagte er, »der sieht ja unserem Schwaben ähnlich.«

»Ja, das schien mir auch so«, sagte Hanna.

Wischnewski lachte. »Zufälle gibt es! Auf jeden Fall sollte dieses Bild an alle Polizeidienststellen. Mit dem kann man eine richtige bundesweite Fahndung anlaufen lassen.«

»Mach ich«, sagte Hanna Iglau. Sie starrte noch eine ganze Zeit auf das Bild.

***

Peter Heiland bewegte sich vorsichtig. Es war, als spürte er den Sniper in seiner Nähe. Im Riedlinger Polizeirevier war das neue Bild angekommen. Mike Dürr hielt es ihm entgegen und sagte: »Weißt du was? Dein Heckenschütze sieht dir ähnlich.«

»Spinn dich aus«, antwortete Peter und nahm das Fax entgegen. Er warf einen flüchtigen Blick auf das Porträt, aber nur, um es gleich sehr viel genauer zu studieren. »Man könnte tatsächlich meinen, dass da eine gewisse Ähnlichkeit ist. Das ist mir aber jetzt unangenehm.« Er grinste schief und fragte: »Sonst irgendwelche Nachrichten?«

»Florian Sander hat angerufen. Es gibt einen Zeugen von dem Jagdunfall, bei dem Ruckaberle umgekommen ist.«

»Wo?«

»In Bebenhausen. Der Unfall war im Goldersbachtal, ganz in der Nähe von Königs Jagdhütte. Ich hab mir die Akten nochmal kommen lassen.«

Peter sah seinen Kollegen überrascht an. Der fing den Blick auf und sagte: »Na ja, ich hatte schon immer den Eindruck, dass da etwas unter den Teppich gekehrt worden ist, aber mein Vorgänger, der dann ja auch noch ein paar Jahre mein Chef war, hat allen streng verboten, sich um die Geschichte zu kümmern. Er hat immer gesagt: ›Der Fall liegt bei den Akten, und da liegt er gut!‹«

Das Telefon klingelte. Dürr meldete sich: »Polizeiposten Riedlingen… Ja, den erreichen Sie hier.«

Er gab den Hörer weiter.

»Wer ist es denn?«, fragte Peter Heiland.

»Keine Ahnung!«

»Ja, bitte?«, sprach Peter in den Hörer.

»Hallo!«

»Wer spricht denn da?«

»Du kannst nicht gewinnen. Fahr zurück nach Berlin!«, sagte die fremde Stimme.

»Wer sind Sie?«, fragte Peter Heiland.

Ein leises Lachen schallte zurück. »Vermisst du deine Dienstwaffe?«

Mike Dürr reagierte aufmerksam. Er drückte den Knopf für den Lautsprecher und schaltete das Gerät ein, mit dem man Gespräche mitschneiden konnte. Peter nickte ihm dankbar zu, war aber heilfroh, dass der Kollege den letzten Satz des Anrufers nicht mitgehört hatte.

»Kennen wir uns eigentlich?«, fragte er in den Apparat.

»Kennst du einen Sascha Gräter?«

»Nein, ich bin ihm nie direkt begegnet.«

»Da musst du eben noch ein bisschen weiter ermitteln, wenn du noch dazu kommst, Peter Heiland!«

Der andere legte auf.

Dürr begann einen Apfel zu schälen. »Das gibt alles keinen rechten Sinn«, sagte er nach einer Weile. Der schmale Streifen löste sich langsam von der Frucht. »Ich mach mir immer ein Gottesurteil«, erklärte Dürr.

»Was machst du?« Peter war so aufgewühlt, dass er mit dem, was sein Kollege sagte, absolut nichts anfangen konnte.

»Wenn ich die ganze Schale runterkriege, ohne dass sie bricht, wird alles gut.«

»Was wird gut?«

»Na, was halt grade dran ist. – Scheiße, jetzt ist sie gebrochen!«

»Der Typ kennt mich, aber ich habe ihn noch nie gesehen«, sagte Peter.

»Was ist jetzt mit dem Jagdunfall?«, wollte Mike Dürr wissen.

»Da kann sich Raisser drum kümmern.«

»Und wer ist Raisser?«

»Ein Kollege aus Tübingen, den man mir zugeordnet hat.«

»Aha! Hast du seine Nummer? Dann ruf ich ihn an.«

Peter Heiland zog sein Notizbuch heraus und suchte nach Raissers Nummer. Gleichzeitig sagte er: »Wie alt war Sascha Gräter, als der Adlerwirt erschossen wurde?«

»Wie alt ist er heute?«

»Nach unserer Rechnung zweiunddreißig.«

»32 minus 15 macht 17, oder? Warum interessiert dich das?«

»Ruckaberle ist ja wohl erschossen worden.«

»Aus mindestens fünfzig Metern Entfernung.«

»Und war dort jemand, der geschossen hat?«

»Ja, eine ganze Gruppe Jäger. Es war eine Treibjagd auf Niederwild. Nur wurde bei niemandem eine Waffe gefunden, zu der das tödliche Geschoss gepasst hätte.«

»Sind die Waffen denn sofort eingezogen worden?«

»So viel ich weiß: Ja. Ich kenne die Geschichte ja nur aus Erzählungen und aus den Akten. Als ich hier anfing, lag der Fall schon sieben Jahre zurück. Trotzdem ist immer wieder darüber geredet worden. Das war wie eine offene Wunde, wenn du verstehst, was ich meine.«

»Ja, ich denke schon.«

Peter hatte die ganze Zeit gestanden, jetzt setzte er sich Mike Dürr gegenüber. »Mit siebzehn kann einer ein Jagdgewehr bedienen, oder?«

»Frag mal, in welchem Alter Jungs in Amerika oft schon ein Gewehr in die Hand kriegen. Dieser Sniper...«

»Du meinst Lee Boyd Malvo…?«

»Hieß er so?«

»Ja, er hat im Großraum Washington, zusammen mit John Allen Muhammad, innerhalb weniger Wochen mindestens zwölf Menschen aus dem Hinterhalt erschossen. Malvo war so etwas wie der Ziehsohn von Muhammad, und er war siebzehn Jahre alt.«

»Na also«, sagte Mike Dürr zufrieden.

»Okay, nehmen wir an, Sascha Gräter hat den Geliebten seiner Tante erschossen, die eine Zeit lang die Mutterrolle bei ihm übernommen hatte. Warum?«

»Was weiß ich? Vielleicht hat sie ihn darum gebeten.«

»Hä?«

»Oder sie hat ihn bezahlt dafür.«

»Ein Auftragsmord? Das ist interessant. Die Theorie gab es auch beim Tod von Amelie Römer. Die beiden Frauen schoben wohl beide einen solchen Hass gegeneinander, dass jede zu einem Mord an der anderen fähig gewesen wäre.«

Mike Dürr kratzte sich am Hinterkopf. »Eigentlich muss der Junge doch einen Hass auf seine Tante gehabt haben. Die hat ihn doch abgeschoben, bevor sie nach Berlin ist. – Na ja, wenn du ihn erst einmal hast, kannst du ihn das alles fragen.«

Peter warf einen Blick zu seinem Kollegen hinüber, aber der hatte das offenbar nicht ironisch gemeint. Überhaupt hatte er Mike Dürr vielleicht doch nicht ganz richtig eingeschätzt. Jedenfalls war er froh, bei diesem Gespräch jetzt einen vernünftigen Partner in ihm zu haben.

Peter zog das Fax mit Sascha Gräters Konterfei zu sich heran. Er drehte es um und begann auf der Rückseite untereinander zu schreiben:

Heiner Ruckaberle, Wirt und Weiberer.

Amelie Römer, Kindergärtnerin, Sonja Michels Freundin.

Sebastian Köberle, Werkzeugmacher, Fabrikerbe, Lehrlingsmeister bei Siemens in Berlin.

Ulrich Schmidt, Gewerbelehrer.

Kevin Mossmann, Computerfachmann.

Prof. Hans Georg Kühn, Maler.

Cordelia Meinert, Lehrerin, Lektorin, Nachbarin.

Mike Dürr war interessiert um den Tisch herum gekommen und schaute Peter über die Schulter. »Hat er den Professor auch umgebracht?«

»Nein, nur angeschossen.«

»Dann müsstest du dich selber ja vielleicht auch noch auf die Liste setzen.«

Peter schrieb: Heiland, Kriminaloberkommissar.

Dürr nickte ein paar Mal. »Die Liste kann sich sehen lassen. So, und jetzt legen wir mal richtig los.«

»Du bist ja auf einmal so aktiv.«

»Der Typ darf nicht länger frei rumlaufen, Peter!«

»Ja, du hast ja Recht.«

Mike Dürr bot an, gemeinsam mit dem Kollegen Raisser den Zeugen in Bebenhausen aufzusuchen. Peter wollte noch einmal mit Marie Ruckaberle reden.

Als Ron Wischnewski nach Hause kam, goss er sich erst einmal eine ordentliche Portion Whisky in ein Wasserglas. Seine Wohnung in einem gesichtslosen Mehrfamilienhaus in Tempelhof bestand aus zwei Zimmern, Küche und Bad. Alles genormt. Er hatte sie möbliert gemietet, nachdem seine Frau eines Tages aus heiterem Himmel erklärt hatte, für sie sei die Ehe zu Ende. »Und das schon lange!« Seine Vermutung, dass sie einen anderen habe, quittierte sie mit der glaubhaften Erklärung, sie trenne sich von ihm, weil er sie schon seit Jahren nicht mehr achte. Er lebe für seinen Beruf, habe niemals Zeit, wenn sie ihn um etwas bitte, und schließlich habe sie ja auch ganz aufgehört, ihn zu bitten.

Als sie das sagte, wurde ihm plötzlich klar, dass sie Recht hatte. Ihr Sohn, der damals noch bei ihnen wohnte – sie hatten ein hübsches kleines Haus mit einem Garten in Frohnau –, kam hinzu und sagte mit finsterem Gesicht, er werde auch verschwinden. Eine Erklärung, warum, gab er nicht.

Ron Wischnewski hatte dann angeboten, selber auszuziehen. Er fand diese Wohnung in Tempelhof, wo er sich vom ersten Tag an verloren fühlte. Gleichwohl änderte er nichts an ihr, grade so, als wollte er sich selbst Tag für Tag beweisen, wie beschissen es ihm ging.

Anfänglich trafen sie sich noch manchmal, zum Essen irgendwo am Savigny-Platz oder auch zu einem Konzert in der Philharmonie. An einem solchen Abend versuchten sie es noch einmal mit einem Gespräch. Seine Frau sagte: »Vielleicht bin ich ja auch ungerecht. Mit einem Mal haben mich an dir Dinge aufgeregt, die ich jahrelang gar nicht bemerkt habe. Ich habe mich dabei ertappt, dass ich unfreundlich wurde, dass ich dir patzige Antworten gab und nicht mehr gelten lassen wollte, was du gesagt hast.«

Ron hatte zustimmend genickt: »Man weiß es ja auch längst... Ich meine, man kennt doch die Antworten des Partners auf jede Frage. Zum Schluss haben wir nur noch Debatten geführt, die hätte jeder von uns auch ganz alleine führen können. Du sagtest etwas, ich habe geantwortet und wusste schon, was du darauf sagen würdest und was ich wieder entgegne, und dann sagst du und dann sage ich und dann wieder du...«

Sie waren dann noch dicht nebeneinander die Treppe zum S-Bahnhof Savigny-Platz hinaufgestiegen. Einmal hatte seine Frau kurz nach seiner Hand gegriffen, sie aber schnell wieder losgelassen. Ein paar Minuten, die ihnen wie Ewigkeiten vorkamen, standen sie noch auf dem zugigen Bahnsteig. Die Bahnen fuhren gleichzeitig ein. Einen Augenblick zögerten sie. Dann eine letzte Umarmung. Seine Frau fuhr mit der Bahn Richtung Spandau, wo sie noch jemanden besuchen wollte, wie sie sagte. Er fuhr mit der Linie 7 in die entgegengesetzte Richtung zum Bahnhof Zoo.

Der Schmerz überflutete Ron Wischnewski fast mit der gleichen Heftigkeit wie damals, wenn er jetzt an diese Szene dachte.

Mit einem langen Zug leerte er das Glas und goss sich sofort wieder neu ein. Die Woche über trank er keinen Tropfen Alkohol. Aber an den Wochenenden konnte es passieren, dass er bis zur Bewusstlosigkeit soff. Freilich nur am Sonnabend. Den Sonntag nutzte er dann, um wieder auf die Beine zu kommen. Er ging in eine nah gelegene Sauna, absolvierte vier lange Gänge, schlief den ganzen Nachmittag, und am Abend ging er ins Kino oder ins Theater. Und er war froh, wenn am Montagmorgen, kurz nach sechs Uhr, sein Wecker läutete und eine neue Arbeitswoche begann.

Nach der Trennung von seiner Frau war er nie wieder eine festere Beziehung eingegangen. Vielleicht aus Furcht, dass sie wieder genau so enden könnte wie seine Ehe. Es kam vor, dass er in einer Bar oder einer Kneipe mit einer Frau ins Gespräch kam und dass man sich danach ein paar Mal wieder traf. Irgendwann endete dann so ein Treffen auch einmal im Bett. Die Frauen bestätigten ihm, dass er ein aufmerksamer und zärtlicher Liebhaber sei, aber er hörte auch immer wieder Sätze wie: »Leider kommt man so gar nicht an dich ran.« Oder: »Du gibst ja nichts von dir preis.« Dass er das selber gar nicht so empfand, änderte nichts daran, dass es ganz offensichtlich so war.

Ron Wischnewski zog den Karton aus Sonja Michels Keller zu sich heran und hob ein Päckchen Briefe heraus, das mit einem blauen Band verschnürt war. Er öffnete die Schleife und nahm den ersten Brief. Schon nach wenigen Zeilen, die er gelesen hatte, legte er ihn leicht angewidert zur Seite. Für ihn fiel das, was er da las, unter die Rubrik »Gesülze«.

***

Peter Heiland saß um die gleiche Zeit im »Goldenen Adler« zu Bodelsingen. Er hatte mit Ei überbackene Maultaschen mit grünem Salat und ein Bier dazu bestellt. Marie Ruckaberle hatte mehr zu tun als beim letzten Mal, so dass sie über eine kurze Begrüßung nicht hinausgekommen waren.

Gegen neun Uhr kamen Dürr und Raisser. Sie hatten sich lose verabredet. »Ich lade euch ein«, sagte Peter. Und als die Wirtin kam, um die Bestellung entgegenzunehmen, fragte Peter auch gleich, ob sie von Samstag bis Montag noch ein Gastzimmer für einen alten Kollegen aus Stuttgart habe. Bienzle, da war er sicher, würde sich in dem gemütlichen alten Gasthof wohl fühlen.

Seine Kollegen hatten mit dem früheren Jagdaufseher in Bebenhausen gesprochen. Der erinnerte sich daran, dass im Wald oberhalb von Königs Jagdhütte ein

Junge gesehen worden sei, der »ein aufgemotztes Moped« gefahren habe. »Wir nehmen an, es war ein LKR, also ein Leichtkraftrad«, sagte Dürr.

Peter nickte. Er wusste, was ein LKR war.

»Bei der Gelegenheit …«, sagte Raisser. »Wir haben festgestellt, wo Sascha Gräter einen Ford Capri gekauft haben könnte. Ein Gebrauchtwagenhändler in Ofterdingen konnte sich an ihn erinnern. In seinen Büchern fand man aber nichts darüber. Als er gemerkt hat, dass er sich quasi selbst verraten hat, weil er die Karre schwarz unter der Hand verkauft hat, habe ich ihn getröstet, dass wir nicht von der Steuerfahndung seien.«

Und noch einen Erfolg hatte Raisser zu vermelden. In Hechingen hatte er mit den Fotos des alten Mausergewehrs Erfolg gehabt. »Der Händler hat sich erinnern können, an wen er amal so eine Waffe verkauft hat.« Raisser sah seine Kollegen an.

Dürr herrschte ihn an: »Raus mit der Sprache.«

»Des werdet ihr net glaube…« Er machte noch einmal eine Pause, und schließlich sagte er, jede Silbe genießend: »Ein gewisser Heiner Ruckaberle.«

»Klasse!« Peter nickte Raisser freundlich zu. Er mochte den Kollegen, wenn er auch fand, dass der beim Sprechen etwas umständliche Sätze drechselte. Das war die Berichtssprache, wie man sie ihnen beigebracht hatte, und wenn einer so lange bei der Truppe war wie Raisser, konnte man ihm die auch nicht mehr abgewöhnen.

Peter legte seine rechte Hand auf Raissers Schulter und sagte: »Sie sind ein richtig guter Polizist.«

»Ja, wenn's auch bis jetzt kaum einer gemerkt hat«, antwortete der Ältere und wirkte dabei sehr ernst.

Sowohl Raisser als auch Dürr erwiesen sich als »Hocker«. Gegen elf Uhr hatte sich das Lokal weitgehend geleert. Die Wirtin kam herüber und sagte: »Was ischt? Hent ihr koi Bett dahoim?«

»Ein Viertele noch, dann packen wir 's«, sagte Peter und dann direkt zu Marie Ruckaberle: »Kann ich Sie auch zu einem Gläsle einladen?«

»Ja, warum net.« Sie ging zum Tresen und kam mit einem Tablett wieder, auf dem vier Henkelgläser standen, die randvoll mit einem tiefroten Spätburgunder gefüllt waren. »Kommt Ihr Kollege aus Stuttgart beruflich?«, fragte sie, als sie die Gläser vor die Männer hinstellte und sich zu ihnen setzte.

»Der Bienzle? Nein, wir wollen a bissle miteinander wandern. Droben am Otto-Hoffmeister-Haus und durchs Randecker Maar.«

»Ja, da ist es schön«, sagte die Wirtin und hob ihr Glas. »Prost!«

Die Männer gaben ihr Bescheid, nippten an dem Wein und lobten ihn, wie es sich gehörte.

»Wie alt wär denn Ihr Mann jetzt?«, fragte Peter möglichst beiläufig.

»Siebenundsechzig. Er war a paar Jährle jünger als ich. Auf so etwas sollte man sich nie einlassen. Aber wenn Sie mich jetzt nach meinem verstorbenen Mann ausfragen wollen, bin ich schneller weg, als Sie ›Bapp‹ sage könnet.«

Peter machte eine abwehrende Bewegung mit beiden Händen. »Ich bin ganz privat hier, und das war auch eine ganz private Frage«, log er.

Und tatsächlich vermied er für die restliche halbe Stunde, noch einmal auf das Thema zurückzukommen.

Erst als er zu Hause war und mit seinem Opa Henry noch einen Absacker trank, nahm er es wieder auf. »Hast du den Heiner Ruckaberle eigentlich gut gekannt?«

»Wie kommst du jetzt ausgerechnet auf den?«

»Ich war heut Abend mit zwei Kollegen im ›Adler‹. Übrigens hab ich den Bienzle dort auch untergebracht.«

»Der hätt doch auch bei uns schlafen können.«

»Von Bienzle stammt der Spruch: ›Ich hab nicht gerne Logiergäste, und ich bin auch selber nicht gerne Logiergast.‹«

»Ja no, wenn des so ischt.« Opa Henry sah seinen Enkel aus den Augenwinkeln an. Der alte Heiland war auf der Hut.

»Der Ruckaberle soll ein unheimlicher Weiberer gewesen sein. Sonja Michel war wohl nur eine von seinen vielen Geliebten.«

»Schon möglich.« Henry wurde ganz gegen seine Art plötzlich wortkarg.

»Hat er denn auch mit der ihrer Zwillingsschwester was gehabt?«

»Warum willst du das denn wissen?«

»Er könnt der Vater von Sascha Gräter sein.«

»Der Heiner Ruckaberle?«

»Über den reden wir!«

»Auf was für Sachen du kommst.«

»Trinken wir noch einen?«, fragte Peter.

»Ich muss ins Bett!«

Wann war das schon mal vorgekommen, dass sein Großvater ein letztes Glas verschmähte.

»Du verschweigst mir was, Opa Henry!«

»Was soll ich dir denn verschweigen?«

»Wenn ich's wüsst, müsste ich dich ja nicht fragen.«

»Klugscheißer!«, bellte der Alte.

»Und du verschweigst mir doch was!«, sagte Peter trotzig.

Der Alte stand auf, sah auf seinen Enkel herunter und sagte: »Und wenn, dann hab ich gute Gründe dafür.« Er marschierte aus dem Zimmer und zog sein Bein stärker nach als sonst. Er ging sehr aufrecht, und ganz gegen seine Gewohnheit drehte er sich in der Tür auch nicht mehr um.

***

Es war vier Uhr morgens, als Ron Wischnewski aus dem Karton ein schmales Büchlein hervorzog. Es hatte einen festen roten Einband. Auf einem Schildchen stand in einer feinen, ausgeglichenen Schrift: Amelie Römer: Mein Tagebuch.

Die Frau hatte geschrieben wie gedruckt. Die Buchstaben reihten sich in einem Gleichmaß aneinander, wie er es noch nie gesehen hatte. Unterbrochen wurden die akkurat geschriebenen Zeilen durch kleine Zeichnungen, die etwas Kindliches hatten. Jeder Eintrag war in der rechten oberen Ecke mit einem Datum versehen. Oft lagen Wochen zwischen den einzelnen Aufzeichnungen, dann folgten sie wieder im Tagesrhythmus. Es waren Banalitäten, aber auch nachdenkliche Notizen über das Leben im Allgemeinen und Amelie Römers Leben im Besonderen. Die meisten Einträge galten allerdings Sonja Michel.

Sie hat sich nicht geändert, las er da, *alle ihre Gedanken drehen sich nur um die Männer, und sie merkt es nicht, wenn die Kerle sie bloß ausbeuten wollen. So schlimm wie dieser Uli Schmidt hat es aber bisher noch keiner getrieben. Er ist nur hinter unserem Geld her.*

Ron Wischnewski legte das Buch zur Seite, ging mit seinem Whiskyglas in die Küche, schüttete den Rest der Flüssigkeit ins Spülbecken und füllte es mit kaltem Wasser. Er stellte das Glas zur Seite, formte mit seinen beiden Händen eine Kelle und warf sich das kühle Nass in schnellen Bewegungen ins Gesicht. Die Mühe, sich abzutrocknen, machte er sich nicht. Er kehrte in sein Wohnzimmer zurück.

Ulrich Schmidt, so hieß eines der Opfer, Gewerbelehrer an der Konrad-Zuse-Gewerbeschule. Bislang waren sie davon ausgegangen, dass der Sniper ein Schüler des Mannes gewesen war. Die Theorie, dass es sich bei den Morden um eine Art Rachefeldzug gegen Menschen gehandelt haben könnte, die den Heckenschützen im Verlauf seines jungen Lebens gedemütigt hatten, bröckelte. Zwar wurde sie gestützt durch Hanna Iglaus Ermittlungen bei Professor Kühn, aber Schmidt war der Geliebte von Sonja Michel gewesen wie auch Sebastian Köberle, den sie später sogar heiratete. Nichts passte so recht zusammen. Und warum wurde Amelie Römer erschossen?

Ron Wischnewski ließ die Seiten des Tagebüchleins über seinen Daumen laufen und hielt dann willkürlich ein Blatt fest. *Ich habe Angst. Sie wird mich töten lassen*, las er da plötzlich. Laut wiederholte er: »Sie wird mich töten lassen.« Wischnewski riss das einzige Fenster des Raums auf. Draußen zwitscherte ein Heer von Vögeln, und wie so oft schon fragte er sich, wo die, mitten in der Großstadt, alle lebten.

Wieder wendete er sich dem Buch zu, doch er war zu unruhig, um sich wieder hinzusetzen. Es gelang ihm aber auch nicht, sich systematisch mit dem Text zu befassen. Immer wieder schlug er willkürlich eine neue Seite auf. *Habe es heute mit einer neuen Haarfarbe versucht, aber die deckt auch nicht richtig*, las er, und eine Seite weiter stand: *Ich habe ihr heute gesagt, dass ich Sascha nicht mehr in unserer gemeinsamen Wohnung dulde. Schließlich ist es meine Wohnung und mein Geld, von dem sie lebt wie die Made im Speck.* Wischnewski fragte sich, ob Amelie Römer damit vielleicht ihr eigenes Todesurteil gesprochen hatte. Und wieder ein paar Seiten weiter: *Was soll bloß werden. Die Frau ist wahnsinnig. Jetzt holt sie sich Männer ins Haus über eine »Agentur Seitensprung«. Dass es so etwas überhaupt geben darf. Das ist die Sünde als Geschäft. Und ich muss dann so lange die Wohnung verlassen. Überhaupt: Jeder zweite Satz bei ihr dreht sich um Sex. Mein Gott, schaut das Monster eigentlich nie in den Spiegel?* Zwei Seiten weiter war quer über eine Eintragung Amelie Römers mit einem dicken schwarzen Stift geschrieben: Aas! Der Text drunter war nicht mehr ganz vollständig zu entziffern, aber dass es sich um eine wahre Hasstirade der Kindergärtnerin gegen Sonja Michel handelte, war klar zu erkennen.

Ron Wischnewski holte sich ein frisches Glas Wasser. Offenbar hatte Sonja Michel das Tagebuch ihrer Mitbewohnerin gefunden und gelesen. Denn von wem sonst sollte das Wort »Aas« stammen? Wie konnten sich zwei Menschen nur so ineinander verkrallen, obwohl sie sich so hassten. Sie kamen offenbar nicht voneinander los oder eben nur durch Mord.

Plötzlich spürte Wischnewski eine bleierne Müdigkeit in allen Gliedern. Er legte das Büchlein offen auf den Couchtisch und warf sich, wie er war, auf sein Bett. Wenige Augenblicke später war er eingeschlafen.

***

Endlich regnete es. Über Nacht waren die Temperaturen kräftig gesunken, und am frühen Morgen schob sich eine graue Wolkenwand gegen den Steilabfall der Schwäbischen Alb. Die Wolken stauten sich an dem Gebirgsrand und regneten sich nun leer.

Sascha trat vor die Hütte. Er war nackt und breitete die Arme weit aus, um mit seinem Körper möglichst viel von dem kühlen Nass empfangen zu können. In der Nacht hatte er kaum geschlafen. Plötzlich empfand er es als Fehler, hierher gekommen zu sein, wo er als Kind gelebt hatte. Entsetzlich war für ihn die Begegnung mit seiner Oma Mine gewesen. Ein Mensch, der sich an nichts mehr erinnern konnte, lebte der überhaupt? Sie war verschwunden, obwohl sie noch da war, und dabei schien sie nicht einmal unglücklich zu sein. Aber wenn sie weg war, wen gab es dann noch für ihn? Niemand. Dann war er ganz allein, vollkommen einsam. Früher hätte ihn ein solcher Gedanke stolz gemacht, jetzt flößte er ihm plötzlich Furcht ein, und dafür hasste er sich selbst.

***

Peter und Opa Henry frühstückten an diesem Samstagmorgen nicht gemeinsam. Der Alte war im Bett geblieben, weil er sich nicht ganz gesund fühlte, wie er sagte. Peter hatte ihm einen Tee gekocht, ein paar Brote geschmiert und dem Großvater das Frühstück auf einem Tablett ans Bett gebracht. Als er das Zimmer grade wieder verlassen wollte, sagte Henry: »Ich hab deiner Mutter ein Versprechen gegeben.«

»Was für ein Versprechen?« Peter war stehen geblieben, ohne sich nach dem Großvater umzudrehen.

»Sie hat nicht gewollt, dass du erfährst, wer dein Vater war.«

»War? Lebt er denn nicht mehr?« Jetzt wendete sich der Jüngere doch um. Sein Großvater schüttelte den Kopf.

Peter Heiland ging zurück zum Bett. »Hat das alles mit dem Fall zu tun, den ich bearbeite?«

»Ich sag nix mehr!«, kam es trotzig von Opa Henry zurück.

Peter sah ihn noch eine Weile an, aber er schaffte es nicht mehr, den Blick seines Großvaters aufzufangen. Wütend verließ er das Schlafzimmer.

Er hatte sich grade in der Küche an den Tisch gesetzt, um selber zu frühstücken, da meldete sich das Handy. Sein erster Gedanke war: ›Jetzt sagt der Bienzle ab.‹ Aber es war Ron Wischnewski, der ihn anrief und der über Amelie Römers Tagebuch berichtete.

»Meine Theorie ist«, sagte der Kriminalrat zum Abschluss des Gesprächs, »die Michel hat den jungen Mann – wie auch immer – dazu gebracht, die Morde zu begehen. Natürlich war da eine Bereitschaft vorhanden, vielleicht auch einfach die Lust zum Töten. Aber ich stelle mir vor, dass sie ihn in irgendeiner Weise entlohnt hat.«

Peter Heiland erinnerte sich daran, dass Bienzle immer gesagt hatte: »Kriminalistik, das ist die Kunst, eine Theorie aufzustellen und diese Theorie dann auch zu beweisen.« Zu Ron Wischnewski sagte er: »Vielleicht sollten Sie mal mit Dr. Nüssling darüber reden.«

»Gute Idee!«

Einen Moment lang überlegte Peter, ob er seinem Chef gestehen sollte, dass seine Dienstwaffe gestohlen worden war, aber er ließ es dann doch.

Bienzle stieg gegen elf Uhr aus seinem privaten Mittelklassewagen. Er trug Kniebundhosen aus braunem Kordsamt und rote Kniestrümpfe, hatte klobige Wanderschuhe an den Füßen und eine Schildmütze auf dem Kopf – für Peter ein ungewohnter Anblick.

Es regnete noch immer, aber das schien die gute Laune seines ehemaligen Vorgesetzten nicht zu trüben. »Am besten zeigen Sie mir erst mein Hotel, und dann marschieren wir los.«

»Also ein Hotel ist es nicht direkt, sagen wir ein ländlicher Gasthof.«

»Ist mir eh viel lieber. Und was macht Ihr Opa Henry?«

Der erschien in diesem Augenblick unter der Tür. Er wirkte tatsächlich körperlich angeschlagen, stützte sich auf seinen Stock, und sein Gesicht hatte eine ungesunde graue Farbe.

»Grüß Gott, Herr Bienzle!«

Sie reichten sich die Hand. Der Kommissar aus

Stuttgart musterte Peters Großvater. »Geht's Ihne net gut, Herr Heiland?«

»Man wird halt älter.«

»Dann wird's nix mit einem gemütlichen Vesper und Ihrem wunderbaren Most?«

»Vielleicht erhol ich mich ja bis heut Abend.«

»Was fehlt denn Ihrem Großvater?«, fragte Bienzle, als er und Peter Heiland vor dem Gasthof »Zum goldenen Adler« in Bodelsingen aus Bienzles Auto stiegen.

»Keine Ahnung, bis gestern war er noch kerngesund. Irgendwie hat das mit meinen Ermittlungen zu tun, ich bin nur noch nicht dahinter gekommen, was. Die dort drüben spielt in dem Fall übrigens auch eine Rolle, so wie's aussieht.« Er nickte zu Marie Ruckaberle hinüber, die in diesem Augenblick vor die Gasthoftür trat.

»Sie haben mich aber nicht deshalb hier untergebracht?«, fragte Bienzle.

»Nein, ich will Sie überhaupt nicht für meine Arbeit einspannen.«

»Na, hoffentlich stimmt's!« Bienzle sah seinen einstigen Mitarbeiter unter seinen buschigen Augenbrauen hervor an, als ob er sagen wollte: Da trau ich dir doch nicht über den Weg.

»Ich hab ja schon am Telefon gesagt, ich brauch nur Ihren Rat.«

»Nur? Da wollen wir doch amal sehen, wie viel bei Ihnen ›nur‹ ist.«

Peter erzählte ihm von dem Jagdunfall Heiner Ruckaberles im Goldersbachtal.

»Was, das ist ja genau dort, wo ich herkomme. Mein Gott, wie oft bin ich da mit meinen Eltern gewandert«, rief Bienzle.

»Es muss in der Nähe von Königs Jagdhütte passiert sein, was oder wo immer das auch ist.«

»Hör amal, das war schon immer die Jagdhütte des württembergischen Königs. Da gibt es eine schöne Geschichte von einem Dettenhäuser Wilderer – Sie wissen, dass ich aus Dettenhausen stamme?«

»Aber ja!«

»Der hat ausgerechnet in der Nacht vor König Wilhelms fünfzigstem Geburtstag einen Zwölfender geschossen, der eigentlich für den Landesherrn bestimmt war.«

»Und?«

»Wenn der Wilderer morgens ins Dorf gekommen ist, und einer hat ihn mit ›guten Morgen‹ gegrüßt, hat er zurück gegrüßt mit ›wieder net erwischt!‹. Bloß damals haben sie ihn natürlich erwischt, und er ist für zwei Jahre ins Gefängnis gegangen.«

Peter Heiland hatte nur mit halbem Ohr zugehört. »Also der, der in unserem Fall geschossen hat, wurde nie erwischt. Der läuft noch heute frei rum.«

»Ja, war es ein Unfall oder war es Mord?«

»Das wurde nie geklärt. Der Fall wurde sehr schnell abgeschlossen und zu den Akten gelegt. Zu schnell, wenn Sie mich fragen.«

»Mord verjährt nicht«, sagte Bienzle. »Wenn's im Bebenhäuser Wald passiert ist, fällt die Sache in die Zuständigkeit unserer charmanten Kollegin Désirée Lindemann. Die war damals noch nicht zuständig, aber wenn Sie die anspitzen…«

Ein Strahlen ging über Peter Heilands Gesicht. »Menschenskind, dass ich da selber noch nicht drauf gekommen bin.«

»Sie müssen sich net bedanken«, sagte Bienzle. »Wir wandern jetzt erst amal nüber zum Randecker Maar, dann zur Ruine Reußenstein, und zurück geht's dann in einem großen Bogen übern Katzenbuckel.« Just in diesem Moment rissen die grauen Wolken auf, und ein erstes Stück blauen Himmels zeigte sich.

***

Ron Wischnewski hatte die Witwe von Ulrich Schmidt im März kennen gelernt, als er ihr die Todesnachricht überbringen musste. Sie wirkte damals außerordentlich gefasst.

Niemand hatte sich erklären können, warum der Gewerbeschullehrer ermordet worden war.

Nach der Lektüre von Sonja Michels Tagebuch suchte der Kriminalrat die Frau nun ein zweites Mal auf. Und es scherte ihn einen Dreck, dass es Sonntag war.

Frau Schmidt erkannte ihn sofort wieder. Sie war eine Frau um die fünfzig, hoch gewachsen, mit langen blonden Haaren, die sie in einen Pferdeschwanz zusammengebunden hatte. Sie hatte volle Lippen, eine kurze, gerade Nase, eine hohe Stirn und dunkelbraune Augen. Um die Mundwinkel hatten sich scharfe Falten eingegraben. Ihr Körper aber wirkte jung, war sehr schmal und sportlich durchtrainiert. Bei ihrem ersten Zusammentreffen hatte sie gut fünfzehn Kilo mehr gewogen. Dass sie nun so schlank war, stand ihr gut.

»Es gibt neue Erkenntnisse, den Tod Ihres Mannes betreffend«, sagte Wischnewski steif.

»Und deshalb stören Sie mich am Sonntag?«

»Ich dachte, dass Sie das interessieren würde – egal, was wir für einen Wochentag haben.«

»Erzählen Sie!«

Die beiden standen sich im Flur der kleinen Wohnung in Schöneberg gegenüber. Frau Schmidt hatte den Kriminalrat bis jetzt nicht hereingebeten.

»Was sagt Ihnen der Name Sonja Michel?«

»Nichts. Warum?«

»Sie war die Geliebte Ihres Mannes.«

»Aha!« Frau Schmidt nahm die Nachricht, wie es ihm schien, völlig gelassen entgegen. Ron Wischnewski zögerte. Mit dieser Reaktion hatte er nicht gerechnet. Frau Schmidt beobachtete ihn und sagte dann lächelnd: »Sie war nicht die einzige.«

»Aber die einzige, die sich an ihm gerächt hat!« Wischnewski hätte den Satz nicht so hart gesagt, wenn er Frau Schmidt nicht hätte aus der Reserve locken wollen.

»Ja«, sagte sie, »ich habe das nicht geschafft. Und dabei habe ich mir das so oft vorgenommen.«

»Klingt fast so, als wären Sie Frau Michel dankbar.«

»Die eigenen Probleme werden nicht durch die Taten anderer gelöst, Herr Wischnewski. – Wenn Sie nun schon mal da sind: Wollen Sie vielleicht einen Kaffee? Sie sehen müde aus.« Sie machte eine einladende Geste und ging dann voraus in ein helles Wohnzimmer, das mit sehr wenigen Möbeln außerordentlich geschmackvoll eingerichtet war. Wischnewskis Blick ruhte auf dem schmalen Rücken, den langen Beinen, dem wohlgeformten Po der Frau, und unwillkürlich fragte er sich, warum ihr Mann eine solche Frau mit Sonja Michel betrügen konnte, auch wenn man annehmen musste, dass die Sonja Michel damals noch eine andere Frau war als die, die er kennen gelernt hatte.

Frau Schmidt servierte den Kaffee in einer lichten Sitzecke in einem Alkoven, der mit Korbmöbeln eingerichtet war. »Diese Frau hat ihn also umgebracht?«

»Nein, wahrscheinlich nicht. Wir nehmen an, dass sie jemand anderen dazu gebracht hat, Ihren Mann zu töten.«

»Einen anderen Geliebten, meinen Sie?«

»Nein, es sieht so aus, als wären die Verhältnisse etwas komplizierter.«

»Sie machen mich neugierig.« Wenn sie lächelte, glätteten sich die Falten um ihren Mund und an der Stirn.

Ron Wischnewski erzählte ihr offen, was die bisherigen Ermittlungen über die Morde des Heckenschützen ergeben hatten, und er versuchte zu erläutern, in welcher Beziehung Frau Michel und der Mörder vermutlich zueinander standen. Frau Schmidt hörte aufmerksam zu und ließ den Kriminalrat dabei keinen Moment aus den Augen. Als er seinen Bericht abgeschlossen hatte, sagte sie: »Und wie leben Sie?«

Die Frage nahm ihm förmlich die Luft weg. »Wie bitte, was haben Sie gefragt?«

»Warum warten Sie nicht bis Montag, warum lassen Sie sich nicht Zeit, bis wieder ein normaler Arbeitstag ist? Ich meine, ich laufe Ihnen doch nicht davon.«

»Nein, sicher nicht.«

»Also?« Das klang nicht nur fragend, sondern fordernd.

»Ja, was soll ich dazu sagen?« Ron Wischnewski fühlte sich ertappt.

»Sagen Sie doch einfach, dass Sie nichts anderes vorhaben. Dass Sie sich am Wochenende langweilen, dass Sie nicht wissen, was Sie mit Ihrer freien Zeit anfangen sollen.«

Wischnewski starrte Frau Schmidt an. Schließlich sagte er: »Sie haben Recht, aber woher wissen Sie das?«

Wieder lächelte sie das Lächeln, das ihr Gesicht glättete. »Glauben Sie ja nicht, dass ich das nicht verstehen kann.«

Wischnewski begriff: Ihr ging es nicht anders als ihm, aber er sagte nichts dazu.

»Ich habe Coq au vin gekocht. Vielleicht reicht die Portion für zwei.«

»Sie kochen so ein kompliziertes Gericht ganz für sich allein?«

»Es ist gar nicht so kompliziert. Außerdem: Ich koche immer. Jeden Tag. Ich denke, wenn ich damit aufhöre, gebe ich mich verloren.«

»Dann bin ich es schon lange«, sagte Ron Wischnewski, »Sie müssten mal sehen, wie *ich* mich ernähre.«

»Vielleicht ist das bei einem Mann anders. Vielleicht genügt es bei Ihnen, wenn Sie nicht eines Tages damit aufhören, sich zu rasieren.«

Ihre Blicke trafen sich, und diesmal lächelten beide.

»Coq au vin ist eines meiner Lieblingsgerichte«, sagte Ron Wischnewski.

Während des Essens erzählte Frau Schmidt aus ihrem früheren Leben, wie sie das nannte.

»Ich glaube, ich habe nur diesen Mann geliebt, und ich glaube, nie hat das ein Mann weniger verdient als Ulrich«, schloss sie ihre Erzählung. Davor hatte sie berichtet, wie sie ihren Mann kennen gelernt hatte. »Er war ein Platzhirsch, so ein Alphatyp. Wenn er einen Raum betrat, flogen ihm alle Blicke zu. Er gab sich zunächst immer völlig bescheiden, aber schon nach zehn Minuten redete nur noch er, und alle hörten ihm begeistert zu – alle außer mir; denn ich kannte ja seine Geschichten bereits und vor allem: Ich wusste, wie er sie von Mal zu Mal veränderte.«

Ron Wischnewski führte ein kleines Stück Huhn auf der Spitze seiner Gabel zum Mund. »Ich kenne solche Leute.«

»Sie sind bestimmt nicht so«, sagte Frau Schmidt.

»Woher wollen Sie das wissen?«

»Sie sehen absolut nicht so aus.«

»Hat *er* denn so ausgesehen?«

Der Einwurf machte die Frau plötzlich nachdenklich. Sie trank einen kleinen Schluck von dem Rotwein, den sie zu dem Essen geöffnet hatte, und sagte schließlich: »Nein. Eigentlich nicht. Sie haben Recht!«

Wieder trafen sich ihre Blicke, und Ron Wischnewski stellte fest, dass die braune Iris in Frau Schmidts Augen lauter goldene Einsprengel hatte. Er sagte es ihr, und zum ersten Mal lachte sie. »Schön, dass es Ihnen aufgefallen ist.«

Später, als sie die Teller abgetragen hatte und einen Espresso servierte, sagte sie. »Diese Frau Michel – wie war sie?«

»Ich habe sie vor ihrem Tod nur einmal gesehen. Da war sie schwer krank, aber ich denke, dass sie früher sehr attraktiv, sehr lebendig, sehr fordernd war. Sie muss eine Menge Kraft gehabt haben. Die Eintragungen im Tagebuch ihrer Freundin, die Ihren Mann betreffen, stammen aus dem Jahr 1994.«

»Ach!« Frau Schmidt war erstaunt. »Solange zurück? Er wurde doch erst Anfang des Jahres getötet.«

Wischnewski nippte an seiner Tasse. Der Espresso war stark und süß. »Ich nehme an, der Hass von Frau

Michel hat sich Monat um Monat, Jahr um Jahr gesteigert, und je schwerer ihre Krankheit wurde und je aussichtsloser ihre Lage, umso heftiger wurde ihr Wunsch, sich zu rächen.«

»Glauben Sie denn, dass sie hinter allen Morden des Heckenschützen steckt?«

»Nein, eigentlich nicht, aber mit Glauben kommt man in meinem Beruf nicht weit. Wir müssen immer alles beweisen, sonst ist es wertlos.«

Es war inzwischen vierzehn Uhr geworden. Wischnewski stand auf, machte eine kleine Verbeugung und sagte: »Das Essen war ausgezeichnet. Und es hat mir sehr gut getan, mit Ihnen zu reden.«

»Ja, mir auch«, sagte Frau Schmidt schlicht.

Morgen im Büro wollte er sofort in den Akten nachschauen, wie sie mit Vornamen hieß.

Als er wieder zu Hause war, rief er als erstes Peter Heiland auf dessen Handy an. Er erreichte ihn, wie Heiland sagte, zwischen Randecker Maar und Reußenstein und in Begleitung seines ehemaligen Chefs Ernst Bienzle. Ron Wischnewski gefiel das nicht, wenn er auch nicht wusste, warum. Aber er wollte sich natürlich auch nicht eingestehen, dass er ein wenig eifersüchtig auf den Kollegen aus Stuttgart war. In knappen, präzisen Worten berichtete er Peter Heiland von den neuen Erkenntnissen zu dem Mord an Ulrich Schmidt.

»Also ist es wieder nur ein Zufall, dass der Mann Lehrer war?«

»Ja, so sieht es aus. Wir müssen endlich rauskriegen, wie das Verhältnis zwischen Sonja Michel und Sascha Gräter war. Welche Mittel hatte die Frau in der Hand, um den jungen Mann womöglich zu immer neuen Morden anzustacheln?«

Später – Heiland hatte auf dem beschwerlichen Weg zum Reußenstein hinauf Bienzle nun doch den ganzen Fall geschildert – sagte der Stuttgarter Kommissar: »Manchmal ergänzen sich auch zwei Motive. Nehmen wir an, dieser Heckenschütze spürte schon immer die Lust in sich, zu töten. Und nun kommt diese Frau und sagt: ›Wenn du tötest, belohne ich dich dafür.‹«

»Aber womit?«, fragte Peter Heiland.

»Mit Liebe oder Geld oder beidem. Sagten Sie nicht, dass diese Frau – wenigstens eine Zeit lang – so etwas wie seine Mutter war?«

»Aber die hat ihn weggegeben.«

»Wann war das?«

»Müsste ich noch genau rauskriegen.«

»Und vor allem: Wie war das?«

»Bitte?«

»Vielleicht hat der Junge das damals gar nicht als Strafe empfunden.«

Just in diesem Moment hatten sie die Ruine der alten Burg erreicht. Sie stand hoch auf einem steil aufragenden Fels. Peter Heiland sah in die Tiefe. Ihm wurde ein wenig schwindlig.

»Ich kann da gar nicht runterschauen«, sagte Bienzle,

»da kriege ich ganz weiche Knie, und dann spür ich so einen Sog, als ob ich runterspringen müsste.«

Peter fiel der kleine Junge wieder ein, den der Mann seinerzeit auf Burg Lichtenstein zum Fenster hinausgehalten hatte – zweihundert Meter über dem Abgrund. Er erzählte Bienzle die Geschichte, auch wie das Kind damals seinen Peiniger gegen das Schienbein trat, bis ihn der Mann so ohrfeigte, dass es den Jungen von den Beinen riss.

»Haben Sie den Jungen denn gekannt?«

»Ich glaube, ja, aber ich erinnere mich nicht so recht. Jedenfalls muss ich in letzter Zeit immer wieder an diese Szene denken.«

»Wissen Sie was, dann hat es etwas mit Ihrem Fall zu tun.«

»Hä?«, machte Peter Heiland.

»Glauben Sie einem alten Kollegen. Es klingt zwar verrückt, aber es ist meine Erfahrung. Wenn man so sehr mit einer Sache beschäftigt ist wie Sie mit dieser Mordserie, hat plötzlich alles mit allem zu tun. Da gibt es keine frei steigenden Vorstellungen.«

Peter starrte seinen Exchef an. Dann sagte er: »Die Lehrerin müsste ich finden können. Sie hieß Scharlau.«

»In welcher Klasse waren Sie denn da?«

»In der zweiten. Wir waren also so sieben Jahre alt. Später, in der vierten, hatte ich sie dann noch mal als Fachlehrerin.«

***

Ron Wischnewski hatte gleich nach dem Telefonat mit Peter Heiland Hanna Iglau angerufen. Ob sie sich vorstellen könne, eine Sonntagsschicht einzulegen, fragte er. Hanna zögerte. »Ich sorge dafür, dass Sie dafür ein anderes Mal frei bekommen.«

»Ist es denn so wichtig?«

Ron Wischnewski berichtete ihr von Amelie Römers Tagebuch und gestand seiner Mitarbeiterin ein, dass er unfähig sei, das Dokument Satz für Satz, Seite für Seite durchzugehen. »Ich bin kein Systematiker. Ich hasse solche Recherchen. Sie machen mich völlig rammdösig.«

Hanna Iglau musste unwillkürlich lachen. »Okay, schicken Sie einen Kurier mit dem Ding vorbei.«

»Macht es Ihnen etwas aus, wenn ich es schnell selber vorbeibringe? Ich möchte es keinem fremden Menschen überlassen.«

Hanna Iglau wusste, wie sehr sich ihr Chef vor dem Wochenende gefürchtet hatte. Er hatte es ihr ja selber gesagt. Also hielt sie es für eine Ausflucht, dass er das Tagebuch niemandem anderen anvertrauen wollte, aber das konnte sie ihm natürlich nicht sagen.

Als Wischnewski bei ihr klingelte, wollte er sich aber gar nicht aufhalten. »Je schneller Sie damit anfangen und je genauer Sie sich damit beschäftigen, umso besser für uns.« Er berichtete noch knapp über seinen Besuch bei Frau Schmidt, kraulte kurz dem Kater das Fell und war auch schon wieder auf dem Weg die Treppe hinab. Hanna sah ihm verwundert nach.

Sie kochte sich einen starken Kaffee, setzte sich in ihren bequemsten Sessel, zog die Füße unter den Po und rief den Kater, der auch prompt herbeikam und auf ihren Schoß sprang.

Ron Wischnewski beschloss, in die Sauna zu gehen, obwohl er sich nicht in dem Zustand befand, den er an seinen einsamen Wochenenden so oft erreichte.

***

Als Bienzle und Peter Heiland zurückkehrten, ging es Opa Henry schon wieder besser. Er wisse auch nicht, was mit ihm gewesen sei, behauptete er. Bienzle und Heinrich Heiland beschlossen, sich zu einem Vesper niederzulassen. Peter wollte versuchen, ob er die Lehrerin Scharlau auftreiben konnte.

»Sag amal, das ist bald dreißig Jahr her, dass du zu der in d' Schul gange bischt«, sagte Opa Henry.

»Fünfundzwanzig«, verbesserte Peter.

»Da erinnern Sie sich noch dran?« Bienzle sah Henry verwundert an.

»Na ja, er ist ja bei mir aufgewachsen. Da hat man an allem teilgenommen.«

Peter Heiland stieg in seinen Souterrainraum hinab, schaltete seinen Laptop ein und ging über seine mobile Connect-Card ins Internet. Es gab ziemlich genau fünfzig Scharlaus im Kreis Biberach, zu dem Riedlingen gehörte. Davon waren nur achtzehn Einträge weiblich. Bei sieben stand ein Beruf dabei. Die restlichen elf begann Peter Heiland abzutelefonieren. Beim vierten Versuch wurde er fündig. »Hilde Scharlau«, meldete sich die Anschlussinhaberin.

»Peter Heiland!«

»Was denn, der Peter Heiland, der einmal zu mir in die Schule gegangen ist?«

»Erinnern Sie sich?«

Die Frau am anderen Ende lachte. »Du warst doch der, dem immer alles daneben gegangen ist.«

»Na ja, immer und alles ist vielleicht ein bisschen übertrieben.«

»Warum rufen Sie denn an? Tut mir leid, dass ich Sie geduzt habe.«

»Das macht doch nichts, schließlich haben Sie mich nur als kleinen Jungen gekannt.«

»Du warst musikalisch. Hast du was daraus gemacht?«

»Nein, ich bin jetzt Polizist.«

»Und rufst du deshalb an?« Der Gedanke schien sie zu amüsieren, denn sie schickte ihrem Satz ein kleines Lachen hinterher.

»Um ehrlich zu sein, ja. Könnte ich denn mal bei Ihnen vorbeikommen?«

»Ja, gerne, ich wohne in Pflummern, wo sind Sie denn?«

»Bei meinem Großvater in Riedlingen.«

»Das sind ja dann nur zwei Kilometer.«

Bevor Peter das Haus verließ, schaute er nochmal in die Küche, wo Henry und Bienzle am Küchentisch saßen, Rauchfleisch, Bauernbrot und Schinkenwurst aßen und den selbst gekelterten Apfelbirnenmost des Großvaters dazu tranken. »Ich bin in einer Stunde wieder da.«

»Pass auf dich auf. Der Scheißkerl ist in der Lage und erschießt dich mit deiner eigenen Waffe.«

Bienzle riss die Augen auf und rief: »Was war das??«

»Opa Henry, hat des jetzt sei müsse?«, sagte Peter ärgerlich.

Henry zuckte die Achseln. Er schien absolut kein schlechtes Gewissen zu haben. Zu Bienzle sagte er: »Ich erzähl's Ihne gleich.« Und zu Peter: »Und du geh deiner Arbeit nach, ja?!«

Hilde Scharlau war eine zierliche Frau um die siebzig. Sie bewohnte ein kleines Einfamilienhaus in Pflummern, ganz in der Nähe der Gipsmühle. Als sie die Tür aufmachte, musste sie den Kopf in den Nacken legen, um Peter Heiland ins Gesicht schauen zu können. »Mein Gott, sind Sie groß!«

»Sie können mich ruhig weiter duzen«, sagte Peter.

»Na, dann komm. Ich sitz hinterm Haus. Es hat ja zum Glück aufgehört zu regnen, obwohl, die Natur könnt schon noch a bissel mehr Nässe brauchen.«

Frau Scharlau hatte einen hübschen Sitzplatz unter einer Pergola mit typisch englischen Gartenmöbeln eingerichtet. Peter hatte sie offenbar bei der Arbeit unterbrochen. Ein aufgeklappter Laptop stand auf dem Tisch. »Ich schreibe frei für den ›Albboten‹. Nichts Besonderes. Kleine Berichte für den Riedlinger Lokalteil und für wenig Zeilengeld, aber es beschäftigt mich und hält das Denken wach.«

Sie reichte ihm ein Glas Saft, das er gerne nahm. »Es wird Ihnen komisch vorkommen«, sagte er, » aber die ganze Zeit schon geht mir eine kleine Szene im Kopf herum, die wir damals erlebt haben und von der ich plötzlich glaube, dass sie mir in einem Fall weiterhelfen könnte.«

»Jetzt bin ich aber gespannt!« Ihre hellblauen Augen blitzten, und sie sah ihren ehemaligen Schüler begierig an. Peter erzählte die Episode.

»Oh ja, daran erinnere ich mich gut. Das war schrecklich. Dieser Köberle war überhaupt ein sehr unangenehmer Mensch.«

»Köberle? – Sebastian Köberle?«

»Ja, er war mit Saschas Tante liiert …«

»Sascha??!« Peter schrie es förmlich hinaus.

Frau Scharlau sah ihn verwundert, ja leicht pikiert an. »Ja, ja, so hieß er nun mal. Ein schwieriges Kind. Aggressiv gegen sich und andere, vor allem aber gegen sich. Ich habe immer gedacht, wenn man diese Autoaggression bei ihm nicht in den Griff bekommt, wird es mal ein ganz schlechtes Ende mit ihm nehmen. Ich habe mich sehr mit dem Jungen beschäftigt.«

Peter kam sich plötzlich vor, als wäre er auf eine Goldader gestoßen. »Bitte erzählen Sie weiter.«

»Nein, erst will ich wissen, warum dich das alles so interessiert.«

Peter berichtete ihr, ohne auf die Details einzugehen. Schließlich sagte er: »Sascha Gräter lebte damals schon bei seiner Tante Sonja.«

»Richtig. Seine Mutter war ja an Krebs gestorben, und einen Vater hat es irgendwie nie gegeben.«

»Inzwischen weiß man, wer der Vater war.«

»Ach ja?« Frau Scharlau schien sich nicht sonderlich dafür zu interessieren, deshalb ging Peter auch nicht weiter darauf ein. »Wissen Sie denn, wie Saschas Verhältnis zu seiner Tante war?«

»Die haben sich gut verstanden. Und noch besser vertrug er sich mit seiner Großmutter. Die hatte wirklich einen sehr guten Einfluss auf ihn. Und später hat sie ja seine Erziehung auch allein übernommen.«

»Wissen Sie auch warum?«

»Ja, sie waren damals beide bei mir. Da war Sascha freilich schon nicht mehr mein Schüler. Aber da ich mich immer so für das Kind eingesetzt hatte, haben die Frauen ein gewisses Vertrauen zu mir gehabt.«

»Das kann man gut verstehen.« Peter meinte das ganz ehrlich; denn so wie er die Frau jetzt erlebte, flößte sie auch ihm sofort wieder Vertrauen ein.

»Die alte Frau Gräter, die wieder ihren Mädchennamen Neidlein angenommen hatte, und Sonja Gräter berichteten mir, dass Herr Köberle – der schreckliche Kerl, der den Jungen auf dem Lichtenstein aus dem Fenster gehalten hat, wissen Sie…?«

Peter zwang sich zur Geduld. »Ja, ich verstehe.«

»Er war ein wohlhabender Mann und alleinstehend. Er wollte Sonja Gräter heiraten, machte aber zur Bedingung, dass das Kind aus dem Haus kam. – Zuerst hatte er ja versucht, mit Sascha zurechtzukommen. Nur wie er das anfing…!« Sie machte eine abschätzige Geste. »So nach dem Prinzip: ›Was uns nicht umbringt, macht uns stärker.‹ Vielleicht hat er sich so verhalten, weil er selber eher ein schwacher Mensch war. – Ich habe damals Sonja Gräter gesagt: Wenn Sie den Mann wirklich lieben und wenn Sie eine Zukunft mit ihm sehen, dann lassen Sie den Jungen bei seiner Großmutter. Sie können ihn ja dort sehen, so oft Sie wollen. Vielleicht war es der falsche Rat. Aber sie war ja nicht seine Mutter, und sie war auch eine etwas unstete Frau.«

»Wussten Sie denn, warum sich die Großmutter des Jungen hatte scheiden lassen und ihren Mädchennamen wieder annahm?«

»Sie hat es mir erzählt. Als ihr Mann aus russischer Gefangenschaft kam, übrigens erst so gegen 1950, war sie im dritten Monat mit ihren Zwillingen schwanger. Ein Kriegskamerad ihres Mannes hatte ihr erzählt, er sei von einem Spähtrupp nicht mehr zurückgekehrt. Später hat sich dann herausgestellt, dass Herr Gräter ihr aus dem Gefangenenlager ein paar Mal geschrieben hatte. Aber die Briefe hatte der Mann, mit dem… jetzt weiß ich es wieder: Hermine hieß sie. Also der Mann, mit dem Hermine Gräter zusammenlebte, hatte die Briefe abgefangen und vernichtet.«

»Mein Gott, sind das Geschichten!«

»Ach, Peterle«, er fand es rührend, dass Frau Scharlau ihn plötzlich wie früher anredete, »damals hat es alles gegeben. Da war die Welt aus den Fugen. Fast jedes Leben ein Melodram. Ich war ja auch noch ein kleines Kind. Aber mein Vater, der auch schon Lehrer gewesen war, hat alles aufgeschrieben. Und er hat uns sehr viel erzählt. Man hatte ja noch keinen Fernseher. Da saß man abends noch um den Tisch und redete miteinander.«

Frau Scharlaus Rede strömte dahin wie ein Fluss, der mit Sicherheit nicht so schnell irgendwo münden würde.

Sie kam nochmal auf das Drama im Hause Gräter zurück: »Zuerst hat der Herr Gräter versucht, mit der Situation fertig zu werden. Seine Frau hatte sich sofort von dem Vater ihrer Zwillinge getrennt. Aber es hat am Ende dann doch nichts genutzt. Ihr Mann ist zum Gericht gegangen und hat die Scheidung beantragt. Ja und zweiundzwanzig Jahre später war dann Hermine Neidleins Tochter Sabine schwanger und hatte auch keinen Mann. Zweieinhalb Jahre später starb sie. Man sagt ja oft, Krebs könne auch psychische Ursachen haben. Vielleicht war es bei Sabine Gräter so.«

»Und Sonja?«, fragte Peter.

»Sie lebte gerne. War ständig unter Leuten, ließ kein Fest aus, wechselte die Männer wie ihre Unterröcke. Es gibt solche Frauen, und die können gar nichts dagegen machen. Aber für den kleinen Sascha sorgte sie vorbildlich, bis eben dieser schreckliche Köberle in Erscheinung trat.«

»Und dann war Sascha also bei seiner Oma Hermine?«

»Ja. Und sie hat wirklich alles versucht, um dem Jungen eine gute Zukunft zu ermöglichen. Aber er war nicht zu bändigen. Ich weiß nicht, wie oft er die Schule gewechselt hat. Später habe ich ihn dann aus den Augen verloren. Es hieß, er sei zur Fremdenlegion gegangen. Doch das war nur ein Gerücht.«

»Aber irgendetwas muss gründlich schief gelaufen sein. Der Mann wird wegen fünffachen Mordes und zweier Mordversuche gesucht«, sagte Peter Heiland ernst.

»Und Sie wissen nicht, wo er sich befindet?«, fragte Frau Scharlau erstaunlich sachlich.

»Er muss hier ganz in der Nähe sein.«

Frau Scharlau schaute sich unwillkürlich um, als vermute sie Sascha Gräter in ihrem Garten.

»Wir haben eine Fahndung laufen«, sagte Peter. »Aber der Mann ist sehr geschickt!«

Opa Henry hatte Bienzle erzählt, dass am Freitag bei ihnen eingebrochen worden sei und dass seitdem Peters Dienstwaffe fehle.

»Und woher wollen Sie wissen, dass das dieser Heckenschütze war?«, fragte Bienzle.

»Er hat ihn nachher angerufen und regelrecht verhöhnt.«

Bienzle hatte seine Stirn in tiefe Falten gelegt. »Das ist a dumme G'schicht«, sagte er ernst. »Ihr Enkel hat ja sowieso a bissle den Ruf, ein Schussel zu sein. Ich weiß, wovon ich rede.«

»Haben Sie ihn deshalb nach Berlin abg'schoben?«

»Ich? – Ich hätt ihn wahnsinnig gerne behalten, und sobald er zurück will, nehme ich ihn mit offenen Armen auf. Allerdings glaube ich auch, dass ihm der Ortswechsel gut tut.«

Opa Henrys Miene zeigte deutlich, dass er da ganz anderer Meinung war. »Ich hol uns noch einen selbst gebrannten Schnaps. Was haben Sie lieber – Birne, Mirabelle, Himbeere, Kirsch?«

»Mirabelle, wenn Sie mich schon so fragen.«

»Sehr gut. Der hält jung!«

»Wie alt sind Sie eigentlich?«, fragte Bienzle.

»Na ja, ich werd bald achtzig.«

»Und? Macht Ihnen das etwas aus?«

»Alt werden ist kein Problem, so lang man g'sund dabei ist.«

»Also ich weiß nicht…«, Bienzle schien nicht davon überzeugt zu sein, dass Heinrich Heiland Recht damit hatte.

»Es gibt nichts Schlechtes am Altern«, fuhr Henry fort. »Schließlich muss da jeder durch. Sie auch eines Tages.«

»So weit ist das dann auch nimmer hin«, gab Bienzle zurück.

»Wissen Sie, Leut', die sich dauernd bloß beklagen,

dass das Altwerden schrecklich sei, und die sich au no hässlich findet, die gehen mir so was von auf den Geist! Für die Junge muss des doch ganz furchtbar sei, sich dieses Gejammere dauernd anhören zu müssen! Ich finde, es ist schon wichtig, dass man seine Würde bewahrt, alles andere ist doch Selbstmord!«

»Vielleicht haben Sie Recht.« Bienzle war ein aufmerksamer Zuhörer. »Man kann ja die Welt nicht ändern.«

»Nein, man kann sich nur selber verändern«, sagte Opa Henry. »Wissen Sie, wenn Leute sagen, das Leben hätt sie verletzt, müssten die sich amal klar mache, dass sie selber ihr eigenes Leben verletzen mit ihrem ewigen Jammern und Klagen.« Henry hatte zwei Schnapsgläser voll gegossen und prostete seinem Gast zu. »Was sollen wir's den Jungen denn so schwer machen, die haben doch auch so schon Probleme genug.«

»Denken Sie jetzt an was Bestimmtes?«, fragte Bienzle den alten Heiland.

»Nein, das war jetzt ganz allgemein«, sagte der so schnell, dass man das Gefühl haben konnte, er fühle sich ertappt.

Als der Abend näher rückte, verabschiedete sich Ernst Bienzle und fuhr in den Gasthof. »Wenn Ihr Enkel Zeit und Lust hat, kann er ja dort nochmal vorbeischauen.«

***

Hanna Iglau las Amelie Römers Aufzeichnungen wie einen Roman. Die Frau erstand vor ihrem inneren Auge. Sie war ganz offenbar unselbständig und wenig selbstbewusst gewesen. Alles, was sie sich nicht zu sagen traute, hatte sie diesem Büchlein anvertraut. Auch ihre geheimen Sehnsüchte. *Heute Nachmittag im Bus. Der Mann sah sehr gut aus. Groß und schlank, schwarzhaarig. Wie der mich angeschaut hat. Er hat so tiefe dunkle Augen gehabt. Eigentlich unverschämt, wie er mich angestarrt hat. Ich hab jeden Augenblick damit gerechnet, dass er mich anspricht. Richtig gezittert hab ich, und auf einmal hab ich so ein seltsames Ziehen in den Kniekehlen gehabt. Er hat so unverschämt gut ausgesehen. Und dann steigt er am Hohenzollerndamm plötzlich aus. So als ob überhaupt nichts gewesen wäre.* Und ein wenig später las Hanna: *Ich find ja, die körperliche Liebe hat leicht etwas Lächerliches. Ich kann auch nicht behaupten, dass es mich noch besonders danach drängt. Aber wenn man sich natürlich nochmal neu verlieben würde…*

Die wichtigsten Passagen aber befassten sich mit Sascha und Sonja. *Nicht auszuhalten, diese Affenliebe*, stand da unter anderem. *Der Kerl ist ein eiskaltes Monster. Wie er mich manchmal ansieht. Ich werde mein Testament ändern. Nicht auszudenken, dass Sonja mich beerbt und alles an diesen Teufel weitergibt!*«

Das war die vorletzte Eintragung. Das Datum lag sechs Tage vor Amelie Römers gewaltsamem Tod am 28. Januar im Botanischen Garten.

Hatte sie damit ihr eigenes Todesurteil geschrieben? Und wenn ja, warum hatte dann Sonja Michel das kleine Buch nicht einfach verschwinden lassen, nachdem sie es gelesen hatte? Und dass sie es gelesen hatte, bewies ja wohl die Seite, über die sie quer »Aas!« geschrieben hatte. Hanna versuchte sich zu erinnern, wo sie das Büchlein gefunden hatten. Doch es fiel ihr nicht ein. Vielleicht wusste es Wischnewski. Aber den konnte sie nicht erreichen. Mochte der Himmel wissen, wo der sich herumtrieb, nachdem er ihr die Arbeit aufgehalst hatte.

Sie versuchte Peter Heiland zu erreichen. Und der meldete sich auch gleich. Hanna berichtete, was sie in dem Buch gefunden hatten, erzählte, dass Wischnewski trotz Wochenende bei der Witwe des Opfers Ulrich Schmidt gewesen war. Und dann las sie ihm die Stelle aus Amelie Römers Aufzeichnungen vor, in der sie die Vermutung aussprach, dass Sonja Michel sie umbringen lassen wolle. Als sie zu der Stelle kam, wo sich Frau Römer um ihr Erbe sorgte, fragte Peter dazwischen. »War sie denn so wohlhabend?«

»Das wird man rauskriegen können«, antwortete Hanna.

Peter berichtete seinerseits von seinem Besuch bei der alten Lehrerin. »Das glaubst du nicht, aber ich bin mit dem Typ offensichtlich mal zur Schule gegangen. Später war er dann auf einem Internat, wo man auf schwierige Schüler spezialisiert war, hat mir unsere frühere Lehrerin erzählt.«

»Er war damals schon schwierig?«

»Autoaggressiv. Er hat sich ständig selber verletzt.«

»Na, da ist er ja dann wohl so weit geheilt worden, dass er seine Aggressionen gegen andere richten konnte.«

»Na, du bist gut«, sagte Peter Heiland. Einen Augenblick überlegte er, ob er Hanna sagen sollte, dass Sascha vermutlich seine Dienstwaffe gestohlen hatte. Er wollte die Kollegin nicht beunruhigen. Aber er wollte natürlich auch nicht zugeben, dass ihm dieses Missgeschick passiert war.

Plötzlich hatte Hannas Stimme einen ganz anderen Klang: »Du, Peter!«

»Ja?«

»Wann kommst du denn wieder? Ich glaube der Kater hat Sehnsucht nach dir.«

»Nur der Kater?«

»Bilde dir bloß nichts ein!«

»War ja nur eine Frage.«

»Wie geht es Sandra?«

»Mensch, die hab ich total vergessen. Dabei habe ich versprochen, dass ich sie zum Dank dafür, dass sie mich gefahren hat, zum Essen einlade.«

Hanna Iglau biss sich auf die Unterlippe. Ausgerechnet sie hatte Heiland darauf bringen müssen. »Ich fahr dich auch mal wieder!« Sie versuchte ihrer Stimme einen fröhlichen Klang zu geben.

»Grüß bitte Wischnewski. Er wird ja inzwischen erfahren haben, dass wir hier mit allem, was uns zur Verfügung steht, nach Sascha Gräter fahnden.«

Hanna fühlte sich schlecht. Die Art, wie Peter plötzlich dienstlich wurde, ärgerte sie.

»Ja, mach ich«, sagte sie kurz angebunden und legte grußlos auf. Peter schaute sein Handy an und sagte: »Was war denn *das* jetzt?«

***

Sascha schob sein Motorrad in Oma Mines Hütte. Er deckte eine Plane darüber, die er in dem kleinen Geräteschuppen gefunden hatte, der im hinteren Teil des Gartens stand und fast völlig überwuchert war. Was er in seinen Satteltaschen hatte, packte er in einen Rucksack um. Das Gewehr verstaute er hinter den Dachsparren, die hier nur teilweise verkleidet waren. Peter Heilands Walter PK steckte er in den Hosenbund. Dann verließ er das Gartenhäuschen.

Im Westen ging die Sonne unter. Sie tauchte die steile Wand der Schwäbischen Alb in ein rötliches Licht. Die Kanten und Schrunden wurden tief ausgeleuchtet.

Sascha zog das Gartentörchen hinter sich zu. Vom Dorf drunten hörte man Blasmusik. Eines der vielen Vereinsfeste lockte die Einheimischen auf den Sportplatz, wo ein Bierzelt, ein paar Fahrgeschäfte und die verschiedensten Verkaufsstände aufgebaut waren. Sascha hasste diese Volksbelustigungen. Er hasste alle Situationen, in denen viele Menschen eng beisammen waren.

Sein Weg führte ihn nahe am Sportplatz vorbei. Im Bierzelt hatte soeben der Volkschor Liederkranz Bodelsingen die musikalische Unterhaltung übernommen und sang das Lied »Am Brunnen vor dem Tore«. Sascha blieb einen kurzen Moment stehen. »Die kalten Winde bliesen«, tönte es aus dem Zelt, »mir grad ins Angesicht. Der Hut flog mir vom Kopfe. Ich wendete mich nicht…« Sascha musste kurz auflachen. Er ging weiter und vernahm noch die Zeile: »Und immer hört ich's rauschen, du fändest Ruhe dort.« Beifall erklang aus dem Festzelt. Und ein neuer Gesang hob an. »Wahre Freundschaft soll nicht wanken…« Sascha Gräter spuckte aus. »Gemütstrübsinn!«, sagte er. Der Chor sang: »Ich will für dich Sorge tragen bis zur späten Mitternacht.« Und dann: »Wenn der Mühlstein träget Reben, und daraus fließt kühler Wein, wenn der Tod mir nimmt das Leben, hör ich auf, getreu zu sein.«

Sascha ertappte sich dabei, dass er die letzten Zeilen tonlos mit sprach. Er ärgerte sich so sehr darüber, dass er die Pistole aus dem Hosenbund riss und gegen einen Baum richtete. Er schoss aber nicht. Im Magazin waren sechs Patronen. Konnte er wissen, ob die reichten?

Er fiel jetzt in leichten Trab. Die Sonne war am Horizont verschwunden. Der Chor aus dem Festzelt verebbte. Sascha nahm einen Waldweg, den er kannte und von dem er wusste, dass er hinter dem Dorf wieder herauskam, dort wo der Schrotthändler Thomas Keinath auch einen Auto- und Autozubehörhandel betrieb. Keinath selbst wohnte mitten auf dem Platz in einer flachen Baracke, auf deren Dach eine riesige Nachbildung des Denkers von Rodin saß – gold bronziert und in der bekannten Haltung, das Kinn in die rechte Hand gestützt. Keinath hatte das gute Stück einmal bei einer Auktion des Tübinger Landestheaters erstanden. Das LTT hatte damals Kostüme und Ausstattungsstücke abgespielter Aufführungen verkauft.

Der Schrottplatz lag im Dunkeln. Sascha wusste, dass Thomas Keinath auf jeden Fall im Festzelt war. Er war ein wichtiger Mann bei der Musikkapelle. Satzführer bei den 1. Trompeten und Solist, wenn ein Solo fällig war. Selbst seine Feinde behaupteten, er sei ein wirklicher Virtuose auf seinem Instrument und eigentlich zu schade für die Humbtata-Musik der Blaskapelle. Aber er trat gerne bei Volksfesten auf. Zudem hatte er aus den besten Musikanten des Vereins eine Combo gebildet, die später am Abend zum Tanz aufspielte.

Keinath ließ sich seine Kunst am liebsten mit Wein und Kognak vergüten. Nach einem Abend, an dem er in einem Festzelt oder in der Festhalle spielte, mussten ihn gutmütige Musikkameraden deshalb auch jedes

Mal nach Hause tragen. Natürlich konnte sich da in den vergangenen Jahren einiges geändert haben, aber dass Thomas Keinath inzwischen trocken war und einen soliden Lebenswandel führte, konnte sich Sascha mit dem besten Willen nicht vorstellen.

Sascha stieg an einer Stelle, die man nicht einsehen konnte, über den Zaun. Er kam in eine Gasse, die sich eng durch hoch aufgetürmte Schrotthaufen schlängelte und an der Stelle endete, wo Keinath die wieder verwendbaren Teile stapelte, die er aus den Schrottautos ausgebaut hatte. Und schließlich erreichte der Eindringling ganz hinten auf dem Hof die Fahrzeuge, die Keinath zum Kauf anbot. Einige davon waren Kombinationen aus verschiedenen Fahrzeugen, die der Schrottplatzbesitzer meist nach Unfällen abgeschleppt und auf seinem Platz auseinander gebaut und ausgeweidet hatte. Er war genial darin, aus Resten neue Autos zusammenzubasteln.

Das Geschäft schien nicht besonders gut zu gehen. Zu viele Fahrzeuge warteten auf Käufer. Aber zuerst brauchte Sascha möglichst unverdächtige Kennzeichen. Die Baracke, in der er bestimmt welche gefunden hätte, war zu gut gesichert. Auch hier hatte Thomas Keinath seine technischen Fähigkeiten eingesetzt. Seine Alarmanlage war perfekt.

Sascha zog aus seinem Rucksack eine starke Stabtaschenlampe und leuchtete die abgestellten Autos ab. Eine Ratte huschte davon und verschwand unter einem Haufen aufgeschichteter Kotflügel. Dahinter lagerten Stoßstangen. Sascha trat gegen den Stapel, der prompt scheppernd in sich zusammenstürzte. Der Lärm trieb noch mehr Ratten aus ihren Schlupflöchern. Aber nun entdeckte Sascha, was er suchte. An einigen der Stoßstangen hingen noch Kennzeichen. Ihre TÜV-Plaketten waren zwar abgelaufen. Aber das Risiko, dass das irgendwem auffallen würde, musste er eingehen. Werkzeug fand er unter dem Sitz eines Gabelstaplers, mit dem Keinath seinen Schrott transportierte und sortierte. Dort fand er auch ein Fläschchen mit Kriechöl, das er brauchte, um die Schrauben überhaupt erst gängig zu machen. In dem Führerhaus des Gabelstaplers hing die Jacke eines Blaumanns. Sascha zog sie über, um seine Kleider zu schützen, und als er mit den Händen in die Außentaschen fuhr, fühlte er etwas Hartes, Metallenes. Er zog es heraus. Es war ein Handy, und es war sogar betriebsbereit. Manchmal musste man eben Glück haben.

Sascha suchte sich einen bequemen Platz, fand einen ausgebauten Autositz. Er machte es sich darauf bequem, schlug die Beine übereinander, zog einen kleinen Zettel aus der Hosentasche und wählte.

»Heiland!«

»Senior oder junior?«, fragte Sascha.

»Senior. Aber mein Enkel ist grade auch gekommen.«

»Dann geben Sie mir den Kriminaloberkommissar doch bitte mal.«

»Hallo«, meldete sich Peter.

Sascha lachte glucksend. »Eigentlich ist der Senior vom Heiland doch der liebe Gott, oder hab ich da im Schulunterricht nicht richtig aufgepasst?«

Peter schaltete sofort: »Frau Scharlau sagt, du seist gar kein so schlechter Schüler gewesen.«

»Du hast ja echt gearbeitet, Bulle!«

»Ja, wir wissen inzwischen eine ganze Menge. Du darfst nicht vergessen, Sascha, du bist alleine, und wir sind viele. Sehr viele sogar inzwischen.«

»Du machst mir ja richtig Angst.«

»Die müsstest du so oder so haben. Vor allem vor dir selbst!«

»Die gute alte Scharlau, die hab ich ganz vergessen. Ich habe überhaupt vergessen, dass es ja auch noch ein paar anständige Menschen gibt auf der Welt.«

Peter hatte zwischendurch immer wieder einen Blick auf das Display des Telefonapparats geworfen. Zum Glück hatte sein Opa erst kürzlich sein altes Gerät gegen eine moderne Anlage ausgetauscht. Peter schrieb die Zahlen auf einen Block, der ebenso wie der dazu gehörende Stift immer neben dem Telefon lag.

»Bist du noch da?«, hörte er die Stimme Saschas.

»Warum rufst du an?« Peter wedelte mit dem Zettel. Henry nahm ihm das Stück Papier ab. Peter zog aus seiner Hosentasche sein Handy und reichte es dem Großvater. Dann deckte er die Muschel ab und sagte leise. »Ruf den Polizeiposten an oder 110 und gib die Nummer durch.«

Aus dem Hörer schallte Saschas Stimme. »Wir sehen uns in Berlin, Bulle. Hier wird mir der Boden zu heiß!«

»Ich glaub dir kein Wort, Sascha.«

»Erinnerst du dich denn an mich?«

»Ich habe mich an einen Schulausflug auf den Lichtenstein erinnert. Damals war der Sebastian Köberle dabei, den du später ermordet hast.«

»Daran erinnerst du dich. Und an den alten Steinbruch erinnerst du dich nicht mehr?«

»An den alten Steinbruch?«

»Du solltest dich unbedingt daran erinnern, Peter Heiland, damit du weißt, warum du der nächste auf meiner Liste bist.«

Es knackte in der Leitung. Sascha Gräter hatte das Handy ausgeschaltet. Jetzt warf er es in weitem Bogen über den Schrottplatz. Irgendwo knallte es gegen Blech.

Peter wandte sich zu seinem Großvater um. Der hatte offenbar Mike Dürr am Apparat und diktierte ihm grade die Nummer. Peter ließ sich von Opa Henry das Handy geben und rief hinein: »Mike, bist du's?«

»Ja, aber halte mich nicht auf! Ich schmeiße jetzt den ganzen Apparat an.«

»Danke«, sagte Peter. »Wenn du mich brauchst – jederzeit. Ich bin mit Bienzle im ›Goldenen Adler‹.«

Auf der Fahrt zu dem Wirtshaus in Bodelsingen holte Peter Heiland die Erinnerung wieder ein. Ja natürlich. Sie waren elf oder zwölf Jahre alt. Er war da schon in Tübingen auf dem Gymnasium gewesen. Ein Junge, es könnte Sascha Gräter gewesen sein, hatte die Schwester eines Schülers aus ihrer Clique blöd angemacht. Vielleicht hatte sie das auch nur erfunden. Ihm selbst waren damals die Anschuldigungen eher fragwürdig vorgekommen. Das Mädchen, wenn er sich recht erinnerte, hieß sie Miriam, was damals noch ein eher seltener Name war – dieses Mädchen also hatte behauptet, der Junge habe sie gezwungen, sich auszuziehen und alles zu zeigen. Jetzt fiel ihm wieder ein, dass er völlig naiv gefragt hatte: Was denn »alles«?

»Erst hat er sie gezwungen, sich ganz nackig auszuziehen«, sagte Winfried, der Bruder von Miriam, »und dann musste sie die Beine ganz breit auseinander machen. Und was er dann gemacht hat, erzählt die Miriam vielleicht nur nicht, weil sie sich schämt.«

Die Bande, der sich Peter zugehörig fühlte, wenngleich auch meistens nur als fünftes Rad am Wagen, weil er schon damals so linkisch war, in deren Augen ständig eine Menge verkehrt machte und meistens ganz andere Gedanken dachte als seine Kumpels – diese Bande hatte Rache geschworen. Peter wollte zwar unbedingt dazu gehören, und er war deshalb auch bereit,

Opfer dafür zu bringen, aber er schloss sich den anderen bei dieser Unternehmung nur sehr zögernd an.

Alle waren sich einig, der Junge müsse bestraft werden. Im Grunde war auch Peter Heiland dafür, aber nur, wenn dieser Junge wirklich schuldig war.

»Natürlich ist er schuldig!«, schnauzte ihn Winfried an.

Peter hatte daraufhin im Bewusstsein seines besonderen Status als Gymnasiast gesagt: »Bis zum Beweis der Schuld gilt die Unschuldsvermutung. Jeder bei uns bekommt einen fairen Prozess.« Natürlich wusste er nicht, wie der zu bewerkstelligen gewesen wäre, aber er fühlte sich irgendwie bedeutend, als er das sagte. Als ihn daraufhin allerdings Winfrieds Faust mitten auf die Nase traf und diese furchtbar anfing zu bluten, fühlte er sich plötzlich nicht mehr überlegen.

Sie waren da schon auf dem Weg zum Steinbruch, wo sie den Jungen unter einem ganz falschen Vorwand hingelockt hatten. Kurzerhand packten sie Peter und stießen ihn in die ehemalige Sprengstoffkammer des Steinbruchs. Sie warfen die Tür zu und schoben den schweren eisernen Riegel vor.

Mehr wusste Peter nicht über die Sache im Steinbruch. Er hatte sie sogar völlig verdrängt. Selbst den Namen Sascha Gräter – wenn er der Junge gewesen war – hatte er vergessen, so dass er ihm bei seinen Ermittlungen zuerst gar nichts gesagt hatte. Wäre er bei der Bestrafungsaktion dabei gewesen, hätte er den

Namen bestimmt ein Leben lang behalten. So aber war der Junge, mit dem er in der zweiten Klasse mal gemeinsam die Schulbank gedrückt hatte, ganz aus seiner Erinnerung verschwunden gewesen.

Als die anderen ihn damals endlich wieder aus der Sprengkammer herausließen, schrie er sie an: »Nur dass ihr es wisst. Ihr seid für mich gestorben. Mit keinem von euch rede ich mehr ein Wort.« Und das ging bei ihm so weit, dass er jeden Kontakt mit Schülern in Riedlingen mied. Freunde hatte er nur noch auf dem Gymnasium.

***

Der Stuttgarter Kommissar hatte selten so einen guten Rostbraten mit so wunderbarem Sauerkraut gegessen. »Kompliment an Ihren Koch!«, sagte er zur Wirtin.

»Ja, der Francesco kocht besser schwäbisch als die meisten Schwaben.«

Peter kam zur Tür herein. Marie Ruckaberle seufzte: »Was will denn jetzt der scho wieder. Also langsam geht der mir auf die Nerven.«

»Der will zu mir«, sagte Bienzle.

»Ach so, ja natürlich. Ich hab ja ganz vergessen, dass der junge Heiland Sie hier einquartiert hat. Ich hoff, Sie sind nicht dienstlich da.«

»Noi, ganz gwieß net. Ich bin nur in Stuttgart und Umgebung zuständig. Hier oben wandere ich nur durch eure herrliche Landschaft. Aber warum haben Sie denn so wenig Gäste? Also bei dem Koch hätten Sie einen größeren Zuspruch verdient.«

»Heut ist Musikfest. Da verirren sich bloß so a paar Storchefüß wie Sie hierher.«

Bienzle warf einen Blick auf seine roten Strümpfe unterhalb seiner Kniebundhose und musste unwillkürlich lachen. In diesem Moment trat auch schon Peter Heiland an den Tisch. Bienzle blickte zu ihm auf und fragte sofort: »Was ist passiert?«

»Sieht man mir denn was an?«

»A bissle sehet Sie so aus, als wär Ihne ein Geist begegnet.«

»Sascha Gräter hat mich angerufen und mir erklärt, ich sei der nächste auf seiner Liste.«

Bienzle beugte sich weit über den Tisch. »Wiederholen Sie das Gespräch bitte Wort für Wort und Satz für Satz.«

»Was?«

»Jetzt machet Se scho!«

Peter Heiland bemühte sich. Er hatte ein gutes Gedächtnis, grade und besonders für Texte. Da konnte er einem Satz ohne große Probleme den nächsten folgen lassen und so ganze Gespräche rekonstruieren. Als er die Stelle zitierte, wo Sascha sagte: »Die gute alte Scharlau, die hab ich ganz vergessen. Ich habe überhaupt vergessen, dass es ja auch noch ein paar anständige Menschen gibt auf der Welt«, packte Bienzle Peters Hand. »Sagten Sie nicht, er hat seine Großmutter besucht?«

»Ja, er muss ganz reizend zu ihr gewesen sein, sagt die Pflegerin.«

»Wo wohnt diese Frau Scharlau?«

»In Pflummern drüben.«

Bienzle sprang auf. »Los!«, rief er, und zu Frau Ruckaberle sagte er: »Wir sind in einer Stunde wieder da, und sonst setzet Se einfach alles auf meine Zimmerrechnung!« Schon stürmte er aus dem Lokal. Peter Heiland hatte Mühe, ihm zu folgen.

***

Sascha hatte zwei Nummernschilder gleichen Inhalts abgeschraubt. Die vordere und die hintere Stoßstange, die früher einmal offenbar am selben Fahrzeug befestigt waren, hatten direkt nebeneinander gelegen.

Unter den Fahrzeugen suchte er sich das unauffälligste aus. Es war ein VW Golf Baujahr 1994. Nachdem er die Kennzeichen anmontiert hatte, schloss er die Zündung kurz – eine der leichteren Übungen für ihn bei diesem Modell.

Eine Viertelstunde später hatte er den Wagen vor dem kleinen Einfamilienhaus von Frau Scharlau ausrollen lassen. Er wusste selbst nicht so recht, warum er hierher gefahren war. Seitdem Peter Heiland die alte Lehrerin erwähnt hatte, musste Sascha an sie denken.

***

»Von mir aus, nennen Sie's gesponnen, Peter, oder nennen Sie's Intuition«, sagte Bienzle. »Der Kerl ist im wahrsten Sinn des Wortes mutterseelenallein, und wenn es dann so jemand gibt wie diese Lehrerin oder seine Oma – einen Menschen, dem er vertraut hat und der ihm vertraut hat, dann zieht es ihn zu diesem Menschen hin. Trotz allem oder grade wegen allem, was er getan hat. Jetzt fahret Se halt a bissle schneller. Das ist doch ein Polizeiauto. Wir haben doch Blaulicht, oder?!«

***

Frau Scharlau hatte Sascha Gräter sofort erkannt. Ihre ersten Worte, als das Licht über ihrer Haustür auf sein Gesicht fiel, waren: »Sascha, was machst du hier? Die Polizei sucht dich.«

»Ich wollte Sie nur nochmal wiedersehen.«

»Komm rein, erzähl mir, was passiert ist.«

»Nein, ich wollte Sie wirklich nur noch einmal sehen und Ihnen danke für alles sagen. Vielleicht, wenn Sie mal nach meiner Oma im Altersheim drunten in Bodelsingen schauen könnten.«

»Sascha, sag bitte, dass die Polizisten sich irren. Sie sagen, du hättest fünf Menschen ermordet.«

»Es gab in jedem einzelnen Fall einen sehr guten Grund!«

»Nein!« Da war sie wieder, die strenge Lehrerin. »Niemand darf einem anderen Menschen das Leben nehmen. Niemand!! Wir Menschen sind zum Verzeihen gemacht, nicht für die Rache!«

»Vielleicht haben Sie Recht.« Ein Lächeln flog über das angespannte Gesicht des jungen Mannes. »Verzeihen Sie mir. Und, bitte, rufen Sie jetzt nicht gleich die Polizei an.«

»Ich werde niemanden anrufen. Aber ich rate dir, dich zu stellen, Sascha.«

»Keine Chance!« Er fuhr ihr mit seinem Handrücken sanft über die rechte Wange – eine zärtliche Geste. »Danke nochmal.« Dann machte er auf dem Absatz kehrt.

Frau Scharlau rief ihm nach: »Sascha, du weißt hoffentlich, Peter Heiland war damals im Steinbruch nicht dabei.«

Sascha blieb abrupt stehen, machte noch einmal kehrt und kam mit weit vorgeschobenem Kopf auf sie zu. Plötzlich sah er aus wie ein Raubvogel.

»Ist das wahr?«

»Ich habe dich noch nie angelogen. Dich nicht und auch sonst niemanden.«

»Sie wollen Peter Heiland schonen.«

»Nein… Ja, natürlich das auch. Aber vor allem sage ich das, weil ich nicht will, dass du ihn fälschlich im Verdacht hast. Er hat sogar damals versucht, die anderen davon abzuhalten. Das ist bei der Untersuchung herausgekommen. Aber sie haben ihn in die Sprengkammer gesperrt. Er muss dort Todesängste ausgestanden haben.«

»Aber warum? Warum wollte er die anderen davon abhalten?«

»Vielleicht wusste er, dass sie im Unrecht waren. Ja, sicher wusste er das.«

Von Frau Scharlaus Häuschen aus konnte man die tiefer gelegene Bundesstraße einsehen. Dort näherte sich mit Martinshorn und kreiselndem Blaulicht ein Polizeifahrzeug. Sie bemerkten es gleichzeitig.

»Meinst du, Peter Heiland hat sich gedacht, dass du zu mir kommen wirst?«

Sascha antwortete nicht mehr darauf. Elegant flankte er über den Gartenzaun und verschwand in der Dunkelheit. Frau Scharlau hörte noch, wie der Motor seines Wagens stotternd ansprang. Dann fuhr das Fahrzeug los, nicht in Richtung Straße, sondern den Berg hinauf, ohne Licht, über einen Feldweg, der weit oben am Hang entlang führte, einen Bogen machte und hinter Riedlingen wieder auf die Bundesstraße stieß.

Frau Scharlau blieb regungslos stehen, bis der Polzeiwagen vor ihrem Gartentor hielt.

Peter Heiland kam im Laufschritt auf sie zu. Frau Scharlau sagte sehr ruhig: »Er war da, aber er ist schon seit einer ganzen Weile wieder weg.«

»Was wollte er?«, fragte Bienzle aus dem Hintergrund.

»Wer sind Sie?«, fragte Frau Scharlau dagegen.

Peter antwortete: »Er ist mein früherer Chef aus Stuttgart. Und *er* hatte die Idee, dass Sascha nochmal zu Ihnen fahren könnte.«

»Aber wir kennen uns gar nicht.«

»Das macht nichts!« Bienzle kam näher. Er lächelte Frau Scharlau an.

»Ja, vielleicht haben Sie Recht.« Sie wendete sich wieder Peter Heiland zu. »Jedenfalls habe ich ihm gesagt, dass du damals im Steinbruch nicht dabei warst. Die anderen hatten ihm ja die Augen verbunden, so dass er seine Peiniger nicht sehen konnte.« Frau Scharlau schickte sich an, ins Haus zurückzugehen, ohne sich weiter um die beiden Kommissare zu kümmern.

»Moment mal!« Peter schrie es fast heraus. »Mein Gott, jetzt wird mir erst klar, was er gemeint hat. Ich habe das nicht zusammengebracht. Das damals im Steinbruch war also wirklich Sascha??«

»Du warst ja nicht mit denen in der Klasse, sondern in Reutlingen auf dem Gymnasium. Deine Freunde haben dir nicht gesagt, um wen es gehen sollte, nur dass man einen Jungen bestrafen müsse, der sich an Winfrieds Schwester vergangen habe.«

»Ja, stimmt! Und ich habe gesagt: Nicht ohne ein ordentliches Gerichtsverfahren.«

Frau Scharlau lächelte Bienzle zu. »Er war schon damals so.«

»Ein Gerechtigkeitsfanatiker, meinen Sie?«, fragte Bienzle. »Aber was kann man Besseres über einen jungen Polizisten sagen?«

»Vielleicht sollten wir uns doch noch ein wenig unterhalten.« Frau Scharlau machte eine einladende Geste.

»Aber zuerst müssen wir dienstlich werden«, sagte Bienzle und schaute Peter Heiland auffordernd an. Der stellte nun die Fragen: »Wann kam er hier an? Wann ist er wieder gegangen? Was hat er gesagt? Welchen Weg hat er genommen? Wie sah sein Auto aus?«

Naturgemäß waren die Antworten von Frau Scharlau nicht besonders hilfreich, wenngleich sie sich ehrlich bemühte. Peter Heiland gab die Angaben an die Leitzentrale nach Tübingen durch und schloss mit den Worten: »Leider haben wir keinerlei Angaben über Typ, Farbe oder Kennzeichen des Fluchtwagens.«

Währenddessen hatte Bienzle das Häuschen von Frau Scharlau inspiziert, wobei ihn besonders ihre Bibliothek interessierte. »Neugierig sind Sie nicht, gell?«, sagte Frau Scharlau.

»Noi, i will bloß alles wissen! Und jetzt zum Beispiel interessiert es mich brennend: Worum ist es damals in diesem Steinbruch gegangen?«

Frau Scharlau ließ sich in einen bequemen Sessel sinken. »Miriam, so hieß das Mädchen, hatte sich wohl in Sascha verliebt. Er war ja auch ein interessanter Typ. Ein Außenseiter zwar, aber um ihn war schon immer so ein Flair von Abenteuer.«

Bienzle gab einen undefinierbaren Laut von sich.

»Aber Sascha wollte von Miriam nichts wissen. Und da hat sie die Geschichte erfunden, er habe sie sexuell belästigt. Ihr Bruder wollte sie daraufhin rächen.«

»Winfried?«, rief Peter Heiland fragend herüber. »Hieß er Winfried?«

»Ja. Winfried Leienberger. Er hat Sascha unter einem Vorwand in den alten stillgelegten Steinbruch gelockt, und dort haben er und seine Freunde ihn…« Frau Scharlau versagte die Stimme, und Bienzle vollendete den Satz so neutral wie möglich: »Zusammengeschlagen?«

»Wenn es das nur gewesen wäre…«

»Sexuell gedemütigt?«, fragte Bienzle.

»Ja. Bitte ersparen sie mir die Einzelheiten. Aber wenn fünf Jungs über einen herfallen, ihm die Augen verbinden, die Kleider vom Leib reißen, ihn mit Messern bedrohen und zu Handlungen zwingen…« Wieder versagte ihr die Stimme.

»Sie müssen das nicht weiter ausführen«, sagte Bienzle, »wir haben Phantasie und Kenntnisse genug.«

»Das war also der Anfang«, sagte Peter Heiland dumpf.

»Ja«, antwortete Frau Scharlau. »Wir dachten damals, wir könnten ihm helfen, indem wir die Wahrheit ans Licht bringen.«

»Und?«, fragte Bienzle.

»Ach, wissen Sie, die Eltern der Jungs, die das Verbrechen an Sascha begangen haben, sind alle irgendwie wichtig und bedeutend gewesen hier in der Gegend. Es gab ein paar finanzielle Zuwendungen. Sascha konnte auf ein Internat gehen. Und im Übrigen wurde schnell so geredet: Er stammt doch aus dieser Familie, die Großmutter hat ihren armen Mann betrogen, solange er in der Kriegsgefangenschaft war. Die Mutter hat sich von einem verheirateten Mann schwängern lassen, und seine Tante, die jetzt für ihn sorgt, ist ein... na ja, sagen wir mal: ein leichtlebiges Wesen.«

»Es könnt einem schlecht werden«, ließ sich Bienzle hören.

»Ja«, sagte Frau Scharlau, »aber sehen Sie mich an: Ich wohne heute noch hier, und ich rede heute noch mit den Leuten. Wie könnte ich sonst überleben. Ich bin im Grunde ein einsamer Mensch.«

»Ich versteh Sie«, sagte Bienzle schlicht.

***

Peter Heiland und Ernst Bienzle kehrten in den »Goldenen Adler« nach Bodelsingen zurück. Auf der Fahrt sprach keiner der beiden, erst als sie sich wieder an ihrem Tisch im Gasthof niederließen, sagte Bienzle: »Jetzt brauch ich zuerst amal einen Schnaps, und zwar einen doppelten.«

»Ich schließe mich an«, sagte Peter.

»Sie müssen noch fahren«, meinte Bienzle. »Ich hab mein Bett ein Stockwerk höher.«

»Und ich fahre ein Polizeiauto.«

Mike Dürr kam herein. Er ließ sich bei den beiden nieder, nachdem Peter Heiland ihn seinem Exchef vorgestellt hatte.

»Das Gespräch mit dir ist von einem Handy aus geführt worden, das dem Thomas Keinath gehört. Der hat aber den ganzen Abend im Festzelt gespielt und ist nicht vernehmungsfähig vor morgen Nachmittag. Ob auf seinem Hof ein Auto fehlt, weiß keiner. Ich denke aber, wir sollten davon ausgehen.«

»Ja, wo semmer denn hier?«, rief Bienzle.

»Aufem Land«, sagte Dürr. »Ich wüsste wirklich nicht, wie wir ohne die Hilfe eines nüchternen Thomas Keinath feststellen könnten, ob Sascha Gräter sich auf seinem Hof bedient hat. Und ich bin mir noch nicht einmal sicher, ob wir das schaffen, wenn der Thomas wieder bei klarem Verstand ist.«

Bienzle sah das ein. Und überhaupt, er war ja nicht der Chef hier. Und so, wie er es einschätzte, stellte der Heckenschütze im Augenblick keine akute Gefahr für Peter Heiland dar. Also bestellte er eine Flasche Spätburgunder und beschloss, den Kriminalfall, der ja sowieso nicht seiner war, auszublenden.

Das ging freilich nicht lange gut; denn plötzlich schlug Peter Heiland so heftig mit der flachen Hand auf den Tisch, dass die Gläser hochsprangen. »Menschenskind, mein Großvater hat doch g'sagt, die Oma von Sascha Gräter habe ewig in einem Gartenhäusle gewohnt, bevor sie ins Altersheim ging.«

»Ja, und?«, fragte Mike Dürr.

»Wenn sie das nicht aufgegeben hat, also wenn das noch existiert und ihr gehört…«

»Ja, dann könnte ihr Enkel sich dort versteckt haben.«

»Aber jetzt nimmer«, beruhigte Bienzle seine jungen Kollegen. »Ich wette, der ist auf dem Weg nach Berlin oder was weiß ich wohin. Aber hier herum ist der nicht mehr. Dafür seid ihr ihm zu dicht auf den Fersen.«

»Morgen nehmen wir uns trotzdem mal das Grundstück vor!«, entschied Mike Dürr. Peter Heiland wunderte sich mehr und mehr über Mikes Unternehmungsgeist.

»Und ich fahr morgen wieder nach Stuttgart. Mir ist das zu viel Arbeit hier für ein dienstfreies Wochenende.«

»Aber Sie haben mir unheimlich geholfen«, sagte Peter Heiland.

Bienzle winkte ab. »Sie wären auch irgendwann selber drauf gekommen.«

Kurz vor Mitternacht verabschiedeten sich Heiland und Dürr. Bienzle, nunmehr der einzige Gast, bestellte noch einen allerletzten Wein. Marie Ruckaberle setzte sich zu ihm und trank auf seine Einladung ein Viertele mit.

Bienzle ließ sich Zeit. Eine Weile schaute er in sein Glas, wie die Zeit verging, und hob dann den Blick. »Es geht mich ja nichts an, und ich bin ja au gar net von hier...«

»Ja, dann lasset Se's halt!«, knurrte die Wirtin.

»Ich habe jetzt eine Menge erfahren«, sagte Bienzle, ohne sich aus seinem Konzept bringen zu lassen. »Und da dät mich schon noch a bissle was interessieren.«

»Lasset Se's!«

Unbeirrt fuhr der Kommissar aus Stuttgart fort: »Ihr verstorbener Mann ist eine richtige Schlüsselfigur, aber keiner mag so recht über ihn reden.«

»Ich auch nicht.«

»Na ja, bei Ihnen kann man's ja verstehen.«

Marie Ruckaberle hob ihren Kopf. »So, meinet Sie?«

»Sie nicht?«

»Ich hab versucht, ihn in meinen Erinnerungen nicht gar zu schlecht wegkomme zu lasse.«

»Das gefällt mir!« Bienzle hob sein Glas und trank der Wirtin zu.

»Aber einfach ist das nicht«, sagte sie. »Obwohl: Er war halt, wie er war.«

Bienzle verkniff sich ein Grinsen: »Der Don Juan von Bodelsingen und Umgebung!«

»Was willscht mache?« Marie Ruckaberle wunderte sich über sich selbst. Warum redete sie mit diesem fremden Mann so offen. Aber es tat ihr auch gut. Irgendwie fühlte man sich bei diesem Bienzle aufgehoben.

»Keiner kommt gegen sich selber an«, sagte Bienzle. »Oder sagen wir lieber, nur die wenigsten, und die sehet dann au net immer gut aus.«

»Da hent Se Recht!« Die Wirtin sagte das im Brustton der Überzeugung. »Der Bruder von meinem Mann war das genaue Gegenteil. Der ist sogar ins Kloster gegangen. Aber wer weiß, vielleicht bloß, weil er hat net au so werde wolle…«

»Sache gibt's. Lebt der noch?«

»Nein, er ist ums Leben gekommen. Da war er Pfarrer, drüben in Erdmansingen.«

»Die Tübinger Kollegen werden nun vielleicht den Tod Ihres Mannes neu untersuchen.«

»Um dr Gottes Chrischtags willa«, stieß Marie Ruckaberle hervor. »Alles, bloß des net.«

»Aber wenn's kein Unfall war?«

»Dann ischt er trotzdem tot, und nix macht ihn mehr lebendig.«

»Können Sie eigentlich mit einem Gewehr umgehen?«, fragte Bienzle, und Marie Ruckaberle antwortete: »Jetzt gehet Sie besser ins Bett!«

»Ja, wahrscheinlich haben Sie Recht!« Bienzle erhob sich ächzend. »A schöne Wirtschaft habet Sie!«

»Ja, ond nix als Gschäft damit.«

»Na ja«, sagte Bienzle schon im Hinausgehen, »da geht's de Menscha wie de Leut. Gutnacht, Frau Ruckaberle.«

»Gutnacht, Herr Bienzle. Schlafet Sie gut!«

Beim Grundbuchamt der Stadt Bodelsingen dauerte es keine zehn Minuten, bis eine junge Angestellte Peter Heiland einen Lageplan des Gewanns Hohengehren vorlegen konnte. Das Grundstück mit der Nummer H 316 war auf Frau Hermine Neidlein eingetragen. Peter erbat sich eine Kopie des Plans und machte sich auf den Weg.

Etwa um dieselbe Zeit betraten Mike Dürr und Raisser den weitläufigen Schrottplatz am nördlichen Ende des Städtchens. Außer einer fetten Katze war zunächst kein Wesen vorzufinden. Dürr klopfte mit der Faust an die Tür der flachen Baracke, die daraufhin widerstandslos nach innen aufschwang.

»Raus!«, schrie eine Stimme, die klang, als ob sie aus einer rostigen Gießkanne käme.

»Thommi, steh auf!«, rief Dürr. Der Schrotthändler war nirgendwo zu sehen.

»Raus, hab ich gesagt!« Jetzt war die Stimme zu orten. Sie kam aus einem Berg von Kissen, einem Federbett und mehreren Wolldecken.

Mike Dürr ging hin und fing an, das Gebirge abzubauen. »Mann, Thommi, wir haben Hochsommer. Draußen sind 28 Grad.«

»Mich friert es trotzdem!« Noch immer war der Barackenbewohner nicht zu sehen.

»Ja, ja«, ließ sich nun Raisser mit todernster Stimme hören, »es frieret auch im dicksten Rock…«

Das Federbett flog zur Seite, ein völlig verschwitzter und verstrubbelter Thomas Keinath kam darunter hervor. »Was wollt ihr, Scheiße nochmal?« Er trug eine grellrote Unterhose und ein grellgelbes T-Shirt dazu.

»Wo ist Ihr Handy?«, fragte Raisser.

»Ist das jetzt wichtig?« Thomas Keinath ließ sich in die Kissen zurückfallen.

»Von diesem Handy ist gestern Abend telefoniert

worden, und zwar vermutlich von einem mehrfachen Mörder, der sich hier mit einem fahrbaren Untersatz versorgt hat.« Der Ernst, mit dem Raisser sprach, wirkte schon wieder komisch. Zumindest musste es Thomas Keinath so empfinden. Er brach in schallendes Gelächter aus, lag auf dem Rücken und strampelte mit seinen kurzen nackten Beinen.

»Schluss jetzt!«, sagte Raisser streng und absolut humorlos.

Das Lachen brach ab. Thomas Keinath richtete sich auf und schüttelte den Kopf, dass seine schweißnassen Locken flogen. »Scheiße, ihr meint es ernst?!«

»Natürlich«, sagte Raisser, »was denken Sie denn?«

Keinath stand auf, ging auf unsicheren Beinen zu einem Wasserhahn, unter dem ein tiefgezogenes Arbeitswaschbecken angebracht war, drehte den Hahn voll auf und beugte sich weit vor, sodass er seinen Kopf direkt unter den Wasserhahn halten konnte. Dort ließ er ihn eine Weile und bewegte ihn ganz langsam hin und her. Als er wieder darunter hervorkam, war sein Blick ein klein wenig klarer.

Ein paar Minuten später standen sie auf dem Hof. Nun war es nicht so, dass zwischen den zum Verkauf stehenden Wagen, dort, wo der VW Golf gestanden hatte, einfach eine Lücke gewesen wäre; denn Thomas Keinath hasste Ordnung, und er weigerte sich, seine Autos aufzustellen wie Soldaten. Er stand, noch immer in Unterhose und T-Shirt, eine ganze Weile zwischen den Gebrauchtwagen, hatte die Hände auf dem

Rücken verschränkt und wippte auf seinen nackten Zehen. Plötzlich schoss sein rechter Zeigefinger nach vorn. »Der Golf!«

»Irgendwelche Papiere?«, fragte Raisser.

Keinath schaute ihn an und schien zu überlegen, ob er einfach wieder loslachen sollte. Aber dann sagte er: »Es wird a bissle dauern, aber ich werd sie finden.«

Peter Heiland stoppte seinen geliehenen Dienstwagen vor dem Gartengrundstück Hohengehren H 316. Dass in letzter Zeit jemand hier gewesen sein musste, sah er sofort. Rechts von dem Häuschen führte ein Trampelpfad nach hinten, wo ein alter Brunnen stand, der noch mit einem Schwengel bedient wurde. Dort war eine Schneise ins Gebüsch geschlagen und das Gras niedergetreten worden. Peter stieß das Gartentörchen auf und fasste unwillkürlich nach der Stelle, wo er sonst seine Pistole trug. Langsam und leicht geduckt bewegte er sich auf die Hütte zu.

Die Tür war verschlossen. Erst kürzlich musste ein Außenriegel angebracht worden sein, der mit einem starken Vorhängeschloss gesichert war. Peter Heiland ging um das Haus herum. Auf der Rückseite befand sich ein Fenster. Ein schwerer zweiflügliger Laden war vorgelegt und ließ sich nicht bewegen.

Peter wählte Mike Dürrs Handynummer und erreichte den Kollegen auf Thomas Keinaths Schrottplatz. Dürr berichtete, dass vermutlich ein schwarzer Golf Baujahr 1994 gestohlen worden sei. Keinath suche grade nach den Unterlagen, aber das könne dauern. Peter bat den Kollegen, ihm einen Fachmann zu schicken, der das Schloss an Frau Neidleins Hütte öffnen könne.

Mike Dürr hatte grade den Schlosser angerufen, der in solchen Fällen für die Polizei tätig wurde, als Thomas Keinath mit einer Mappe aus einer Hängeregistratur aus seiner Baracke kam. »Ordnung ist das halbe Leben!«, rief er, begeistert von sich selbst.

»Ha, du hast es nötig«, sagte Dürr, »aber manchmal findet halt au a blinde Sau a Eichele.«

Den Wagen hatte er im Januar gekauft. Für 980 Euro. Er habe einem Postangestellten gehört, der einen Tausender draufgelegt und einen Opel Astra gekauft habe, der ein ausgesprochenes Schnäppchen gewesen sei. Der Fahrzeugbrief steckte in der Hängemappe.

Eine weitere Viertelstunde dauerte es, da waren auch die Stoßstangen gefunden, von denen der Dieb die Kennzeichen abmontiert hatte. Keinaths ungewöhnliche Autokenntnisse erwiesen sich als hilfreich. Die Stoßstangen, an denen er Spuren von Kriechöl festgestellt hatte, seien früher mal an einem alten Ford Mondeo angebracht gewesen. Aber die TÜV-Plakette sei damals, als er ihn als Schrott hereingenommen habe, schon längst abgelaufen gewesen. Warum man sie nie an die Zulassungsstelle zurückgegeben habe, wollte Raisser wissen. »Na ja, nobody is perfect.« Thomas Keinath grinste Mike Dürr schief an. Und es habe ihn ja auch keiner danach gefragt.

»Du machst es dir manchmal auch arg leicht, Thommi«, sagte Dürr nicht unfreundlich. »Aber wenn du uns jetzt noch sagst, was auf den gestohlenen Kennzeichen steht, hast du was gut bei mir!«

Tatsächlich fand der Schrottplatzbesitzer auch die Unterlagen zu dem Mondeo, was umso verwunderlicher war, als der Ford längst in Keinaths museumsreifer Schrottpresse zu einem »Päckle«, wie er sagte, verarbeitet worden war.

Jetzt hatte die Fahndung nach dem Auto, die Mike Dürr sofort anlaufen ließ, Hand und Fuß.

Raisser sagte zu Thomas Keinath: »Sagen Sie mal Ihre Handynummer.«

»Geben Sie her!« Keinath nahm dem Polizisten dessen Mobiltelefon aus der Hand und wählte selbst. Ein leises Klingeln war zu hören, dem Raisser nun nachging. Keinaths Handy lag zwischen einem angerosteten Zylinderkopf und der wieder verwendbaren Lenksäule eines Opel Astra.

Peter Heiland durchstreifte den verwilderten Garten. Als er das hintere Ende erreichte, sah er im Nachbargrundstück eine Frau um die siebzig, die ein Kräuterbeet wässerte. »Guten Morgen!«, rief er hinüber.

Die Frau richtete sich langsam auf, indem sie ihre rechte Hand flach in ihren Rücken drückte. Gepresst sagte sie: »Morgen!« Sie starrte Heiland misstrauisch an.

»Haben Sie hier in letzter Zeit jemanden gesehen?«
»Warum wollen Sie das wissen?«
»Ich komme von der Kripo, wir suchen einen Mann, der sich hier möglicherweise eine Zeit lang versteckt hat.«
»Also wenn, dann hat er sich mir nicht gezeigt. Allerdings ist mir aufgefallen, dass da jemand gewesen sein muss. Um den Brunnen herum ist ein bisschen sauber gemacht worden. Ich hab ja so gehofft, dass der Urwald da jetzt endlich wegkommt. Uns Nachbarn weht es die ganzen Unkrautsamen in die Beete.«
»Die Frau Neidlein ist halt nicht mehr in der Lage.«
»Wenn's nicht die Frau Neidlein wäre«, unterbrach die Nachbarin Peter, »dann hätten wir schon längst was unternommen.«
»Kommt sie denn noch manchmal hier heraus?«
»Selten! Sie haben so einen Zivi im Altersheim, wenn der mal ein bisschen Zeit hat, fährt er sie im Auto her. Dann gehen sie draußen auf dem Weg ein paar Meter auf und ab, setzen sich auf eine Bank und schauen zur Alb hinüber. Ich wollte schon ein paar Mal bei solchen Gelegenheiten mit ihr reden, aber sie hat mich nimmer erkannt.«

Auf dem Weg vor dem Grundstück fuhr ein Kombi mit der Aufschrift »Schlosserei Motzer« vor. Ein kleiner, dicker, schwitzender Mann schleppte eine eiserne Werkzeugkiste zur Tür des Häuschens. Peter verabschiedete sich von der Nachbarin, die am Zaun stehen blieb, um sich ja nichts entgehen zu lassen, und ging nach vorn zu dem Schlossermeister. »Guten Morgen«, grüßte er freundlich.

Der Handwerker nickte nur. Er schien Sprechen überhaupt für eine Energieverschwendung zu halten. Aus dem Metallkasten fingerte er ein dünnes Stück Draht heraus, bog es zu einer Art Fragezeichen, fuhr in das Schlüsselloch des Vorhängeschlosses, machte die Augen zu und legte den Kopf in den Nacken. Auf seiner Glatze perlten große Schweißtropfen. Der Mann atmete schwer, einmal, zweimal, beim dritten Mal begleitete er das Ausatmen mit einem pfeifenden Ton. Der Bügel des Vorhängeschlosses sprang hoch. Der Meister schob den Riegel aus der Lasche. Die Tür schwang nach außen auf. Wortlos betrat der Schlosser die Hütte. Das Fenster hinter dem Laden stand offen. Der Laden war mit zwei senkrechten Riegeln im Rahmen verankert. Die Riegel ließen sich mit den Händen nicht hochziehen. »Hammer!«, rief Motzer wie ein Chirurg, der nach dem Skalpell verlangt. Peter bückte sich über den Metallkasten und nahm einen Hammer heraus. Mit drei gezielten Schlägen löste der Meister jeden Riegel und stieß die Läden auf. Licht flutete herein. Mitten im Raum stand Saschas Suzuki, sorgfältig mit einer Plane abgedeckt.

»Rechnung wie immer?«, fragte der Handwerker.

»Ich denke, ja!«

Grußlos klappte der Schlosser den Metallkasten zu und stapfte breitbeinig zu seinem Lieferwagen zurück.

Später sagte Peter Heiland zu Mike Dürr: »Also viel redet der ja nicht«, und Dürr antwortete: »Ja, man kann sich gut mit ihm unterhalten.«

Sie saßen in der Polizeiwache. Peter schrieb auf Dürrs Computer seinen Bericht. Raisser telefonierte im Nebenraum mit der Einsatzzentrale in Tübingen. Dürr hatte einen Kollegen vom LKA in Stuttgart am Telefon. Der Polizeiapparat kam langsam auf Touren.

Quer über dem Schreibtisch lag, sorgfältig in eine Plastikfolie gewickelt, das Mausergewehr, das Peter hinter den offenen Dachsparren gefunden hatte – vermutlich die Tatwaffe in allen Mordfällen. Peters Hoffnung, er würde vielleicht auch seine Dienstwaffe in der Hütte finden, hatte sich nicht erfüllt.

Peter war mit dem Gewehr zum Polizeirevier Riedlingen gefahren. Dort traf einige Zeit später ein Kriminaltechniker aus Tübingen ein. Er streifte weiße Plastikhandschuhe über und unterzog das Mauser-Jagdgewehr einer ersten Untersuchung.

»Mann!«, entfuhr es ihm, als er die Waffe sorgfältig auswickelte.

Heiland und Dürr sahen den Techniker fragend an.

»Das ist eine Mauser M 98 Magnum. Die wird neuerdings nach Originalzeichnungen aus dem Jahr 1936 wieder nachgebaut.«

»Seit wann?«, fragte Peter irritiert.

»Die doch nicht. Das ist ein Original!«

»Was? Eine Art Oldtimer, meinen Sie?«

»Die haben den Lauf schon damals aus dem Vollen

gefräst. Unglaublich. Und sie haben einen Spezialstahl verwendet, der kam sonst nur in der Wehrtechnik vor! Eigentlich müsstet ihr den ursprünglichen Besitzer rasch ermitteln können.«

»Ich glaube, den haben wir schon!«, meinte Peter.

Dürr feixte: »Ja, wir Riedlinger sind schnell!«

Später hatte der Kriminaltechniker dann das Jagdgewehr mitgenommen. Man müsse ja ballistische Untersuchungen machen und überhaupt alle Regeln der Spurensicherung anwenden.

»Wie geht es jetzt weiter?«, wollte Raisser wissen, der aus dem Nebenraum zurückkam.

»Sobald wir einen Hinweis haben, wo sich Sascha Gräter aufhält, entscheiden wir das«, sagte Peter. »Vielleicht identifiziert ihn auch jemand. Wir haben ja ein sehr gutes Bild von dem Mann.«

Dürr grinste: »Ja, aber da müssen wir aufpassen, dass du nicht verhaftet wirst.«

»Hör doch auf«, sagte Peter unwillig.

»Ich habe mich auch schon gewundert.« Raisser nahm das Blatt mit dem durch Professor Hans Georg Kühn veränderten Phantombild und verglich es mit Peters Gesicht.

Gegen Abend rief Peter Sandra an. Sie war sofort einverstanden, mit ihm essen zu gehen. Er holte sie kurz nach sechs Uhr in ihrer Tübinger Wohnung ab. Sie trug einen kurzen sandfarbenen Rock und Stiefeletten, die bis über die Knöchel hinaufreichten. Dazu ein hellrotes T-Shirt, das zu ihrem Gesicht voller Sommersprossen und zu ihren roten Haaren, die auch heute wieder nach allen Seiten vom Kopf abstanden, wunderbar passte. Sie sah aus ihren schmalen, schräg stehenden Augen zu ihm auf.

»Sag mal, wie groß bist du eigentlich?«

»1,93, warum?«

»Und? Wie ist die Luft da oben?«

»Kannst du leicht selber rauskriegen.« Er fasste sie an den Hüften und hob sie empor, bis ihre Nasenspitzen auf gleicher Höhe waren.

Sandra lachte. »Lass mich runter, mir wird schwindlig!« Vorsichtig stellte Peter die zierliche kleine Person wieder auf ihre Füße.

»Was hältst du von Hohenentringen?«, fragte sie.

»Da war ich ein halbes Leben lang nicht mehr.«

»Dann ist das ja bald zwanzig Jahre her.«

»Du willst dich wohl mit mir anlegen?«

Sie ging nicht darauf ein, sondern fragte: »Warum hat das denn so lange gedauert, bis du dich endlich mal gemeldet hast?«

»Eigentlich bin ich ja nicht zu meinem Vergnügen hier.«

Sie ließen den Wagen an einem Waldparkplatz stehen und gingen die letzten zwei, drei Kilometer zu Fuß, immer auf einem Höhenrücken entlang, zwischen dem Waldsaum und sanft abfallenden Streuobstwiesen. Im Hintergrund sah man die blaue Mauer der

Schwäbischen Alb. Nach Osten hin tauchte die Wurmlinger Kapelle auf, die Ludwig Uhland einst besungen hatte: »Droben stehet die Kapelle, schauet still ins Tal hinab, drunten singt bei Wies und Quelle froh und hell der Hirtenknab ...« Es war ein klarer Abend. Hier oben wehte ein leichtes Lüftchen. Die Temperaturen waren in den letzten Tagen etwas gesunken.

Nach einer Dreiviertelstunde erreichten sie die Burg Hohenentringen. Sie holten sich im ersten Stock, wo die Speisen und Getränke ausgegeben wurden, zwei Portionen warmen Leberkäse und zwei Gläser Apfelmost. Auf einem Tablett transportierte Peter Essen und Trinken über die steinerne Wendeltreppe hinunter in den Hof. Sie fanden noch zwei Plätze auf zwei Bänken an einem langen Tisch mit Blick hinunter ins Strohgäu. Im Hintergrund war die mächtige Kirche von Herrenberg zu sehen.

»Wie lange bleibst du noch?«, fragte Sandra.

»Kommt drauf an. Irgendwie scheint sich der Fall zuzuspitzen.«

»Magst du darüber sprechen?« Das Füchsleingesicht Sandras bekam einen gespannten Ausdruck.

»Ja, warum nicht? Ist vielleicht gar nicht schlecht. Ich bin so einer, der seine Gedanken beim Reden verfertigt«, sagte Peter Heiland und begann langsam, zuerst stockend, doch dann immer flüssiger, zu berichten, wie er von seinem Chef, Ron Wischnewski, vor nunmehr vier Wochen nachts in die Gradestraße gerufen wurde, wo der junge Computerfachmann Kevin

Mossmann erschossen worden war, als er aus dem Bus ausstieg. Danach berichtete er von den Anschlägen auf die Kindergärtnerin Amelie Römer im Januar, die mit Saschas Tante Sonja Michel zusammen gewohnt hatte; auf den Lehrlingsmeister Sebastian Köberle wenige Wochen später, der einmal mit Frau Michel verheiratet gewesen war und damals zur Bedingung gemacht hatte, dass sie Sascha weggeben müsse. Schließlich kam er zu Ulrich Schmidt, dem Gewerbelehrer, der, wie man nun wusste, Sonja Michel über die »Agentur Seitensprung« kennen gelernt hatte.

Sandra kicherte. »So etwas gibt es?«

»Sieht so aus, ja.«

»Und wie ging es dann weiter?«

»Jetzt geht's erst mal so weiter, dass ich uns noch etwas zu trinken hole. Magst du auch noch etwas essen?«

»Die haben so einen guten hausgemachten Apfelkuchen hier. Und da hätte ich am liebsten einen Milchkaffee dazu.«

Als Peter Heiland den Kuchen, den Kaffee und zwei Viertel Rotwein auf den langen Tisch stellte, fuhr er fort: »Das nächste Opfer war dann dieser Computerfachmann. Kevin Mossmann hieß er, und wir wissen nur, dass er offenbar mit seinem Mörder noch telefoniert hat, bevor er sehr spät am Abend die Firma verließ, um mit dem Bus nach Hause zu fahren. Es gab dann noch einen Anschlag auf einen Malerprofessor, der, wie wir jetzt wissen, unseren Täter als Schüler abgewiesen hatte. Und auf mich natürlich.«

»Auf dich?« Sandra starrte ihn entsetzt an.

»Ja, aber er hat daneben geschossen.«

»Warum hat er überhaupt auf dich geschossen?«

Peter Heiland erzählte die Geschichte, die er von Frau Scharlau, seiner früheren Lehrerin, erfahren hatte. Jetzt, da er sich wieder an alles erinnerte, konnte er sehr anschaulich berichten, wie die anderen ihn in die Pulverkammer einsperrten und dass er nie erfahren hatte, was in dem Steinbruch vorgefallen war, bis Frau Scharlau es ihm erzählte. »Unsere Lehrerin hat ihm gesagt, dass ich damals nicht beteiligt war.«

»Dann müsstest du aber jetzt außer Gefahr sein«, sagte Sandra, »wenn er doch weiß, dass du bei der Schweinerei gar nicht mitgemacht hast.«

»Vielleicht hat er ja auch nur auf mich geschossen, weil ich ihm als Ermittler gefährlich geworden bin.«

Sandra biss sich auf die Unterlippe. »Mist«, sagte sie leise.

»Sieht ja grade so aus, als ob du dir Sorgen um mich machen würdest.«

»Und?«, fuhr sie auf. »Was wäre dabei?«

»Nichts!« Er trank ihr zu. So entspannt und fröhlich hatte er sich schon lange nicht mehr gefühlt.

»Und dieser andere Schüler?«, fragte Sandra plötzlich.

»Welcher andere Schüler?«

»Der Anführer von dieser Bande?«

Peter sah auf. »Winfried Leienberger.«

»Jetzt, wo das alles wieder hochgekommen ist bei

diesem Sascha, könnte es da nicht sein...?« Sie ließ den Satz in der Luft hängen.

Peter Heiland hielt den Atem an. »Menschenskind, warum bin ich bloß selber nicht darauf gekommen?« Er riss förmlich sein Handy aus der Tasche.

»Du rennst jetzt aber nicht gleich weg?«, rief Sandra.

Peter hatte Verbindung. »Gut, dass du noch da bist, Mike. Mich hat grade das charmanteste Mädchen zwischen Meersburg und Stuttgart darauf gebracht, dass möglicherweise Winfried Leienberger... Was?«

Mike Dürr saß an seinem Schreibtisch, hatte die Füße auf die Schreibplatte gelegt und kaute an einem Bleistift, weshalb er nicht so besonders gut zu verstehen war, als er jetzt sagte: »Ja, der Bienzle hat angerufen und gefragt, ob wir denn schon auf die Idee gekommen seien, dass der Mann möglicherweise gefährdet sei.«

»Und?«, fragte Peter Heiland. »Habt ihr schon etwas unternommen?«

»Raisser versucht ihn grade ausfindig zu machen.«

»Hoffentlich kommen wir da nicht zu spät. Rufst du mich auf dem Handy an, wenn ihr was wisst?«

»Logisch!« Dürr legte auf.

»Ende des fröhlichen Ausflugs, was?«, sagte Sandra.

»Sieht fast so aus!«

»Schade. Wer weiß, wann ich dich wiedersehe. Und ich Dussel bring dich auch noch drauf!«

Winfried Leienberger lebte in Tübingen. Hier hatte er im Keplergymnasium Abitur gemacht, und hier war er dann der Einfachheit halber auch gleich auf die Universität gegangen. Das Jurastudium hatte er in zwölf Semestern hinter sich gebracht. Sein Abschluss war nicht besonders gut, weshalb ihn auch keine staatliche Einrichtung haben wollte. Er hatte ohnehin nie vorgehabt, Richter oder Staatsanwalt zu werden. Er bewarb sich bei der Sparkasse, was eigentlich keine wirkliche Bewerbung war; denn sein Vater, der als Textilfabrikant ganz gutes Geld verdiente, war dort ein angesehener, weil pflegeleichter Kunde. Zudem spielte er mit dem Direktor einmal im Monat Skat, und gelegentlich unternahmen die beiden, gemeinsam mit ihren Gattinnen, eine kleine organisierte Bildungsreise. Auf diese Weise waren sie schon in Griechenland, auf Sizilien, in Andalusien und einmal sogar in New York gewesen. Wenn es stimmte, dass es zwei Sorten Schwaben gab, die weltläufigen und die verhockten, dann gehörte die Familie Leienberger trotz ihrer gelegentlichen Bildungsreisen zur letzteren Spezies. Vater Konrad Leienberger pflegte zu sagen: »Oiner, der anschtändig lebt, lebt oifach net so en da Tag nei und scho gar net en d'Nacht.«

Sein Sohn Winfried hatte sich schon früh nach der Maxime des Alten gerichtet. Damals freilich, als er sich den Sascha Gräter vorgenommen hatte, weil der seiner Schwester Miriam unter die Röcke gegriffen haben sollte – was sich ja später als Irrtum herausstellte –, damals also hatte sich sein Vater den Knaben Winfried vorgeknöpft. Das Problem war nicht gewesen, dass er sich an dem kleinen Gräter vergriffen hatte – wer war schon Sascha Gräter? Das Problem war, dass die Tat in der Schule und in der Elternschaft so eine Aufregung verursachte. Konrad Leienberger hatte es gerne sauber und übersichtlich, und er wollte auf keinen Fall, dass über ihn oder seine Familie in der Stadt gesprochen wurde.

Konrad Leienberger war damals zu der Ziehmutter des Jungen gegangen, hatte ihr Geld angeboten. Höchstpersönlich hatte er in der Heimschule Urspring angerufen und gefragt, ob ein Platz frei sei. Er übernahm die Kosten für drei Jahre. Dann konnte der Junge ja in eine Lehre gehen oder auf eigene Kosten weiter lernen. Der Hemdenfabrikant Leienberger fühlte sich danach als guter Mensch. Seinem Sohn redete er ins Gewissen: »Wenn mir so was noch amal vorkommt, schick ich dich auch aufs Internat!« Und in Winfrieds Ohren klang Internat wie Gefängnis.

Inzwischen war Winfried dreiunddreißig und Leiter der Abteilung Sorten und Devisen, wofür seine Intelligenz durchaus ausreichte. Er hatte eine Frau und zwei Kinder und ein hübsches, gepflegtes Häuschen auf dem Österberg. Ursprünglich war ja einmal vorgesehen gewesen, dass Winfried die väterliche Fabrik übernehmen sollte. Aber inzwischen hatte seine

Schwester Miriam einen Textilkaufmann geheiratet, der in der väterlichen Firma arbeitete und sich als tüchtig erwies. Der sollte nun Geschäftsführer werden, was Winfried keine schlaflosen Nächte bereitete; denn als Fabrikant, grade in diesen Zeiten, war man ja für so vieles verantwortlich. Am Ende auch für die siebenundvierzig Mitarbeiter, von denen man vielleicht ein Drittel demnächst entlassen musste. Der Bankkaufmann war außerordentlich froh darüber, dass er sich damit nicht herumschlagen musste.

An diesem Tag verließ Winfried Leienberger die Bank erst gegen sechs Uhr. Er ging zu Fuß zum Holzmarkt und weiter zum Rathausplatz, setzte sich vor dem Café Pfuderer an einen der Tische im Freien und vertiefte sich in das »Schwäbische Tagblatt«, zu dessen Lektüre er den ganzen Tag noch nicht gekommen war. Nach Hause pflegte er meistens erst um eine Zeit zu gehen, da seine Kinder nichts mehr von ihm wollten.

Die Sonne verschwand langsam hinter dem Dachgiebel des Rathauses, aber es war noch immer angenehm warm.

Leienberger bemerkte nicht, dass sich ihm ein Mann gegenübersetzte. Erst als der ein Mineralwasser bestellte, sah der Bankangestellte auf und nickte kurz grüßend. Er wunderte sich, dass der Fremde ausgerechnet an seinem Tisch Platz genommen hatte, wo es doch noch eine ganze Reihe anderer gab, an denen niemand saß.

Plötzlich sagte sein Gegenüber: »Winfried Leienberger, nicht wahr?«

Überrascht schaute der Bänker auf.

»Ich bin dir von der Bank her gefolgt. Es war nicht schwierig rauszukriegen, wo du arbeitest.«

»Kennen wir uns?« Eine seltsame Unruhe befiel Winfried Leienberger. Zu seiner eigenen Überraschung empfand er plötzlich Angst.

»Ich kenne dich!«

Die Bedienung brachte das Mineralwasser. Sascha bezahlte sofort und nahm einen ersten Schluck. Das Handy des Bänkers meldete sich. Sascha sagte in das Klingelgeräusch hinein: »Sascha Gräter. Erinnerst du dich nicht?«

Winfried Leienberger brach der Schweiß aus. Zugleich sagte er ins Telefon: »Ja, Leienberger hier... Wer? – Polizei?«

Sascha Gräter zog Peter Heilands Dienstpistole aus dem Hosenbund und beugte sich leicht vor. Er schob die Hand mit der Waffe unter den Tisch.

»Was??«, schrie Leienberger ins Telefon. »Aber der sitzt mir gegen...« Weiter kam er nicht. Sascha schoss zweimal, und er traf beide Beine des anderen. Dann stand er auf, als ob nichts gewesen wäre. Erst als er die Schlosstreppe erreichte, hörte er die Schmerzensschreie des Getroffenen. Den schwarzen Golf hatte er auf dem anderen Neckarufer geparkt. Als er merkte, dass niemand ihn verfolgte, schlenderte er wie ein Flaneur die Neckargasse hinunter, überquerte den Fluss und stieg in der Nähe des Bahnhofs in das gestohlene Auto.

***

Peter Heiland und Sandra Teinacher hatten den Waldparkplatz, wo sie ihr Auto abgestellt hatten, gerade erreicht, als sich Mike Dürr meldete, um mitzuteilen, dass man Leienberger nicht mehr habe rechtzeitig warnen können. Er werde in diesem Moment mit zerschossenen Beinen in die Uniklinik gebracht. Der Täter habe die Pistole – eine Walter PK übrigens, wie man sie auch als Polizeidienstwaffe einsetze – hinterlassen. Er selbst aber sei spurlos verschwunden.

»Wo ist die Waffe?«, fragte Peter Heiland.

»Die wird im Augenblick erkennungsdienstlich behandelt.«

»Ich kann dir sagen, wem sie gehört!«

»Ja?«

»Mir!«

»Was??«

»Ich erklär dir das.«

»Das wirst du wohl dem Staatsanwalt erklären müssen. Sorry, Alter!«

»Ja, verdammt. Das ist schon immer so gewesen in meinem Leben: Was ich falsch machen kann, habe ich falsch gemacht. Ich bin in einer Viertelstunde bei den Kollegen in Tübingen.«

Er sah Sandra mit allen Anzeichen des Bedauerns an.

»Hört sich irgendwie Scheiße an«, sagte Sandra.
»Scheiße ist da unheimlich geschmeichelt, sag ich dir!«

Im Polizeipräsidium wartete Hauptkommissarin Désirée Lindemann bereits auf den Kollegen aus Berlin. Raisser und drei weitere Kollegen flankierten die Chefin, die aufrecht hinter ihrem Schreibtisch stand, paarweise rechts und links. Sie trug ihre Haare diesmal offen, was sie stark veränderte. Aber als sie Peter mit ihrer schneidend scharfen Stimme anherrschte: »Sagen Sie, dass es nicht wahr ist«, wirkte sie trotzdem nicht fraulicher.

»Sie meinen, dass der Täter mit meiner Dienstpistole geschossen hat?«

»So etwas kann doch überhaupt nicht passieren.«

»Mir schon«, sagte Peter Heiland geknickt und erzählte von dem Einbruch in das Haus seines Großvaters.

»Und Sie haben das nicht gemeldet?«

»Nein. Sonst hätten Sie ja vielleicht schon früher davon erfahren.«

»Dass das zu einem Dienststrafverfahren führt, ist Ihnen doch…«

Peter unterbrach sie laut: »Ja, verdammt nochmal, das ist mir klar! Aber Sie werden es ja zum Glück nicht führen.«

Plötzlich war es mucksmäuschenstill in dem Raum. Es dauerte ein paar Sekunden, bis Frau Lindemann ihre Contenance wiedergefunden hatte. »Der Fall Gräter/Leienberger ressortiert jedenfalls hier, bei uns«, sagte sie schmallippig. »Wenn ich Sie noch brauche, werde ich Sie's wissen lassen.«

»In Ordnung«, sagte Peter Heiland und verließ den Raum.

***

Sein Großvater sah ihm die Niedergeschlagenheit sofort an. »Was ist passiert?«, fragte der Alte, als Peter Heiland nach Hause kam.

Peter erzählte es ihm, während er in die Küche ging und eine Flasche Rotwein und zwei Gläser holte. Inzwischen war es kurz vor zehn Uhr am Abend. Peter fühlte sich müde und ausgebrannt. Aber da dies sein letzter Tag in Riedlingen war, wollte er sich auch nicht einfach ins Bett legen.

»Ich tät mich ja gern nach draußen setzen«, sagte Opa Henry, »aber wenn der Kerle da vielleicht rumschleicht…«

»Der ist weg!« Peter goss Wein in zwei Henkelgläser. Sie setzten sich unter die Pergola und tranken sich stumm zu. Eine ganze Zeit lang schwiegen sie. Dann nahm Peter wieder das Wort: »Meine Kollegen behaupten, es gebe eine frappierende Ähnlichkeit zwischen diesem Sascha Gräter und mir.«

»Kann schon sein«, sagte sein Großvater vorsichtig.

»Niemand hat mir gesagt, wer mein Vater ist«, fuhr

Peter fort. »Bei Sascha Gräter weiß man's. Seine Mutter hatte damals ein Verhältnis mit dem Wirt vom ›Goldenen Adler‹.«

Henry nickte. »Der Heiner Ruckaberle war's tatsächlich!«

»Bei mir auch?«

»Hä?«

»Hat meine Mutter auch ein Verhältnis mit dem Ruckaberle g'habt?«

»Deine Mutter mit dem Heiner Ruckaberle??«

»Drück ich mich nicht deutlich aus?« Peter war ungewöhnlich gereizt.

»Ach Peter! Wie kommst du nur auf so was? Wegen einer entfernten Ähnlichkeit auf einem Foto?«

»So entfernt dann au wieder net.«

Opa Henry stemmte sich ächzend aus seinem Stuhl. »Ich zeig dir deinen Vater, da wirst du erst eine Ähnlichkeit entdecken!« Er verließ den Garten und ging ins Haus.

Peter wäre am liebsten aufgesprungen und seinem Großvater nachgerannt. Aber er konnte nicht. Er saß da wie gelähmt. Es dauerte eine Weile, ehe Opa Henry zurückkam. In der Hand trug er eine alte Zigarrenschachtel. Peter erinnerte sich, dass sein Großvater ein begeisterter Zigarrenraucher gewesen war, bis der Arzt es ihm verboten hatte.

Langsam ließ sich der Alte wieder auf seinen Stuhl sinken, trank einen kräftigen Schluck aus seinem Glas und schob es dem Enkel hin, damit er nachfüllen konnte. Dann öffnete Opa Henry den Deckel der Zigarrenschachtel und begann in den alten Fotos zu kramen. Schließlich zog er eines heraus. Seine Finger zitterten ein wenig, als er sich das Bild dicht vor die Augen hielt. »Deine Mutter würde mir das nie verzeihen.«

Er reichte die Fotografie über den Tisch. Peter erkannte darauf einen Mann in einer Soutane, der offenbar eine Gemeinde segnete. Es war unverkennbar ein katholischer Pfarrer. Der große, dünne Mann mit den leicht eingesunkenen Schultern und dem vorgereckten schmalen Vogelkopf sah aus wie ein Zwillingsbruder Peters.

»Das ist mein Vater?«

»Ja!«

»Ein Pfarrer?«

»Ja!«

»Ein katholischer? Opa, wir sind evangelisch!«

»Die Liebe kennt keine Konfessionen. Er hatte ihr versprochen, sich von der Kirche zu lösen. Aber, scheint's, ist das doch schwerer, als mr glaubt.«

»Und er lebt nicht mehr?«

Opa Henry schüttelte den Kopf. »Er saß damals mit in dem Auto.«

»Heißt das…?«

»Nein, er hat den Unfall bestimmt nicht bewusst herbeigeführt.« Aber es klang nicht sehr überzeugt.

»Und wenn«, sagte Peter fast tonlos, »dann wäre es gegen ihren Willen gewesen.«

»Aber ja. Sie hätte dich nie im Stich gelassen, Bub!«

»Und wenn du mir jetzt noch seinen Namen verrätst, Opa!«

»Net gern!«

»Dann ungern. Das muss jetzt sein!«

»Mit Vornamen hat er Michael geheißen.«

Peter sah Henry nur an. Und der wusste, sein Enkel würde jetzt nicht mehr locker lassen. Schließlich stieß er hervor: »Ruckaberle. Michael Ruckaberle.«

»Hat der was mit den Ruckaberles vom ›Adler‹ in Bodelsingen zu tun?«

Henry nickte. »Er war der Bruder von Heiner Ruckaberle.«

Peter starrte seinen Großvater ungläubig an. »Das würde ja bedeuten…«

»Ja, dass der Mann, den du die ganze Zeit suchst, väterlicherseits dein Vetter ist!«

»Und du bist dir da ganz sicher?«

»Jetzt komm! Auch wenn i's dir lang net g'sagt hab, g'wusst han i's natürlich immer.«

Peter trank sein Glas aus, stand auf, ging zu Opa Henry hinüber, nahm ihn fest in die Arme und drückte ihn. »Danke, dass du 's mir endlich gesagt hast.«

»Wer weiß, in was du dich sonst noch hineingesteigert hättest«, sagte sein Opa Henry mit leiser Stimme.

***

Sascha Gräter war ohne Halt von Tübingen bis in die Gegend von Kassel gefahren. Als sich die Nadel der Tankanzeige auf Null zu bewegte, bog er von der Autobahn auf eine Bundesstraße ab, danach auf eine Landesstraße und schließlich auf einen Feldweg. Unter einem allein stehenden Nussbaum parkte er den Wagen. Er machte den Beifahrersitz lang, rollte sich hinüber, zog aus dem Rucksack eine Isomatte und deckte sich damit zu. Fünf Minuten später war er eingeschlafen.

Es war schon gegen neun Uhr vormittags, als er aufwachte. Er holte ein Paar Turnschuhe und ein Handtuch aus seinem Rucksack, zog die Sportschuhe an und lief quer über eine Wiese bergaufwärts auf einen bewaldeten Hügel zu. Das Handtuch hatte er um den Hals geschlungen.

Zehn Minuten später tauchte er in den Mischwald ein. Weitere fünfzehn Minuten danach entdeckte er in einem flachen Tal einen von Erlen umstandenen Bach. Er folgte ihm, bis er eine Stelle fand, wo sich das Wasser staute. Sascha zog sich aus und legte sich flach in den Bach. Das Wasser erfrischte ihn.

Eine weitere Stunde später stellte Sascha Gräter den schwarzen Golf mit dem Tübinger Kennzeichen auf dem Parkplatz beim Bahnhof Kassel-Wilhelmshöhe ab. Er schritt auf den Bahnhof zu. Seinen Rucksack hatte er an einem Riemen über die Schulter gezogen. Beim Service-Center kaufte er sich eine Fahrkarte nach Berlin.

Im Zug fand er einen Platz an einem Tisch. Ihm gegenüber saß eine junge Mutter mit ihrem Töchterchen und las ihr aus einem Buch vor. Zwischendurch gähnte die Frau verstohlen. Das Mädchen sah Sascha in die Augen. »Willst du weiterlesen?«, fragte das Kind, als der Zug in Hildesheim einfuhr.

Sascha schüttelte den Kopf und schloss die Augen.

»Der andere war viel netter«, sagte das Mädchen zu seiner Mutter. Die junge Frau fühlte sich bemüßigt, Sascha zu erklären, auf der Hinfahrt habe ein junger Mann Janine eine Zeit lang vorgelesen. Es sei eben eine lange Fahrt von Berlin nach Stuttgart und umgekehrt.

»Ja«, sagte Sascha, ohne die Augen zu öffnen.

Die Mutter las weiter, und Sascha schlief darüber ein. Als er wieder zu sich kam, machte er nur kurz die Augen auf und stellte sich dann schlafend.

Er öffnete die Augen erst wieder, als der Schaffner ankündigte, sie erreichten in Kürze den Bahnhof Zoologischer Garten in Berlin. Die Mutter schob Janine grade die Riemen ihres kleinen Rucksackes über die Schultern, beugte sich zu dem Kind hinab und sagte leise: »Jetzt warst du aber ganz brav. Mit dir kann man so gut verreisen!« Sie drückte dem Mädchen einen Kuss auf die Wange, und Janine schlang für einen kurzen Moment ihre Arme um den Nacken ihrer Mutter. Sascha machte die Augen wieder zu und beschloss, bis Ostbahnhof zu fahren. Als er die Augen wieder öffnete, waren Mutter und Tochter verschwunden. Einen Augenblick sah er sie noch draußen auf dem Bahnsteig. Das Kind hüpfte an der Hand der Frau fröhlich auf die Treppe zu.

***

Peter Heiland rief Sandra an und fragte, ob sie ihn nach Stuttgart fahren wolle. »Aber gern«, sagte sie, »wo soll ich dich abholen?«

»Beim Polizeiposten Riedlingen.«

Seinem Großvater sagte er, ein Kollege bringe ihn zum Zug. Er wollte nicht, dass der alte Mann mitfuhr. Vielleicht wollte er auch nur mit Sandra allein sein. So genau wusste er das selber nicht. Sein Großvater nahm Peters Hände zwischen die seinen. »Sei vorsichtig, gell?!«

Sie umarmten sich. Opa Henry hatte Tränen in den Augen, was er freilich nie und nimmer zugegeben hätte.

»Und wart desmal net so lang, bis du wieder amal kommst«, sagte der Großvater.

»Versprochen!«

Opa Henry blieb unter der Tür stehen und winkte auch noch, als er Peters Auto schon lange nicht mehr sehen konnte. Dann wandte er sich mit einem Seufzer um, sagte »Oh, Kerle!«, und niemand hätte sagen können, ob das Peter oder ihm selbst galt. Heinrich Heiland ging in die Küche, um das Frühstücksgeschirr abzuwaschen.

Als Peter die Polizeistation in Riedlingen betrat, war grade die Meldung hereingekommen, dass der gesuchte Wagen auf dem Parkplatz beim Bahnhof Kassel-Wilhelmshöhe gefunden worden sei. Unbeschädigt und mit fast leerem Tank. Kurz nach Peter traf Raisser auf dem Riedlinger Polizeiposten ein.

»Er hat den Zug nach Berlin genommen«, sagte Peter.

»Fragt sich nur welchen?«, ließ sich Dürr hören.

»Weiß man, wie lange das Auto auf dem Parkplatz stand?«

Mike Dürr schüttelte den Kopf, und Peter sagte: »Ich werde mir auch mal einen Zug raussuchen.«

»Fliegst du nicht?«, fragte Dürr.

»Nur wenn es sich gar nicht umgehen lässt!«

»Soll ich dich nach Stuttgart fahren?«

»Nein. Ist schon organisiert.«

Raisser warf dazwischen: »Wir wissen übrigens jetzt, dass Ruckaberle das alte Mausergewehr seiner damaligen Geliebten geschenkt hat.«

»Sonja Michel«, sagte Dürr.

»Damals hieß sie noch Gräter«, sagte Peter Heiland, »und die hat es dann mit nach Berlin genommen und an ihren Neffen weitergegeben. Mit einem Auftrag, nehme ich an. – Und woher wissen wir, dass Ruckaberle die Waffe seiner Freundin geschenkt hat?«

»Wir haben alle alten Jagdkameraden von ihm befragt. Und an so ein ausgefallenes Gewehr erinnert sich der eine oder andere halt noch.«

Peter Heiland hatte inzwischen auf dem Computermonitor die Zugverbindungen herangeholt. Er würde 12 Uhr 51 von Stuttgart aus fahren.

Peter ging um den Schreibtisch herum und streckte Mike Dürr die Hand hin. »Danke für alles!«

»Alles der Job«, antwortete Dürr.

»Na ja, man kann ihn so und so machen.«

»Stimmt auch wieder.«

Auch Raisser reichte Peter die Hand.

Raisser sagte: »Schade eigentlich. Ich hätt gern noch a bissle mit Ihne zusamme g'schafft.«

»Vielleicht ein anderes Mal«, sagte Peter und begriff im selben Moment, wie abgedroschen diese Floskel war, zumal Raisser nur noch wenige Monate bis zum Ruhestand hatte. Deshalb fügte er schnell hinzu: »Man könnte sich ja auch mal privat sehen, wenn ich wieder amal im Ländle bin.«

»Aber gern!« Raisser hatte einen starken Händedruck.

Vor dem Polizeiposten hupte ein Auto. Mike Dürr trat ans Fenster und sah Sandra, die in diesem Moment ausstieg. »Die könnt dich doch auch gleich direkt bis nach Berlin fahren«, sagte er.

»Keine schlechte Idee – ein anderes Mal vielleicht!«

Peter salutierte mit dem Zeigefinger an der Stirn und verließ das Polizeirevier.

***

Sascha war am Ostbahnhof ausgestiegen. Den Rucksack hatte er lose mit einem Riemen über die rechte Schulter geschoben. Unschlüssig blieb er stehen. Nach Berlin war er nur gekommen, um seine restlichen Spuren zu tilgen. Vor allem aber musste er das Geld, das er versteckt hatte, und seine restlichen Klamotten, die er bei Jonny, dem Doorman deponiert hatte, holen. Danach wollte er so schnell wie möglich außer Landes gehen. Auch dafür hatte er einen Plan, an dem er schon seit einem Jahr feilte.

***

Sandra fuhr zügig. Peter hatte seine langen Beine dicht an sich gezogen, so dass sein Kinn fast auf den Knien ruhte. Den Kopf hatte er leicht schräg gegen die Kopfstütze gelehnt. So konnte er bequem zu Sandra hinüberschauen. Ihr kurzer Rock war so weit hoch gerutscht, dass er ihre Schenkel sehen konnte. Sandra hatte schöne Beine. Die Haut war so weiß, wie man es bei rothaarigen Frauen öfter sah. Peters Augen erfassten das Gesicht mit den ungewöhnlich schrägen Augen, dem vollen Mund und den vielen Sommersprossen. Peter lachte kurz auf. Sandra sah herüber.

»Was ist?«

»Ich musste grade dran denken, wie man bei uns Sommersprossen nennt.«

»Rossmucke!«

»Ja, genau.«

»Gefallen sie dir nicht?«

»Oh doch!«

»Als Kind bin ich deshalb immer gehänselt worden. Aber inzwischen kriege ich fast nur noch Komplimente dafür.«

Sie fuhr die engen Kurven der Gomaringer Steige hinunter. Peter spürte einen kleinen Stich in der Herzgegend. Nun verließ er also wieder einmal die Schwäbische Alb, und wer wusste, wann er wiederkommen würde.

Als ob sie seine Gedanken erraten hätte, fragte Sandra: »Kommst du bald mal wieder?«

»Vielleicht kommst du eher mal nach Berlin?«

»Könnt schon sein. Ich hab sogar schon überlegt, ob ich nicht in Berlin weiterstudieren soll.«

»Bist du hier überhaupt nicht gebunden?«

Ihre Augen begegneten sich kurz. »Eigentlich nicht«, sagte Sandra.

»Und uneigentlich?«

»Na ja, wenn sich einer nicht entscheiden kann... Und jetzt ist mir das manchmal sogar ganz recht.«

Peter drang nicht weiter in sie. Sandra fand das schade. Sie hätte gerne mehr davon erzählt und dabei versucht, näher an diesen spröden langen Kerl auf dem Beifahrersitz heranzukommen.

In Stuttgart steuerte Sandra ihren kleinen Wagen auf den Parkplatz am Nordausgang. Beide stiegen aus. Peter holte sein Gepäck aus dem Kofferraum und blieb dann dicht vor Sandra stehen. »Man sieht sich«, sagte er steif. Er streckte die Arme vor, als ob er die junge Frau umarmen wollte, zog sie dann aber wieder zurück. Er war sich bewusst, wie linkisch diese Geste wirken musste. Sandra warf ihm ihre Arme um den Nacken, zog Peters Kopf zu sich herunter und küsste ihn auf beide Wangen. »Mach's gut«, sagte sie leise, »und, bitte, pass auf dich auf.«

»Mach ich!«

Er nahm seinen Rucksack und seinen Koffer und ging, ohne sich noch einmal umzuschauen, in den Bahnhof hinein.

***

Hanna Iglau betrat Ron Wischnewskis Büro. »Sie wollten mich sprechen?«

»Aus Schwaben ist ein Bericht gekommen. Heiland ist offenbar schon wieder auf dem Weg hierher. Der Heckenschütze hat in – wie heißt das Nest...?« Er schaute nach und fuhr dann fort: »...in Bodelsingen ein Auto gestohlen. Danach hat er in Tübingen mitten auf dem Marktplatz einem Mann auf offener Straße zweimal in die Beine geschossen und ist geflohen. Das Fahrzeug hat man inzwischen beim Bahnhof Kassel-Wilhelmshöhe gefunden. Alle Bahnpolizeistationen sind mit dem Fahndungsfoto versorgt worden, aber bis jetzt haben wir keine Reaktion. Im schlimmsten Fall ist der Kerl schon wieder in Berlin.«

Er schob eine E-Mail über den Tisch. Sie stammte von Dürr und Raisser und berichtete präzise über die Ermittlungsarbeit von Peter Heiland und seinen Kollegen in Schwaben.

»Sie sollten das in aller Ruhe studieren«, sagte Ron Wischnewski. »Die haben gute Arbeit gemacht. – Aber natürlich hat sich Heiland wieder einmal einen typischen Klops geleistet.«

Hanna sah auf und zog die Augenbrauen hoch. Sie mochte es nicht, wenn ihr Chef so herablassend über Peter sprach.

»Er hat sich seine Dienstwaffe von diesem Heckenschützen klauen lassen, und der hat damit den Mann in Tübingen angeschossen.«

»Au weia!«, entfuhr es Hanna.

»Der Kollege Bienzle hat mich vor einer halben Stunde angerufen. Er kennt den Casus und meint, man müsse alles versuchen, um die Geschichte so niedrig wie möglich zu hängen.«

Hanna lächelte. »Ein fürsorglicher früherer Chef!«

Wischnewski verzog das Gesicht. »Wissen Sie, was der sagt: ›So was kann doch jedem mal passieren. Nur wer nicht arbeitet, macht keine Fehler.‹«

»Sehr gut«, kommentierte Hanna Iglau.

»Also ich sehe da keine Chance«, sagte Wischnewski gnatzig. »Wenn einer Fehler macht, hat er gefälligst dafür einzustehen.«

***

Sascha Gräter schnürte durch die Gegend um den Berliner Ostbahnhof. Er blieb vor der einen oder anderen kleinen Pension stehen, ging dann aber jedes Mal weiter, weil sie ihm nicht sauber genug erschienen. Endlich fand er ein Hotel garni in der Müncheberger Straße, das einen properen Eindruck machte.

Eine hagere, streng frisierte Frau um die fünfzig kam aus einem kleinen Büro im Hintergrund, als er die winzige goldene Glocke schwang, die auf dem Empfangstresen stand. »Ja, bitte?«

»Haben Sie noch ein Einzelzimmer?«

»Ja, mit Bad und eigenem WC, Fernseher, Telefon und Internetanschluss. Soll ich's Ihnen zeigen?«

»Nicht nötig. Geht es zur Straße oder hinten raus?«

»Wie Sie wollen.«

»Hinten raus.«

»Wie lange bleiben Sie?«

»Zwei, höchstens drei Nächte.«

Er nahm den Schlüssel entgegen und stieg die Treppe hinauf. Das Zimmer lag im ersten Stock und war sehr sauber. Sascha Gräter öffnete das Fenster und warf einen Blick hinaus. Unter ihm lag ein Hof, der rechts und links von Seitenflügeln begrenzt war. Hinten schloss eine Brandmauer das Areal ab. Links neben dem Fenster lief ein Regenfallrohr hinunter und endete in einem Gulli. Sascha war zufrieden. Notfalls konnte er diesen Weg nehmen, wenn er schnell und unbemerkt wegmusste. Er warf sich auf das Bett und kreuzte die Arme unter dem Nacken. An der Decke lief eine dicke schwarze Fliege Richtung Fenster. Sascha stand noch einmal auf, öffnete beide Fensterflügel weit und wartete, bis das Tier den Weg in die Freiheit gefunden hatte, dann kehrte er zum Bett zurück, um zu warten, bis es Abend wurde.

Peters Zug lief pünktlich um 18 Uhr 18 auf dem Bahnhof Zoo ein. Er stieg in die S-Bahn um und nahm ab Bahnhof Friedrichstraße die U-Bahn. Kurz nach sieben Uhr betrat er seine Wohnung in der Stargarder Straße. Die Luft war stickig. Er riss alle Fenster auf und trat auf den Balkon hinaus. Die Blätter der Bäume waren staubig, und manche von ihnen welkten bereits. Eine Folge des viel zu heißen und trockenen Sommers.

Peters Blick fiel auf die Straße. Vor der Bodega gegenüber stand mit dem Rücken zu ihm ein bunt gekleideter Mensch und jonglierte mit vier Bällen. Peter steckte vier Finger in den Mund und pfiff. Ohne sein Spiel mit den Bällen zu beenden, drehte sich Manuel um und schaute zu ihm herauf. Peter deutete gestisch an, dass er hinunterkommen werde.

Eine Viertelstunde später servierte ihnen der Kellner Kapernbeeren, Artischockenherzen, dicke Bohnen und wilde Kartoffeln mit Knoblauchmayonnaise. Die beiden jungen Männer ließen sich die Tapas schmecken, und Peter Heiland erzählte – eigentlich gegen seinen Willen – die ganze Geschichte seiner Ermittlungen gegen Sascha Gräter. Der Schwarze sah seinen neuen Freund mit großen Augen an. »Und du hast tatsächlich geglaubt, er wäre dein Bruder?«

»Mein Halbbruder!«

»Mein lieber Mann! Eigentlich schade.«

»Was ist schade?«

»Dass er's nicht ist. Ich würde es dabei belassen: Ihr habt denselben Vater und zwei verschiedene Mütter. Gibt doch der Geschichte einen ganz anderen Kick!«

»Ey, hier geht es nicht um eine möglichst gute Story. Hier handelt es sich um Polizeiarbeit. Warum interessiert dich das überhaupt alles so?«

»Na hör mal! Mich als Schriftsteller soll das nicht interessieren?«

»Du bist Schriftsteller??«

»Mein Geld verdiene ich als Straßenartist. Aber eigentlich bin ich Autor.«

»Und was schreibst du?«

»Gedichte, Geschichten. Weißt du, wie bei mir *deine* Geschichte enden würde?«

Peter schaute ihn nur fragend an.

»Der Typ hat doch da draußen in Caputh an der Havel gewohnt – wie Einstein selig?«

»Ja.«

»Wie lange?«

»Ein knappes Jahr. Die Datsche gehört einem gewissen Isenbeck. Er hat angeblich einem jungen Mann, der sich ihm als Tim Bohlen vorgestellt hat, das Haus gegen Vorauszahlung einer Jahresmiete überlassen.

Fragen hat der Vermieter nicht gestellt. Der war froh, dass er die Kohle schwarz kassieren konnte.«

Manuel lachte meckernd. »Schwarze Kohle ist wie weißer Schimmel oder schwuler Friseur.«

»Im Einwohnerverzeichnis von Caputh gab es keinen Tim Bohlen«, erzählte Peter weiter. »Wir haben natürlich gleich vermutet, dass der Mieter einen falschen Namen angegeben hatte.«

»Nehmen wir mal an, das Häuschen hat Sascha gefallen. Wollen wir wetten, bevor er endgültig abhaut, geht er nochmal dorthin?«

»Quatsch!«

»Der Typ ist sentimental. Hätte er sonst seine Oma und seine alte Lehrerin besucht? Und dir deine Dienstwaffe wieder in die Hände gespielt? Ich sag dir: Der Typ *ist* sentimental!«

Peter war nachdenklich geworden. »Und du meinst, wenn ich jetzt da rausfahre und mich auf die Lauer lege, spaziert der mir direkt vor die Nase.«

»Du hast doch gesagt, ihr habt einen Profiler!«

»Dr. Nüssing, ja!«

»Warum fragst du nicht ihn?«

Peter nippte an seinem spanischen Rotwein. Im Westen war die Sonne hinter den Dachgiebeln versunken. »Man könnte das Häuschen observieren, immer vorausgesetzt, Wischnewski zieht mit und wir haben genügend Leute.«

»Er muss doch schon wieder in der Stadt sein«, sagte Manuel.

»Ja, anzunehmen.«

»Wahrscheinlich muss er noch einiges erledigen, bevor er sich endgültig aus dem Staub macht…«

»Möglich!«

Manuel legte seinen Kopf in den Nacken und stippte mit der Kuppe seines Zeigefingers seine bunte Mütze aus der Stirn. »Soll ich dir was sagen: Es würde mir leid tun, wenn ihr ihn schnappt.«

»Spinnst du?«

»Hast du mal ›Der Graf von Monte Christo‹ gelesen?«

»Manuel! Der Kerl stammt aus Riedlingen oder Bodelsingen und ist alles andere als ein Graf.«

»Aber er hat sich für alles gerächt, was man ihm angetan hat.«

»Indem er die Leute aus dem Hinterhalt abgeknallt hat. Erlegt wie ein Jäger das Wild, das sich auch nicht wehren kann!«

»Na ja, diesem Sparkassentypen hat er's doch ganz öffentlich besorgt, oder?«

»Hör auf jetzt, ja?! Der Mann ist ein Mörder. Und wenn ich mich draußen an der Waldbühne nicht zufällig im richtigen Moment gebückt hätte, wäre ich jetzt auch tot.«

»Das wäre allerdings auch schade«, sagte Manuel mit komischem Ernst. »Trinken wir noch einen?«

»Vielleicht fahre ich doch mal raus nach Caputh.«

»Und wie? Hast du denn ein Auto?«

»Bei der Kripo gibt es eine Fahrbereitschaft. Ob die

mir allerdings heute Abend noch einen Wagen zur Verfügung stellen…?«

»Ich kann dich fahren.«

»Hast *du* denn ein Auto?«

»Nein, ein Motorrad. Das teile ich mir mit Luigi, der backt bei Giovanni Pizza. Und das sind nur fünf Minuten zu Fuß von hier.«

»Und warum willst du das machen?«

»Vielleicht wird ja doch noch eine Story daraus, die ich brauchen kann.«

***

Sascha verließ das Hotel gegen 21 Uhr. Die Wirtin hatte ihm einen Schlüssel gegeben, der die Haustür und die Zimmertür aufschloss. Er begegnete niemandem auf der Treppe. Die Straße war belebt. Am Ostbahnhof nahm er die S-Bahn Richtung Spandau. Am Bahnhof Friedrichstraße stieg er aus, überquerte die Eisenbrücke zum Schiffbauerdamm und ging rasch die Albrechtstraße hinunter. In einer schmalen Seitenstraße fand er den Eingang zur Disco »Nowhere«. Um diese Zeit war noch nicht viel los. Der Doorman putzte sich seine pieksauberen Fingernägel mit einer aufgebogenen Büroklammer. Sein Blick, den er bislang nicht gehoben hatte, obwohl er die Schritte längst gehört hatte, fiel auf Saschas Schuhe. »Mitgliederausweis?«, stieß der Doorman, den sie alle Jonny nannten, zwischen seinen Zähnen hervor.

»Hi, Jonny!«

Der Zweimetermann mit der Bodybuilderfigur hob endlich den Blick. »Ey, Sascha!«

»Grüß dich!«

»Wo warst du so lange?«

»Wen interessiert 's?«

»Da war ein Bulle mit `nem Bild von dir da. Die sind überall mit dem Foto unterwegs. Ich wusste ja nicht, dass du Scharfschütze bist.«

Sascha Gräter spürte Schweißtropfen in den Augenwinkeln. Aus der Disco wurde ein Schwall Musik auf die Straße herausgeworfen, als ein junges Paar das Etablissement verließ.

»Du holst deinen Krempel ab?«, fragte Jonny.

»Mhm.«

»Mach schnell.« Jonny warf Sascha einen Schlüssel zu. »Und sei froh, dass sie noch keine Belohnung auf dich ausgesetzt haben. Ich bin verdammt klamm zurzeit.«

Sascha zog einen Hunderteuroschein aus der Innentasche seiner seidenen schwarzen Bomberjacke und schob ihn in das Brusttäschchen von Jonnys Hemd. Wortlos ging er in die Disco hinein. Die Musik brandete ihm entgegen. Der DJ sampelte, was das Zeug hielt. »Du brauchst ein Thema, einfach nur mixen ist blöd«, sagte Sascha. Aber das konnte der Discjockey nicht hören, dafür war die Distanz zu groß. Er grinste zu Sascha herüber und hob den Daumen. Sascha nickte ihm zu und verschwand durch einen schlecht beleuchteten Gang, den er bis ans Ende ging. Dort führte eine schmale Treppe aus Eisengitterstufen nach unten und endete in einem noch engeren Korridor, von dem rechts und links Türen abgingen.

Sascha steckte den Schlüssel, den ihm der Doorman gegeben hatte, in das Schloss der dritten Tür links und stieß sie auf. Es war ein kahler Raum, der knapp unter der Decke ein Fenster hatte, durch das man die Füße der Menschen sehen konnte, die draußen auf dem Trottoir vorbeiliefen.

Sascha erinnerte sich an eine Geschichte, die ihnen Frau Scharlau einmal vorgelesen hatte. Es ging um einen Schuhmacher, der in so einem Souterrainraum arbeitete und immer nur die Füße und die Beine bis zum Knie der Vorbeigehenden sehen konnte und der im Verlauf der Zeit gelernt hatte, nach diesem schmalen Ausschnitt die Menschen exakt zu beschreiben, die dort oben unterwegs waren. Auch in Peter Heilands Zimmer bei seinem Großvater saß das Fenster so hoch, durch das Sascha eingestiegen war, um die Dienstwaffe des Bullen zu stehlen. Ein Lächeln huschte über sein Gesicht. Wie viele Menschen hatte er wohl in den letzten Monaten in tiefe Ratlosigkeit gestürzt.

Sascha zog hinter dem Spind des Doormans einen prall gefüllten Seesack hervor. Er schnürte ihn auf und warf einen Blick hinein. Dann grub er mit seiner rechten Hand tief in dem Sack. Als er die Maschinenpistole ertastete, war er zufrieden. Nach dem ersten Eindruck fehlte nichts. Sascha schulterte den Sack und machte sich auf den Rückweg.

Der DJ mixte grade eine neue Musik. Und diesmal stimmte es. Billie Holiday sang »Summertime«, darüber schob er verschiedene Songs und Melodien, die thematisch dazu passten. »Summer in the city« zum Beispiel, und plötzlich hörte man zwischendurch Rudi Carell krähen: »Wann wird's mal wieder richtig Sommer?« Sascha grinste. Nun hob auch er den Daumen in Richtung des DJs.

Als er an Doorman Jonny vorbeikam, sagte der: »Und? Wie fühlst du dich?«

»Frag mich in drei Jahren wieder!«

Sascha hob den Zeigefinger der freien Hand an die Stirn und salutierte lässig. »Have a good time, Jonny!«

»Ich werd mir Mühe geben.«

Sascha ging etwa zwanzig Schritte durch die Reinhardtstraße Richtung Friedrichstadtpalast. Bei einer dunklen Hofeinfahrt hielt er inne. Er schaute sich um. Vor der Disco verhandelte Jonny mit einer Gruppe junger Leute, Schüler vermutlich, von irgendwo aus dem Westen Deutschlands, die ihre obligatorische Klassenreise in die Hauptstadt absolvierten und nun etwas erleben wollten. Sascha wusste, der Doorman würde ihnen keine Steine in den Weg legen, und Francis, der in der Disco mit Ecstasy dealte, würde an denen kaum etwas verdienen.

Sascha ging in den Hof hinein. Er lehnte den Seesack an die Mauer neben der Einfahrt und wartete. Zwei Minuten später fuhr ein junger Mann auf einer 250er BMW auf den Hof. Sascha griff tief in den Seesack und zog die Uzzi heraus, ein Exemplar jener leichten und schnellen Maschinenpistolen, die von den Israelis gebaut wurden. Er hatte sie im Dezember des vorausgegangenen Jahres für sündteures Geld bei einem Iraner gekauft, der zur Tarnung in der Simon-Dach-Straße ein kleines Pressebüro betrieb, in Wirklichkeit aber sein Geld mit Waffengeschäften verdiente.

Sascha Gräter trat auf den Motorradfahrer zu und hielt ihm die Mündung der MP an den Hals. »Tut mir leid! Ich muss mir deine Maschine leihen.«

Der junge Mann starrte Sascha mit weit aufgerissenen Augen an. »A-a-a-aber«, stotterte er.

»Du kriegst sie zurück. Ich brauche sie nur zwei oder drei Stunden. Danach rufe ich Jonny an und sag ihm, wo die Kiste steht.«

Nochmal brachte sein Gegenüber ein gestottertes »A-a-aber« hervor.

»Wenn du die Bullen benachrichtigst, finde ich dich, und dann spricht die da!« Sascha erhöhte den Druck mit der Mündung auf die Halsschlagader des Jungen.

»Okay«, brachte der unter Mühen heraus.

»Na also. Viel Spaß in der Disco!«

Sascha schob den jungen Mann durch die Hofeinfahrt. »Ich behalte dich erst mal im Auge.«

Mit unsicheren Schritten ging der Motorradfahrer auf den Eingang der Disco zu. Kurz bevor er ihn erreichte, drehte er sich noch einmal um. Sascha zielte spielerisch mit der Uzzi auf den jungen Mann. Der zeigte dem Doorman einen Ausweis und verschwand in dem Gebäude.

Von dem BMW-Fahrer drohte ihm vorerst keine Gefahr. Sascha schnallte seinen Seesack auf den Gepäckständer und verteilte den Inhalt seines Rucksacks auf die Satteltaschen. Den leeren Rucksack verstaute er ebenfalls dort.

Er fuhr ohne Hast durch die Stadt und drehte erst auf, als er über den Hüttenweg die A 10 Richtung Süden erreichte. Am Autobahndreieck Potsdam fuhr er weiter Richtung Dreieck Drewitz, verließ die Autobahn aber bei Ferch und nahm den Weg am Schwielowsee entlang bis Caputh.

Um diese Zeit waren Manuel und Peter Heiland bereits in der Gartensiedlung an der Havel angelangt. In den meisten Häuschen brannte kein Licht. In einigen konnte man durch die Fenster das Flimmern von Fernsehbildern wahrnehmen. Menschen waren ihnen nicht begegnet.

Manuel fuhr an Cordelia Meinerts Häuschen vorbei und stoppte am Ende des Weges bei einem dichten Erlengebüsch. Sie schoben das Motorrad unter das Buschwerk und gingen langsam zurück.

Auf der Fahrt hatte sich Peter Heiland überlegt, dass es möglicherweise keine so gute Idee gewesen war, auf eigene Faust hier herauszufahren. Er rief bei Wischnewski zu Hause an, aber dort meldete sich niemand. Im Büro traf er nur auf den Kommissar vom Dienst, der nicht wusste, wo man Wischnewski erreichen könnte. Schließlich wählte Peter Heiland die Nummer von Hanna Iglau. Sie meldete sich sofort.

»Na endlich!«, rief sie in den Hörer. »Ich hab schon gehört, dass du wieder in der Stadt sein musst.« Ein leichter Vorwurf schwang mit.

Peter ging nicht darauf ein. »Weißt du, wo ich Wischnewski erreichen kann?«

»Warum?«

Die Frage ärgerte ihn. »Ich muss ihn unbedingt sprechen.«

»Wahrscheinlich ist er nur über sein Handy zu erreichen. Ich glaube, er hat eine persönliche Verabredung. Soll's ja geben.« Jetzt klang Hanna verschnupft, und Peter fühlte sich bemüßigt zu sagen: »Du, ich bin grade mal zwei Stunden in der Stadt, und vielleicht kann ich den Heckenschützen ausfindig machen. Ich hab einfach keine Zeit gehabt.«

»Hab ich mich beschwert?«

Peter sah Manuel mit einem verzweifelten Blick an und sagte ins Telefon: »Gibst du mir bitte die Nummer von Wischnewskis Handy, ja?!«

Manuel reichte ihm einen Kugelschreiber, und Peter schrieb sich die Nummer auf den Handrücken.

Hanna Iglau wendete sich an den Kater Schnurriburr, der auf ihrem Schreibtisch saß und den Kopf reckte, als habe er zugehört und alles mitbekommen. »Morgen wird Peter dich abholen. Dann bin ich dich los«, sagte sie traurig, »und ihn wahrscheinlich auch.«

Ron Wischnewski hatte Frau Schmidt in sein Lieblingslokal eingeladen. Inzwischen hatte Wischnewski in den Akten nachgesehen, dass sie Friederike mit Vornamen hieß. Jochen Bott hatte ihnen einen Pfälzer Riesling empfohlen. Dazu aßen sie Schweinemedaillons und frische Pfifferlinge. Frau Schmidt trug ein leichtes, helles ärmelloses Baumwollkleid. Ihr Haar, das sie das letzte Mal in einem Pferdeschwanz zusammengebunden hatte, trug sie jetzt hochgesteckt. Es wurde von einer Perlmuttspange zusammengehalten. Friederike Schmidt wirkte dadurch wesentlich damenhafter als bei seinem Besuch in ihrer Wohnung. Er hatte natürlich auch bemerkt, dass sie mit großer Sorgfalt ein dezentes Make-up aufgetragen hatte, und er fühlte sich geschmeichelt dadurch.

»Dass das alles erst knappe vier Monate her ist, will mir gar nicht in den Kopf«, sagte Friederike Schmidt. »Für mich hat sich seitdem alles so verändert. Ich bin – wie soll ich sagen – ein viel freierer Mensch geworden. Ich unternehme Dinge, die mir gar nicht in den Sinn gekommen wären, als mein Mann noch lebte, beziehungsweise die ihm niemals in den Sinn gekommen wären.«

»Zum Beispiel?«, fragte Ron Wischnewski.

»Na ja, ich war zum ersten Mal, seitdem ich in Berlin lebe, im Brecht-Ensemble. Ich habe verschiedene Off-Theater kennen gelernt, war in einem Klezmer-Konzert und so weiter.«

»Immer allein?«

»Nicht immer, aber meistens. Ich hatte ja nicht viele eigene Freunde. Die hat immer mein Mann angeschleppt, und als er tot war, habe ich gemerkt, dass mich die meisten von denen gar nicht interessieren, oder sie sind von selber weggeblieben, weil ja nun Ulrich nicht mehr da war.«

»Tja«, sagte Ron Wischnewski, »man müsste statt der einen Beziehung ein ganzes Netzwerk aufbauen. Aber zu so etwas kommt man ja nicht. Meine einzigen sozialen Kontakte sind meine Mitarbeiter und Kollegen...« Er unterbrach sich, weil sein Handy klingelte, und warf einen Blick auf das Display. »Da, was habe ich gesagt...!«, rief er und meldete sich.

Friederike Schmidt sah und hörte ihm beim Telefonieren zu. Sie genoss es, ihn auf diese Weise beobachten zu können.

»Heiland?«, rief er, »wo sind Sie?« Ein paar Leute an den Nachbartischen sahen herüber, als glaubten sie, er telefoniere tatsächlich mit dem Gottessohn. »Was? Und da fahren Sie auf eigene Faust... Ja, reicht das denn noch nicht, was Sie sich geleistet haben? Haben Sie wenigstens Ihre Waffe wieder? Und auch keine andere? Ja sind Sie denn nun vollends verrückt geworden?«

Jochen Bott kam an den Tisch und sagte voller Anteilnahme zu Friederike Schmidt: »Hört sich so an, als wäre gleich Schluss!« Er stellte zwei Gläser Calvados vor die beiden hin.

»Unternehmen Sie nichts!«, schrie Wischnewski. »Rühren Sie sich nicht von der Stelle, und tun Sie nichts, außer zu atmen!« Wischnewski schaltete sein Handy ab und sah Frau Schmidt unglücklich an. »Ich hätte mein Handy nicht eingeschaltet lassen dürfen.«

»Aber dann wäre ja Ihr Heiland ganz auf sich alleine angewiesen.«

»Das tut mir echt leid! Wirklich! Wirklich und wahrhaftig!«

»Mein Gott, was müssen Sie alles erlebt haben, dass Sie meinen, so etwas gleich dreimal feierlich beschwören zu müssen. Wenn Sie mir versprechen, dass wir uns bald mal wiedersehen, nehme ich mir ein Taxi und verschwinde ganz unauffällig.«

Die beiden standen auf. Einem Impuls folgend, nahm Wischnewski Friederike in den Arm, und die ließ es gerne geschehen.

Von unterwegs rief er Hanna Iglau an, sie solle nach Caputh kommen und so viel Verstärkung organisieren, wie sie kriegen konnte.

***

Peter und Manuel gingen zum Ufer der Havel hinunter und setzten sich ins Gras.

»Der kommt nicht!«, sagte Peter.

»Wer, dein Chef?«

»Ne, der kommt auf jeden Fall, und sei es nur, um mir die Leviten zu lesen. Ich rede von Sascha Gräter.«

»Schau mal, dort draußen!«

»Wo? Was?«

»Da muss eine kleine Insel sein.«

»Möglich. Und?«

»Da bewegt sich einer. Da, ein kleines Boot. Jetzt steigt er aus.«

»Ich sehe nichts.«

»Wir Afrikaner haben eben die viel besseren Augen. Wir sind noch nicht so degeneriert wie ihr Europäer.«

»Ja, vor allem die Afrikaner aus Neukölln.«

»Du vergisst, was ich für ein Erbe in mir trage. Da! Siehst du wenigstens das.«

»Sah aus wie das Licht einer Taschenlampe. Wie weit mag es sein bis da raus?«, fragte Peter Heiland.

»Schwer zu sagen: 250, 300 Meter vielleicht.«

»Wenn man ein Boot hätte.«

»Schick doch die Wasserschutzpolizei.«

»Und dann ist es ein harmloses Liebespärchen.«

»Dort drüben liegt ein Ruderboot.«

»Man könnte wenigstens ein bisschen näher ran, um zu sehen, was dort überhaupt vor sich geht.«

Sie schlichen durch hohes Gras bis an den Wasserrand. Das Boot lag ein wenig im Schilf versteckt, war aber nicht gesichert. Die beiden Ruder lagen am Boden des Kahns.

Sascha Gräter hatte die BMW nicht weit vom Havelufer abgestellt. Er war zum Bootshaus des Rudervereins gegangen, denn er wusste, dass dort auch Kanus lagen. Man konnte unter der Wand durchtauchen und war dann in dem Schuppen, wo die Boote trocken lagen und auf Eisenstangen, die aus der Wand ragten, gestapelt waren.

Er legte seine Kleider auf dem Bootssteg ab, ließ sich ins Wasser gleiten und war mit zwei Zügen im Inneren des Bootsschuppens.

Er wählte ein Kanu und das passende Paddel, stieß den Riegel zurück und öffnete das Tor zum Wasser. Er trieb das Boot mit drei Schlägen zu dem Steg, wo seine Kleider lagen. Nicht zum ersten Mal an diesem Abend verfluchte er sich dafür, dass er das Geld und die Wertgegenstände ausgerechnet auf der kleinen Insel vergraben hatte. Aber damals hatte er die Idee für besonders schlau gehalten. Von seinem Häuschen aus hatte er das Inselchen ständig im Blick gehabt. Da musste das Fernglas noch nicht einmal besonders leistungsfähig sein, um praktisch jeden Grashalm dort drüben beobachten zu können.

Er hatte seine Kleider, die Schuhe, den leeren Rucksack und den Spaten im Heck des Paddelbootes verstaut und war mit kraftvollen Schlägen auf den See hinausgepaddelt.

Manuel manövrierte sehr geschickt mit dem eher schwerfälligen Ruderkahn.

»Auch ein afrikanisches Erbe?«, fragte Peter.

»Logisch! Kommt alles vom Victoriasee oder vom Sambesi, vielleicht auch vom Kongo. Ich weiß nicht, wo meine Vorfahren überall rumgeschippert sind.« Er wendete das Boot, um einen besseren Blick auf die Insel zu haben. »Der gräbt da!«

»Ist das dein Ernst?«

»Siehst du das nicht?«

»Ich ruf meinen Chef an. Der soll die notwendigen Maßnahmen einleiten.«

Peter stand auf, um sein Handy aus der Hosentasche zu fingern.

»Setz dich hin, Mann!«, zischte Manuel. »Er sieht dich doch sonst!«

Peter Heiland hatte das Mobiltelefon bereits in der Hand. Manuel machte einen schnellen Ruderschlag. Peter kam aus dem Gleichgewicht, wollte sich auffangen und setzen, griff dabei nach dem Bootsrand und ließ das Handy los, das prompt in der Tiefe der Havel versank. »Scheiße! Ich brauche dein Handy, Manuel.«

»Ich hab kein Handy, ich brauch ja auch keins.«

»Das kann doch nicht sein!«

»Doch, wenn ich telefonieren muss, leih ich mir eins. Ist doch ganz einfach, hat ja jeder eins! Und jetzt?«

»Zurück zum Strand …«, Peter unterbrach sich. »Moment. Warte mal. Der muss ja auch zurück. Wenn man wüsste, wo er an Land geht…«

»Wenn er das Boot geklaut oder ausgeliehen hat, dann vielleicht drüben beim Ruderclub«, sagte Manuel.

»Du weißt, wo hier ein Ruderclub ist?«, fragte Peter erstaunt.

»Da bin ich letzten Sommer aufgetreten. Beim Kinderfest als Zauberer und Clown! – 25 Euro die Stunde. Was zahlst du eigentlich?« Manuel hatte dem Boot eine andere Richtung gegeben und hielt nun auf Schwielow zu.

***

Ron Wischnewski fuhr bei Potsdam von der Autobahn und nahm den Weg über Werder. Er war wütend, dass der schöne Abend mit Friederike Schmidt so jäh unterbrochen worden war. Aber er war auch gespannt. Im Verlauf seiner Dienstzeit hatte er ein Gespür dafür entwickelt, wann ein Fall in seine entscheidende Phase trat. Das waren die Augenblicke, in denen er das Gefühl hatte, dass sich jeder Muskel in seinem Körper straffte.

Er versuchte Peter Heiland anzurufen, es meldete sich aber nur die Mailbox. Wischnewski erreichte die Brücke über die Havel. Rechts im Hintergrund sah man die Lichter von Werder, die sich zum Teil im Wasser spiegelten.

Er versuchte, sich das Gesicht von Friederike Schmidt ins Gedächtnis zu rufen. Für einen Moment schloss er die Augen. Wenn daraus wirklich etwas werden sollte, dann wollte er sein Leben ändern. Leise lachte er in sich hinein. Wie oft hatte er sich das schon vorgenommen und dann doch immer wieder Gründe gefunden, warum es nicht möglich war. Diesmal aber…! Er stieß den Atem aus. »So viele Chancen kommen nicht mehr!«, sagte er laut.

Sein Telefon klingelte. Er schaltete die Freisprechanlage ein. »Ja, hallo?«

Hanna Iglau meldete sich. »Wir sind unterwegs. Wo genau sollen wir hinkommen?«

»Zum Sandweg. Dort, wo die Frau erschossen worden ist.«

»Hat sich Peter gemeldet… ich meine, Peter Heiland?«

»Nein. Entweder steckt er in einem Funkloch oder in einer Situation, wo er nicht telefonieren kann.«

***

Der Ruderkahn stieß gegen den Landesteg. Peter sprang, das Tau in der Hand, hinaus, erreichte mit einem Fuß die Bretterbohlen, der andere klatschte ins Wasser. Heiland achtete nicht darauf, sondern zurrte das Boot fest. Gegen den Nachthimmel sah man den Giebel des Bootshauses.

Manuel turnte aus dem Boot und lief den Steg entlang. »Die Tür ist offen!«, rief er, zog einen Flügel des Holztores auf und machte im Inneren des Schuppens

Licht an. »Und da fehlt auch ein Boot.« Er löschte das Licht sofort wieder.

»Gut, warten wir!«

»Ich warte«, sagte Manuel. »Geh du und such ein Telefon.«

»Wenn er anlegt, will ich da sein!«, entgegnete Peter Heiland.

»Dann gib mir die Nummer von deinem Chef.«

Die Art, wie Manuel schnell und präzise seine Entscheidungen traf, überraschte Peter. Er schrieb Wischnewskis Handynummer und auch die von Hanna Iglau auf einen Zettel, den er aus seinem kleinen Notizbuch riss. Manuel setzte sich in Trab.

***

Saschas Spaten stieß auf Metall. Das war der Deckel der Blechkiste, in der er seine Schätze vergraben hatte: das Geld, das Tante Sonja ihm gegeben hatte: 244 000 Euro. Den Schmuck, der ihn zwei Tage nach ihrem Tod in einem Postpaket erreicht hatte. Eine Smith-and-Wesson-Pistole, Kaliber 7,5 Millimeter. Die hatte er von demselben Mann bekommen, der ihm auch die Uzzi verkauft hatte.

Noch ein paar Spatenstiche, und er konnte die Kiste herausheben. Den Inhalt packte er in seinen leeren Rucksack um. Die Pistole steckte er in seinen Gürtel. Die Mühe, das Loch wieder zuzuschaufeln, machte er sich nicht. Den Spaten warf er in weitem Bogen ins Wasser. Er schaute auf die Uhr. Es war genau 1 Uhr 45. Still war es über dem See. Weit und breit keine Bewegung. Dennoch überkam ihn eine seltsame Unruhe. Dabei war doch alles so exakt vorbereitet. Er würde auf dem gestohlenen Motorrad bis Warnemünde fahren. Dort erwartete ihn Pete Shelsky, der Engländer, den er über den Doorman kennen gelernt hatte. Shelsky hatte versprochen, ihn auf dem Schiff zu verstecken, wo er als Smutje arbeitete. Der Kapitän des Frachters machte öfter solche Deals mit Pete. Gegen gutes Geld nahm er »Kunden« mit, die bereit waren, 5000 Euro für die illegale Überfahrt zu bezahlen. Shelsky bekam für eine Vermittlung zusätzliche 2500 Euro. Und keiner stellte Fragen. In Valparaiso verließ der Passagier gewöhnlich das Schiff. Wie es dann für ihn weiterging, interessierte niemanden.

Peter Heiland saß auf dem Bootssteg im Schatten einer Kiste, in der Seenotrettungsgerät verstaut war. Er hatte den linken Schuh ausgezogen. Den Socken hatte er ausgewrungen und schwenkte ihn nun hin und her, in der Hoffnung, dass er trocknen würde. Plötzlich hielt er inne. Leise Paddelschläge waren zu hören. Peter zog den feuchten Socken über den Fuß und schlüpfte in den Schuh. Der Steg bebte ein klein wenig, als das Paddelboot dagegen stieß. Peters langer Körper straffte sich, aber er blieb hinter der Kiste sitzen. Schritte näherten sich. Sascha Gräter kam ins

Blickfeld des Kommissars. Als er zwei Schritte an ihm vorbei war, sagte Peter Heiland: »Hallo, Sascha!«

Manuel hatte am ersten Haus im Dorf geklingelt und mit der Faust gegen die Tür geklopft. Eine alte Frau hatte erst nach einer ganzen Zeit aufgemacht, entsetzt die Augen aufgerissen, einen schrecklichen Schrei ausgestoßen, als stünde der Gottseibeiuns persönlich vor ihr, und die Tür mit einem gewaltigen Krachen wieder zugeworfen. Manuel verzog das Gesicht. Das kam davon, dass er so aussah, wie er aussah. Erst sein dritter Versuch hatte Erfolg. Ein dicker Mann in Schlafanzughose und Unterhemd sah ihn an und sagte: »Nu sach ma, wo kommst du her um diese Zeit?« Es stellte sich heraus, dass seine Kinder bei dem Fest gewesen waren, wo der Schwarze als Zauberer aufgetreten war. »Na, wenn de nur telefonieren willst, det lässt sich machen!«

Als Peter Sascha angesprochen hatte, wendete der sich langsam um. In seiner Hand hatte er die Smith and Wesson. »Ganz schön hartnäckig«, sagte er.

»Du kannst die Waffe runternehmen. Ich hab keine. Du hast sie mir ja geklaut!«

»Sicher ist sicher!« Sascha lehnte sich gegen das Geländer des Stegs. Die Mündung der Pistole hielt er weiter auf Peter gerichtet.

»Wir haben so ziemlich alles beisammen«, sagte Peter. »Du hast zuerst Amelie Römer erschossen, weil Sonja Michel es von dir verlangt hat.«

»Ich habe es gerne getan.«

»Ja, das hatte ich befürchtet. Und bei Sebastian Köberle und Ulrich Schmidt hat es dich wohl kaum mehr Überwindung gekostet.«

»Genau!«

»Aber warum Mossmann?«

»Ich hab den nur ganz flüchtig gekannt. Aber es war nötig, euch Bullen auf eine falsche Spur zu bringen. Es sollte keine Gesetzmäßigkeiten geben.«

»Und wie war es mit Kühn?«

»Es war auf einmal so leicht, verstehst du? Wenn du es viermal getan hast…«, er unterbrach sich. »Es ist interessant. Du bist plötzlich Herr über Leben und Tod. Du schaffst Fakten. Du entscheidest. Du bist…«, er unterbrach sich erneut.

»Sag jetzt nicht: ›…wie der liebe Gott‹!« Peter Heiland stand unwillkürlich auf.

»Setz dich wieder hin, Heiland!«

Peter blieb unbeeindruckt. »Am wenigsten verstehe ich den Mord an Cordelia Meinert.«

»Sie hat mich verraten.«

»Und nun hast du also auch mein Leben in der Hand!«

»Ja!«

»Deinen eigenen Cousin!«

»Was? Was redest du denn da?«

»Ich habe es auch erst gestern erfahren. Heiner Ruckaberle, dein Vater, hatte einen Bruder, der Pfarrer geworden war…«

»Ja, das weiß ich.«

»Aber du hast nicht gewusst, dass dieser Michael Ruckaberle mein Vater war. – Mit einem Ruckaberle hat ja auch alles begonnen. Damals, im Wald bei Bebenhausen, unterhalb von Königs Jagdhütte. Das warst doch auch du?!«

»Glaubst du, ich hätte meinen eigenen Erzeuger erschossen?«

»Ja, davon gehen wir aus.«

»Das war ich nicht. Ich war zwar im Wald, aber als der Schuss fiel, stand ich gut zweihundert Meter entfernt. Ich wollte hin, doch da habe ich seine Frau gesehen. Die Marie Ruckaberle. Mit einem Gewehr in der Hand. Sie kam eine Furche herunter, die die Waldarbeiter für neue Setzlinge gezogen hatten.« Er lachte leise. »Die Furche hat ausgesehen wie ein Reißverschluss im Waldboden. Du hättest sie sehen sollen, die Ruckaberle. Die Haare sind ihr wild vom Kopf weg gestanden, ihre Arme sind wie Windräder gegangen, und sie hat so geschluchzt, dass es sich anhörte, als würde sie daran ersticken.«

Einen Augenblick lang schwiegen beide.

Manuel, der sich von dem dicken Mann ein Handy ausgeliehen hatte, erreichte in diesem Moment das Ufer hinter dem Schuppen. Er sah Sascha und Peter auf dem Bootssteg stehen. Sofort wählte er Wischnewskis Nummer und gab seine Beobachtung durch: »Der andere hat eine Waffe in der Hand, wenn ich das richtig sehe, aber es sieht so aus, als würden sich die beiden nur ein bisschen unterhalten.«

»Wir sind ganz in der Nähe. In fünf Minuten sind wir da!«, rief Ron Wischnewski.

Manuel zog die Schuhe aus und stellte sie ordentlich nebeneinander ans Ufer. Aus seinem Rucksack, den er stets bei sich trug, als ob er angewachsen wäre, nahm er zwei Bälle. Dann klaubte er einen großen ovalen Kieselstein vom Boden.

»Mich hast du verfehlt, Sascha, als du vor der Waldbühne auf mich geschossen hast.«

»Vielleicht wollte ich dich ja gar nicht treffen.«

»Doch. Du hattest bei mir das gleiche Motiv wie bei Leienberger. Rache!«

»Ja, aber inzwischen weiß ich mehr.«

»Frau Scharlau hat dir erzählt, dass ich an dieser Schweinerei nicht beteiligt war, stimmt's?«

Sascha lächelte. »Trotzdem kann ich dich jetzt nicht mehr schonen.«

»Du kannst doch einfach abhauen.«

»Ich brauche Zeit, mehr Zeit, als du mir einräumen kannst.«

»Du hast sowieso keine mehr. Meine Kollegen müssen gleich hier sein.«

»Ja dann. Tut mir leid!« Sascha hob die Waffe und entsicherte sie. Im gleichen Augenblick hörte man Manuels Stimme: »An 'nem schönen Sonntagmorgen liegt ein toter Mann am Strand…« Sascha fuhr herum. Keine fünf Meter entfernt stand der Schwarze breitbeinig mit bloßen Füßen auf dem Steg und jonglierte mit zwei bunten Bällen und einem grauen Kieselstein.

»Verschwinde!«, schrie Sascha und fuhr wieder zu Peter herum. »Was ist das für eine Scheiße, Heiland?!«

»Er ist ein Freund von mir.«

»Jetzt ist Schluss!«, schrie Sascha Gräter. »Jetzt ist ein für alle Mal Schluss!« Er hob langsam die Waffe, bis deren Mündung nur wenige Zentimeter von Peters Kopf entfernt war.

Zwei bunte Bälle aus Manuels Händen tanzten nach oben. Der graue Kieselstein flog mit großer Geschwindigkeit waagrecht nach vorne.

Peter Heiland wusste, dass Sascha es ernst meinte. Sein Körper war schlagartig mit kaltem Schweiß bedeckt. Er hielt den Atem an und schloss die Augen.

Ein Schrei. Peter riss die Augen auf. Sascha brach in die Knie. Ein Schuss löste sich. Peter spürte einen Schlag und kurz danach einen stechenden Schmerz in seinem linken Oberarm. Sascha Gräter stöhnte, er lag, die Beine an den Leib gezogen, auf den Bohlenbrettern. Aus seinem Hinterkopf sickerte Blut und bildete eine kleine dickflüssige Lache auf dem groben Holz des Stegs. Er versuchte, die Waffe erneut auf Peter zu richten, aber der trat sie ihm aus der Hand, sodass sie in weitem Bogen auf den See hinausflog.

Manuel war jetzt heran. Peter sagte leise: »Danke, Manuel!«

»Nicht der Rede wert!« Manuels Gesicht verriet, dass er nicht dachte, was er sagte.

Peter räusperte sich. »Sascha Gräter, ich nehme Sie fest wegen des Verdachts des fünffachen Mordes, zweifachen Mordversuchs und schwerer Körperverletzung. Alles, was Sie ab jetzt sagen…«, Peter kam es vor, als höre er sich selbst zu.

Plötzlich tauchten die Scheinwerfer eines herannahenden Polizeibootes die Szenerie in helles Licht. Zugleich hielt jenseits des Bootsschuppens mit knirschenden Reifen ein Auto auf dem Kies des Parkplatzes.

Man hörte Kommandos, Schritte, fragende Rufe. Peter Heiland konnte die Stimmen und die Geräusche nicht unterscheiden. Er schaute auf Sascha Gräter hinab, der sich ein wenig aufgerichtet hatte. Ihre Blicke trafen sich.

»Hättest du geschossen, Sascha?«

»Es ging ja um mein Leben!«

ENDE

Auf den neuen Heiland
müssen Sie nicht lange warten …

Felix Huby

Peter Heilands zweiter Fall

Roman

1. Kapitel

Warum war er bloß nicht auf die Schwäbische Alb oder an den Bodensee gefahren, wie er es eigentlich den ganzen Winter und auch noch im Frühjahr vorgehabt hatte? Das war sein erster Urlaub seit seinem Dienstantritt vor neun Monaten in der Hauptstadt. Kollegen hatten ihm vorgeschwärmt, Usedom sei die Badewanne Berlins, sonnensicher, und man atme dort eine Luft wie Champagner. Und jetzt? Über Insel und Meer lagen schwere graue Wolken ohne Konturen, die ineinander verschwammen. Man konnte kaum erkennen, wo das Meer aufhörte und wo der Himmel anfing. Die Luft freilich war gut, wenn auch für die Jahreszeit viel zu kalt.

Peter Heiland lag schon seit vier Uhr morgens wach. Das Nebelhorn von Swinemünde tutete laut über die Ostsee herüber, gleichförmig dreimal, setzte dann aus, und wenn man meinte, endlich höre es auf, kamen wieder die gleichen drei Töne über das Wasser und bohrten sich in die Schläfen.

Peter Heiland stand schließlich entnervt auf und zog seinen Jogginganzug und die sündteuren Turnschuhe an, von denen es hieß, sie glichen jeden Stoß computergesteuert über ein raffiniertes System von Luftkammern und Gummipuffern aus. Von der Anlage in Heringsdorf, wo er eine kleine Wohnung gemietet hatte, waren es nur vierzig Meter bis zur Strandpromenade. Der Weg führte durch einen schön angelegten, parkähnlichen Garten mit wunderbar gepflegten Rosenbeeten, die in der Sonne herrlich leuchten mussten, wenn die Sonne denn einmal scheinen sollte. Über einen schmalen Holzsteg ging es dann vollends hinab zum Strand.

Im dichten Grau sah er eine diffuse Lichtquelle etwa zweihundert Meter draußen auf dem Meer, oder war das ein Flugobjekt am Himmel? Peter Heiland kniff die Augen zusammen. Das Licht kam von einem Boot. Ungefähr fünfhundert Meter vor ihm tuckerte ein Traktor mit ungewöhnlich hohen Rädern von der Dünenkrone hinab zu der Stelle, auf die auch das Schiff zuhielt.

Peter Heiland fiel in leichten Trab. Er wusste, dass die wenigen Fischer, die es in den drei Kaiserbädern Ahlbeck, Heringsdorf und Bansin noch gab, um diese

Zeit ihren Fang an Land brachten. Er hatte auch schon einmal beobachtet, wie die Ahlbecker die Kähne mit ihren schweren Bulldozern aus dem Wasser zogen: Der Traktor wurde etwa zehn Meter in die Fluten gefahren. Dann wendete sein Fahrer ihn in einem großen Bogen, bis die Vorderräder wieder zum Land hin zeigten. Ein Stahlseil wurde am Bug des Bootes und an einem Anhängerhaken der Zugmaschine befestigt. Rechts und links gestützt von den beiden Fischern, die mit dem Boot draußen gewesen waren, um die Netze einzuholen, wurde das Boot an Land gezogen. Gut zwanzig Meter weiter oben blieb es im Sand stehen. Was die Männer gefangen hatten, passte meist in drei, vier flache Kunststoffkörbe. Das Meer in Küstennähe gab nicht mehr viel her.

Normalerweise riefen sich die Fischer und ihre Helfer an Land in ihrem Usedomer Platt Satzfetzen zu, die Heiland nicht verstand. Dennoch hörte er es gerne. Es klang derb und fröhlich zugleich. Aber heute sagte nur einer einen Satz. Alle gingen daraufhin zum Boot, starrten hinein und schienen wie gelähmt zu sein. Kein Wort wurde gesprochen, bis der Älteste von ihnen sagte: »Mein Gott, das arme Ding!«

Peter ging näher zu dem Boot, aber einer der Fischer fuhr zu ihm herum und machte eine abwehrende Bewegung. »Bleiben Sie weg!«
»Was ist denn passiert?«, wollte Peter wissen.

Ein anderer sagte: »Wir müssen die Polizei rufen.«

Peter hätte gerne gesagt: ›Ich bin von der Polizei‹, in dieser Situation hätte das freilich unglaubwürdig geklungen. Aber zurückweisen ließ er sich jetzt auch nicht mehr. Er schlug einen Bogen um die Fischer und erreichte das Boot am Heck.

In einem graugrünen Netz zwischen Tang und toten Fischen lag die nackte Leiche einer Frau.

Ein Glück, dass um diese Zeit und bei diesen Temperaturen kaum jemand am Strand war.

Peter trank in einer weißen Imbissbaracke nahe der Landungsbrücke einen Kaffee. Er saß dicht an einem Fenster und konnte von hier aus beobachten, wie zuerst die Polizei, dann ein Notarztwagen und schließlich die Fahrzeuge der Spurensicherung eintrafen. Das Treiben kam ihm fremd und unwirklich vor, obwohl er alles, was dort unten am Strand geschah, kannte und gut einordnen konnte. Schließlich erschien eine größere Limousine. Ein kleiner dicker Mann stieg aus, stülpte sich einen Leinenhut auf den Kopf, der aussah wie ein Südwester, und stapfte mit breit ausgestellten Füßen durch den tiefen Sand zu dem Fischerboot, das inzwischen mit rot-weißen Bändern vor den Neugierigen gesichert worden war. Peter sah auf seine Uhr. Es war kurz nach acht.

Um neun Uhr war Peter wieder in der Ferienwohnung. Er duschte heiß und setzte sich in einen Sessel, der neben der Terrassentür stand. Durch die Sträucher und Bäume an der Uferpromenade schimmerten die Schaumkronen der Ostseewellen. Peter beschloss, noch am selben Tag abzureisen.

Das hätte er sicher auch getan, wenn er zum Mittagessen nicht noch einmal in das Bistro auf der Heringsdorfer Landungsbrücke gegangen wäre. Das rundum verglaste Gebäude saß wie ein Tempel auf der äußersten Spitze des hölzernen Stegs, der gut dreihundert Meter ins Wasser hinaus reichte und bei der Anlegestelle für die Fahrgastschiffe endete. Er hatte sich an einen Tisch mit Blick auf die offene See gesetzt und eine Fischsuppe bestellt. Das sollte sein Abschiedsessen sein. Er schrieb noch eine Ansichtskarte an seinen Opa Henry in Riedlingen. Als er danach den Kopf hob, entdeckte er am Nachbartisch den kleinen dicken Mann, den er am frühen Morgen bei den Fischern beobachtet hatte. Er aß mit gutem Appetit einen Brathering mit Kartoffelsalat und trank ein großes Bier dazu. Als er das Glas wieder einmal zum Mund hob, begegneten sich ihre Blicke. Der kleine dicke Mann setzte das Glas wieder ab, ohne getrunken zu haben, und sagte: »Was interessiert Sie eigentlich so an mir?«

»Wir sind Kollegen«, sagte Peter Heiland.

»Und woher wissen Sie das?«

»Ich habe Sie heute Morgen gesehen. Dort drüben.« Er nickte zu der Stelle hin, wo die Fischerboote lagen. Die kleinen Schiffe waren plötzlich gut zu sehen, weil in diesem Moment die Sonne durch die Wolken brach.

»Sind Sie aus Schwaben?«, fragte der kleine dicke Mann. »Es hört sich so an.«

»Es hört sich nicht nur so an, es ist auch so.«

»Kripo Stuttgart?«

»Ja, früher mal.«

»Und jetzt?«

»LKA Berlin.«

Der kleine Mann nahm seinen Teller, sein Besteck und sein Glas und balancierte alles geschickt zu Peters Tisch herüber. Er setzte sich Heiland gegenüber. »Dann müssten Sie den Ernst Bienzle kennen.«

Peter Heiland nickte. »Der war mein Chef.« Er musterte den Kollegen. Er mochte ungefähr in Bienzles Alter sein.

»Wir haben früher mal zusammengearbeitet. Marstaller, mein Name. Leitender Hauptkommissar Ulrich Marstaller, Kripo Wolgast.«

»Peter Heiland.«

Sie reichten sich die Hände über den Tisch.

»Weiß man schon, wer die tote Frau in dem Boot war?«

»Haben Sie sie gesehen?«

Peter nickte und schob die leere Terrine von sich.

»Wir haben keine Ahnung«, sagte Marstaller. »Aber sie hatte ein Gewicht an den Füßen. Die Füße waren gefesselt. Ein Unfall kommt also kaum in Frage.«

Auch Peter Heilands früherer Chef, Kommissar Ernst Bienzle, löst wieder einen neuen Fall…

Felix Huby

Bienzle und die letzte Beichte
Roman
Band 16674

Erscheint im Mai 2005

Sieben Morde in sieben Jahren und ein Täter, der auf archaische Weise tötet.

Eigentlich war Ernst Bienzle in den kleinen Ort auf der Schwäbischen Alb gekommen, um den achtzigsten Geburtstag seiner Tante zu feiern. Aber plötzlich muss er erfahren, warum man Nerzingen auch »das Mörderdorf« nennt. Seit sieben Jahren kommt es immer wieder zu mysteriösen Todesfällen, und keiner konnte bisher aufgeklärt werden. Kein Wunder, dass Kommissar Bienzle seinen Aufenthalt verlängert, um herauszufinden, wer sich anmaßt, hier auf lautlose Weise eigene Urteile zu vollstrecken.

Felix Huby erzählt in seinem neuen Roman eine fesselnde, dramatische Geschichte in einer engen dörflichen Welt.

Fischer Taschenbuch Verlag